KB155661

용등시화

榕燈詩話

용등시화

유배지 등불 아래서 쓰다

정만조 지음

안대회 · 김보성 옮김

성균관대학교
출판부

목차

서설   9

용등시화

이항복의 동몽시   37
인구에 회자되는
이달과 이희지의 시   39
조선시대 송시풍의 변곡점   41
성정을 닮은 시   44
시의 기상   46
시의 미래 예측   48
시창작과 운명   50
이우신의 향염체   52
고문가의 시창작   54
봄버들 시회   58
누정시 명작   60
초년의 작품   63
이건승의 시재   66
추사의 위작   68
사물을 읊은 시   69
조병만의 민첩한 시재   72

백화수 시의 표절   74
하자의 용법   76
평측의 잘못된 사용   77
성명이 들어간 시구   78
이학원의 등단   80
여항시인 이현식   82
고시의 성률   85
신위의 높은 학문과 시   87
여규형의 등단과 시재   90
이남규의 민첩한 시재   94
사가시선과 작품의 운수   96
정찬조의 시명   101
정헌시의 시정   102
절묘한 대구   104
금강산을 읊은 시   106
무명 과객의 희작   108
붓 장수의 시   110
강경 객주의 시재   111
영덕 아전의 시재   114
자식 낳고 지은 시의 비교   116
오해를 산 이건창의 시   118

의원의 심기를 건드린 황현의 시 121

이상적과 강위의 풍자시 123

관직을 얻게 한 시들 126

궁핍은 시인의 운명 129

불가피한 어용 시의 창작 130

꽃 이름 집구시와

오아회의 박학함 133

빈궁한 시인 윤영식 136

시인의 성정과 창작 137

경서 어구를 쓴 시 139

성어를 사용한 시구 141

부귀한 사람의

슬프고 괴로운 시어 144

강위 시의 뛰어남 147

상중의 시 창작 149

정밀한 대우 맞춤 150

간지로 짝을 맞춘 시구 152

첩자의 금기 155

기둥에 쓴 시구들 157

이양연의 격조 160

남주원의 시풍 162

황현 시의 변모 163

이중하와 이건창의 절창 165

이중하의 순정한 문장 166

하동의 시인 성혜영과 김창순 168

강위의 용모와 일화 171

윤성진과 조창영의 시재 175

서상우의 시 178

이상황의 시풍 180

시의 내력과 작자 시의 속어 182

박제가와 신위의 시경 184

불우한 호걸 시인 이근수 186

강경문의 처량한 시어 191

남행 조철림의 배해체 192

이교영의 남사당패 시 194

이상학의 신연시 희작 196

신위의 소악부 198

꿈속에서 지은 시 200

영해민란 주모자의 시 202

조면호의 매화시 204

송언회의 전별시 206

김택영의 평양 명작 208

동몽시 명작 211

회인시의 주석 213

순창의 시인 설규석 215

귀신의 시 217

심홍택의 아들 떠돌이 시인 220

윤자덕의 문장과 이건창의 평가 221

정현오의 실의와 득의 224

초강 김상우 부자의 시재 226

혼례날의 시짓기 231

이상수 이건초 부자의 시 233

강위 시의 풍신 236

지체가 낮은 재사 친구들 238

조선 한시의 두 가지 경향 241

김홍집의 작품 243

공령가 신좌모와 정현덕의 시 245

유길준의 천재성 247

내가 만난 시승 249

시승 보연의 시상 251

조선 여류시인의 조건 253

기녀 금앵과 구향의 시 255

광주 기생 향심의 인연 257

향염시 명가 259

원문 263

찾아보기 312

서설

1. 『용등시화(榕燈詩話)』의 등장

『용등시화』는 대한제국이 풍전등화의 위기에 빠진 1906년 여름에 지어진 시화이다. 신채호의 『천희당시화(天喜堂詩話)』와 함께 조선왕조의 마지막을 장식한 시화이고, 저자는 조선 말기와 일제강점기에 활동한 저명한 시인 무정(茂亭) 정만조(鄭萬朝, 1858~1936)이다. 일찍부터 훌륭한 내용을 지닌 시화로 학계에 이름을 알렸으나 실물이 나타나지 않아 궁금증만 자아냈었다. 25년 전에 조선 후기 시화사(詩話史)를 주제로 박사학위 논문을 쓴 나도 논문을 쓰려는 목적으로 간절히 찾아봤으나 찾지를 못하고서 사라진 저술로 마음에 묻어두었다.

그로부터 25년이 흘러 『한국시화사』를 쓰려는 의욕을 내어 근대 시기의 시화를 모두 수집하여 조사하는 과정에서 이 시화가 『매일신보(每日申報)』란 일간신문에 연재된 사실을 발견하고 한편으로는 기쁘기도 하고, 한편으로는 어이가 없었다. 고대하던 저술을 찾아 기쁘기 한량없었으나 여러 달 동안 일간지에 연재된 기사를 찾지 못했다니 등잔 밑이 어둡다는 말에 딱 어울렸다. 찾아서 읽어보니 기대했던

대로 창의적이고 품격이 높은 내용으로 가득하여 역사상 높은 평가를 받는 몇몇 시화와 어깨를 나란히 할 만한 일품이었다. 게다가 조선 말기 역사와 지성사를 밝히는 저술로도 그 가치를 높이 평가할 만하였다. 먼저 전체 내용을 분석하여 「무정 정만조의 『용등시화』 연구」(『한국문화』 79호, 2017)를 써서 소개하였고, 뒤이어 김보성 박사와 함께 번역하여 누구나 널리 읽을 수 있도록 출간한다.

2. 정만조와 『용등시화』의 저술

이 책은 정만조란 문인이 1906년 어름에 전라도 진도 유배지에서 편찬하였다. 저자의 삶과 시화의 편찬 동기 및 과정을 간명하게 설명하고자 한다. 정만조는 조선 말기 고종 시대와 일제강점기의 저명한 시인이자 관료이다. 자는 대경(大卿), 호는 무정(茂亭)이다. 소론(少論) 명문가인 동래(東萊) 정씨 임당공파(林塘公派) 후손으로, 훈민정음과 문자학에 조예가 깊어 『자류주석(字類註釋)』을 편찬한 수암(睡庵) 정윤용(鄭允容, 1792~1865)의 손자이자 저명한 시인인 운재(雲齋) 정기우(鄭基雨)의 아들이다. 그의 친인척은 조선 말기와 일제강점기에 관계와 학계, 문단 등 각계에서 중요한 위치를 차지하였다.

관료로서 무정은 크고 작은 직책을 맡았다. 1883년 1월 통리교섭통상사무아문(統理交涉通商事務衙門)의 주사 및 해방영(海防營) 군사마(軍司馬)가 된 이래 개화파 관료로 활동하였고, 1889년 12월 문과에 급제한 이후 홍문관 부교리, 부수찬, 사간원 정언(正言)과 장령(掌令),

그리고 승지 등 주요한 중앙의 직책을 두루 거쳤다. 1895년 갑오개혁 때에는 김홍집 내각에서 중용되었다.

아관파천 이후 1896년 4월 을미사변에 연루된 혐의로 서주보(徐周輔)·정병조(鄭丙朝) 등과 함께 구금되었다가 15년형을 받고 전라도 진도에 유배되었다. 유배생활을 하는 11년 동안 진도와 목포 등지에서 창작과 교육 활동을 하다가 1907년 11월 고종이 억지로 퇴위한 뒤에 사면되었다.

이후 무정은 문화와 학술 분야에서 본격적으로 친일행적을 이어갔다. 대동학회(大東學會)를 비롯한 대한협회와 기호흥학회 회원으로 활동하였고, 일제강점기 이후에는 조선총독부 참사관실 위원 촉탁으로 조선도서의 해제사업을 맡았다. 1913년 이래 조선총독부 직속기구인 경학원(經學院)의 운영과 활동을 주관하여 『경학원잡지(經學院雜誌)』를 주도적으로 편찬하였고, 경학원 부제학과 대제학을 지냈다.

1922년 이후 조선사편찬위원회 위원, 1925년 이후 경성제국대학 법문학부 강사, 1927년 4월 조선사편수회 위원, 1930년 명륜학원 총재 등을 역임하면서 유학과 전통학술계 분야에서 가장 높은 지위를 누렸다. 또한 한학(漢學)과 한시(漢詩) 분야의 대가로 인정받아 『조선일보』, 『동아일보』를 비롯한 일제강점기 언론계에서도 활동하였다.

주요한 활동 위주로 검토해보기만 해도, 무정은 조선 말기에는 시문에 출중한 재능을 보인 젊은 문사이자 관료였고, 일제강점기 20여 년 동안 한학계의 태두로 군림하였다. 그의 삶은 대한제국 몰락기를 기점으로 이전과 이후가 뚜렷하게 달라지고, 생애 후반기의 학술과 문예활동은 법률에 의해 친일반민족행위자로 지정될 만큼 대표적인 친일 지식인의 행적으로 지탄받고 있다.『용등시화』는 생애 전반기의 마지막 단계에서 쓰인 저술로 이를 기점으로 그의 삶이 이전과 이후로 나뉜다.

무정의 친일을 옹호할 이유도 없으나 친일행적을 본격화하기 이전 청장년 시기에 이루어진 창작과 비평의 성과물을 무시하여 팽개쳐버릴 이유도 없다. 가치가 있는 것이라면 정당한 평가와 활용을 하는 것이 바람직하다. 먼저 무정의 시문집에는『자각산관초고(紫閣山館初稿)』와『은파유필(恩波濡筆)』,『무정존고(茂亭存稿)』와 그 보유가 남아 있다. 그 밖의 저술로는『용등시화』,「조선시문변천(朝鮮詩文變遷)」,「조선근대문장가약서(朝鮮近代文章家略敍)」가 남아 있다. 이들 저술은 무정이 조선 말기를 대표하는 작가이자 비평가, 학자로서 매우 비중이 큰 인물임을 잘 보여준다.

그중에서『용등시화』는 가장 이른 시기에 저술되었고, 무엇보다 귀중한 저술이다. 무정은 을미사변에 깊이 연루된 죄목으로 1896년부터 1907년까지 11년 동안 진도에 유배되어 있던 중 1906년에『용등시화』를 저술하였다. 진도 유배지에서 무정은 진도와 목포의 지방 문인에게 시문을 가르치면서 창작과 저술을 이어갔는데, 특별한 의의를 지닌 저술은『용등시화』이다.

『용등시화(榕燈詩話)』는 유배지의 호롱불 밑에서 쓴 시화라는 뜻이다. 용(榕)나무는 유배와 사연이 있는 나무이다. 당나라 시인 유종원(柳宗元)이 유주(柳州)로 유배 겸 좌천되었을 때「유주에서 2월에 용(榕)나무 잎이 다 떨어진 것을 보고 우연히 짓다(柳州二月榕葉落盡偶題)」란 시를 지었다.

벼슬살이에 나그네라 심경은 처량하여	宦情羈思共悽悽
한창 봄에 가을 같아 마음 사뭇 멍하구나	春半如秋意轉迷
산성에는 비가 내려 온갖 꽃이 떨어지고	山城遇雨百花盡
용나무 잎 뜰을 채우고 꾀꼬리는 마구 우네	榕葉滿庭鶯亂啼

시에서 소재로 쓰인 용나무는 나중에는 유배지를 상징하는 시어로 쓰였다. 무정의 동생 정병조(鄭丙朝, 1863~1945)도 같은 사건으로 제주에 유배되어 있었다. 무정과 친분이 깊던 매천(梅泉) 황현(黃玹)이 1896년 진도로 무정을 위로하러 온 적이 있었는데 정병조는 그 사실을 거론하며 「큰 형님의 편지를 받고 심경을 술회하여 다시 바치다(拜家伯氏書, 述懷却呈)」란 시를 지었다.

매천은 무심한 사람이 아니기에	雲卿不是無心者
길이 멀어도 찾아올 줄 난 알고 있었네	道遠能來我已知
이 아우만 없다는 말 한 마디 서글프니	少一飜成惆悵語
용나무 창 등불 아래 빗소리만 들렸겠지	榕窓燈火雨聲時

시의 마지막 구절에 나오는 용나무 창 등불 아래[榕窓燈火]는 유배지에서 등불을 켜놓고 고적하게 책을 쓰는 시인의 쓸쓸한 모습을 인상적으로 묘사한 구절이다. 무정은 동생의 이 시구를 가져와 자신의 시화 이름으로 쓴 것으로 보인다.

『용등시화』에는 서문과 발문이 없어서 저술하게 된 동기나 과정 등을 명확하게 알 수 없다. 하지만 39칙, 76칙, 98칙에는 저술한 시기를 알려주는 정보가 담겨 있다. 39칙에는 러시아와 일본 두 나라가 인천 앞바다에서 전쟁을 벌이는 내용이 실려 있다. 이때는 1904년으로 진도에서 러일전쟁 소식을 접하고 그 결과에 따라 대한제국에 위기가 닥칠 것을 염려한 내용이다. 또 98칙에는 무정이 진도에 유배된 지 몇 개월 뒤에 광주의 기녀 향심(香心)이 소식을 듣고 난초 그림과 시를 보내온 사실을 밝히고 향심과 연락이 닿은 지 몇 년 지난 뒤에 시화의 마지막 내용을 썼다고 했다. 마지막으로 76칙은 문화군수로 재직 중이던 서병수가 1906년 6월 26일에 갑자기 사망하여 놀랐다는 사실을 적었다. 39칙은 러일전쟁 중에 글을 쓰며 탄식하는 장면을 보여주고 있어 적어도 1904년 러일전쟁 이전부터 1906년 사이에 시화를 썼음을 알 수 있다.

3. 『용등시화』의 『매일신보』 연재

무정은 『용등시화』를 생전에는 거의 공개하지 않았던 것으로 보인다. 문집에 실린 시에서도 언급이 전혀 없고, 자신을 포함해 누구의 서발문도 전하지 않는다. 그가 사망한 지 2년 뒤인 1938년 『매일신보』에 불쑥 연재되면서 일반에 공개되었다. 신문기사의 저본이 분명히 있을 테고, 또 다른 사본이 있을 수도 있으나 아직 어떤 실물도 알려지지 않았다. 『매일신보』에는 9월 1일부터 12월 2일까지 62회에 걸쳐 연재되었다. 왜 사망한 문인의 시화를 그렇게 장기간 연재했을까?

　『매일신보』는 조선총독부의 기관지로 일제강점기 내내 폐간 없이 발간된 유일한 신문이다. 1930년대 들어 총독부는 언론에 대한 통제를 더욱 강화하였고, 특히 1931년 만주사변과 1937년 중국침략 이후 통제를 한층 강화하였다. 언론을 권력의 나팔수로 이용하며 극심하게 통제하던 시기에 시화가 연재된 것이다. 사망한 문인의 유작, 그것도 30년 전에 창작된 시화를 일간지에 연재한 동기를 다음 네 가지로 해석한다.

첫 번째는 친일 지식인의 상징적 존재로서 경학원 대제학을 지냈고, 식민사학을 주도한 조선사학회에서 사료편찬을 주관했으며, 수십 년 동안 신문과 잡지를 통해 한시 창작과 비평에서 최고의 수준을 인정받은 점이 영향을 미쳤다.

두 번째는 정인익(鄭寅翼, 1902~?)이란 조카의 영향력이다. 정인익은 무정의 동생이자 친일 지식인인 정병조의 아들로서 일제강점기와 해방 공간 언론계의 대부 노릇을 한 실력자였다. 친일 언론인이었던 그는 1929년 『매일신보』 사회부장을 거쳐 사업부장, 동경지국장을 거쳐 1941년 이후 5년 동안 편집국장을 지내는 등 『매일신보』에 17년 동안 근속하였다. 그의 영향력이면 충분히 시문대가(詩文大家)로 평가받은 무정의 유작을 신문에 연재할 수 있었다.

세 번째는 당시에 『매일신보』 학예면을 맡고 있던 조용만(趙容萬, 1909~1995)의 뒷받침이다. 경성제대 영문과 출신인 조용만은 조선문학과 강사로 나온 무정을 거의 독선생으로 모시고 한시를 배웠다. 조용만은 『30년대의 문화예술인들』(범양사, 1988)에서 무정을 "창강 김택영·매천 황현과 함께 근대의 대시인인데 유명한 『용등시화』의 저자였다"라고 추억하였다. 그가 『매일신보』 학예면을 맡으면서 사회부장이던 정인익과 함께 평소 존경하던 무정의 유작을 연재한 것으로 보인다.

네 번째는 신문과 잡지라는 근대적 매체는 짤막한 기사의 형태로 시화를 연재하기에 적합하였다. 『매일신보』에만 한정하여 살펴보면, 앞서 언급한 신채호의 『천희당시화』가 1909년 11월 『매일신보』의 전신인 『대한매일신보』에 연재된 이래 안택중(安宅重, 1858~1929)의 『동시총화(東詩叢話)』(1915.3.19.~1918.8.20.)와 최영년(崔永年, 1859~1935)의 『시가총화(詩家叢話)』(1921.3.23.~1922.7.1.), 그리고 『용등시화』의 연재가 끝난 다음 날부터 이건창(李建昌)의 『영재시화(寧齋詩話)』가 5회에 걸쳐 연재되었다. 『매일신보』는 소설과 한시의 연재뿐 아니라 시화도 장기간에 걸쳐 연재한 기획연재의 전통이 있었다.

4. 18~19세기 한시사의 구도

이제 『용등시화』의 구성과 내용을 살펴본다. 『용등시화』는 신문에는 62회에 걸쳐 연재되었으나 매회 똑같은 분량으로 한 개 칙(則)씩 수록하지 않았다. 독립된 내용을 기준으로 다시 분류해보니 전체 칙수(則數)가 모두 98개였다. 여기에 신문기사에는 누락된 1개의 시화를 고 이가원(李家源) 교수의 『옥류산장시화(玉溜山莊詩話)』에서 찾아 넣어 모두 99개의 칙수를 가진 시화로 확정하였다. 99칙의 수량은 적은 숫자가 아니다.

시화를 수록한 순서에 엄밀한 기준은 없으나 대체로 앞에서부터 시대순으로 쓰려고 한 점과 앞에는 동몽시(童蒙詩)가, 뒷부분에는 신분이 낮은 인물과 승려와 여류시인을 다룬 점으로 볼 때 한국 시화의 일반적인 서술법을 따르고 있다. 중간에는 전문 시인 위주로 수록하되 일정한 질서를 찾기가 어렵다.

99칙의 『용등시화』는 몇 가지 특징을 지니고 있다. 첫 번째로 꼽을 수 있는 특징은 완전하게 독창적 내용으로 구성된 점이다. 이 시화에서 기존의 시화와 겹치는 내용이 없다. 모든 내용이 오로지 이 시화에서만 찾아질 만큼 참신하다. 기존의 시화를 있는 그대로 재수록하거나 적당하게 변형하여 수록하고, 시각이 비슷한 이야기를 담은 경우가 적지 않은 조선시대나 근현대 시화의 관행을 전혀 따르고 있지 않다.

두 번째로 꼽을 수 있는 특징은 거의 모든 내용이 고종 시대의 시인과 그들의 창작 활동을 다룬다는 점이다. 무정 자신이 직접 겪은 시단과 교유한 작가의 작품 및 일화를 수록하였다. 여기에서 벗어나는 일부 시화도 대부분 18세기 중후반과 19세기 전반기의 시화이므로 무정의 시각에서는 현대시화 또는 병세시화(幷世詩話)로 창작한 것이다.

세 번째로 꼽을 수 있는 특징은 시 이론이나 창작법보다는 주요한 작가와 그의 시를 소개하고 평가하며, 흥미로운 일화를 기록하는 시화 본래의 성격에 충실한 점이다. 시평론의 본질에 충실한 시화로서 가치가 높다.

이 세 가지 특징을 지닌 『용등시화』는 이덕무의 『청비록(清脾錄)』 이후 가장 우수하고 본격적인 시화로서 그 학술적 가치가 대단히 높다. 작가와 시를 평론하는 과정에서 무정은 18세기 이후의 조선 후기 시단을 보는 독특한 관점을 제시하고 있다. 시화에 드러난 무정의 관점을 간명하게 살펴본다.

『용등시화』를 가르는 중요한 기준의 하나는 다루고 있는 작가가 고종 시대 시인인가 아니면 그 이전 시대 시인인가 하는 구분이다. 대다수는 고종 시대 시인으로 자신이 직접 접촉한 시인이고, 일부만이 이 기준에서 벗어난다. 고종 이전 시대 시단에서 활동한 시인을 다룬 시화를 먼저 살펴본다. 그에 해당하는 기사와 다루고 있는 내용을 모두 제시하면 다음과 같다.

3칙: 정태화(鄭太和)가 쓴 송시풍(宋詩風) 시

4칙: 성정을 담은 이광덕(李匡德)의 시

7칙: 김조순(金祖淳)의 대담함

8칙: 이우신(李友信)의 향염체(香奩體) 시

12칙: 초기작을 버린 신위(申緯)와 이건창(李建昌)

14칙: 김정희(金正喜) 작품으로 오인한 도망시(悼亡詩)

18칙: 하자(何字)를 잘못 쓴 박제가(朴齊家)의 시

19칙: 평측을 잘못 쓴 이덕무와 이건창

31칙: 이광덕의 금강산 명시

39칙: 비방을 부른 이상적(李尙迪)과 강위(姜瑋)의 작품

42칙: 아부하는 시를 쓴 이만용(李晚用)과 정기우(鄭基雨)

46칙: 경서를 시어로 쓴 신위

55칙: 도연명과 이양연(李亮淵)의 시풍

64칙: 이상황(李相璜) 시의 명료함

66칙: 체험을 쓴 박제가와 신위의 시

72칙: 자하소악부(紫霞小樂府) 변증

90칙: 조선 한시의 양대 조류

모두 17칙이 고종 이전 시대를 다룬 시화이다. 그중에서도 12칙, 19칙, 39칙, 42칙은 실제 말하고자 하는 내용은 고종 시대 시인이고, 다른 것도 전적으로 과거 시인만을 다루었다고 보기 어렵다. 전체에서 대략 6분의 1 또는 5분의 1 정도가 고종 이전 시대의 시인을 다루고 있고, 더 깊이 들어가 보면 아무리 멀어도 정조 시대를 크게 벗어나지 않고, 시단의 중추적 시인 위주로 다루고 있다.

90칙에서 무정은 조선 시풍의 양대 조류를 조선 중기 이전과 근고(近古) 시대의 두 가지 경향으로 놓고, 앞선 시기의 경향과는 반대가 되는 경향을 한시사가(漢詩四家)와 자하(紫霞) 신위(申緯)가 대표한다고 보았다. 무정은 "중엽 이전에는 오로지 당시(唐詩)를 일삼았으나 건릉(健陵, 정조) 이후로는 사가(이덕무·박제가·유득공·이서구)가 오로지 송시(宋詩)를 일삼아서 시체(詩體)가 일변하였다"라는 단언을 전하여 사가를 조선 후기 시풍 변화의 중추적 핵심으로 인정하였다. 19세기는 사가가 일으킨 변화를 계승 발전시키는 단계로 이해하여 전반기에는 신위가, 후반기 고종 대에는 강위나 이건창이 뒤 시기 경향을 계승하여 더 높은 수준으로 발전시켰다고 해석하였다.

18세기 후반의 사가, 19세기 전반의 신위, 19세기 후반의 강위와 이건창이란 반세기 시단의 거장을 중심으로 한시사의 변화를 포착하고, 게다가 그 변화를 발전의 시각으로 포착하였다. 무정은 정조 시대를 근대 한시의 기점으로 보고, 근대 한시의 방향을 긍정적으로 보는 시각을 강하게 드러내었다. 이 구도는 탁월한 견해일 뿐만 아니라 18세기 이후 시단의 거시적 조류를 명료하고 간명하게 정리한 것이었다.

그 밖에 다룬 시인을 시기순으로 나열하면, 이광덕, 이덕무, 박제가, 이우신, 이상황, 김조순, 신위, 이양연, 김정희, 이만용, 이상적이다. 영조 말엽부터 정조 대에 이르는 18세기 후반과 순조 대부터 헌종 대에 이르는 19세기 전반기의 저명한 시인들이다. 무정이 시단에 참여하기 시작한 1880년대 고종 대 시단과 직접 시맥(詩脈)이 닿아 있는 직전 1세기의 시인을 다루었다. 사가와 신위라는 거장 사이의 명가를 제시하고 있다.

시사를 파악하는 이와 같은 선명한 구도는 무정의 참신한 견해이면서 동시에 그가 속한 시대 및 시사(詩社) 동인과 공유하는 시각이다. 『용등시화』에서 보여준 구도와 관심은 이후 한문학사와 한시사를 보는 그의 시각으로 점차 체계를 갖춰가고, 그가 세운 구도와 시각은 20세기 이후 독자적 견해로서 매우 중요한 의미를 지닌다. 김태준을 비롯한 일제강점기 문학사가 대부분이 문학의 전개과정을 일종의 생명체와 같이 이해하고 18세기 이후 쇠퇴기에 접어들어 조선 말기 이후 한문종자(漢文種子)가 끊어지는 과정으로 이해한 것과는 시각이 크게 다르다. 18세기 이후 시단의 전개과정을 단순한 쇠퇴의 과정으로 보지 않고 계승하여 발전하는 과정으로 이해한다는 점에서 훨씬 객관적이다.

이렇게 무정은 지난 1세기 시단에서 활동한 주요한 시인의 큰 맥락을 잡아 다룸으로써 근대 시기의 비평사가 또는 문학사가로서 높은 수준의 안목을 드러냈다. 무정에 와서야 비로소 18세기 중반 이후 주요한 시인에게 역사적 위상을 제대로 부여하고 있다.

이렇게 『용등시화』에서 근대 한시단에 대해 깊이 있는 이해와 관심을 토대로 세운 구도는 이후 「조선시문변천」과 「조선근대문장가약서」라는 학술논문으로 발전하였다. 경성제대 강의안이었던 두 논문은 영조·정조 시대 문학을 근대의 출발로 삼아 그 이후의 시문과 문장가의 맥락을 잡고 있다. 근대적 학술논문으로서 두 편의 글은 정조 이후 조선 말기의 한문학사를 보는 시각에 큰 영향을 끼쳤다. 논문에서 고종 시대 문장가로 학계의 상식과 다르게 이응진(李應辰)과 이상수(李象秀), 이근수(李根洙)를 포함하고, 경술(經術)을 담은 문장을 특별히 중시하며, 강위·김택영·이건창·황현·이남규 등 남사(南社) 구성원을 대거 포함한 점은 『용등시화』가 무정의 문학사 구도에 얼마나 큰 영향을 끼쳤는지 말해준다. 따라서 『용등시화』는 18세기와 19세기 한문학사와 한시사 구도를 균형 있는 시각으로 파악한 첫 번째 저술로서 큰 가치를 지닌다.

5. 고종 시대 시단의 증언

『용등시화』가 지닌 첫 번째 가치는 바로 19세기 후반 고종 시대 시단을 전체적으로 조망한 거의 유일한 사료라는 점에 있다. 불행하게도 조선 말기 고종 시대의 문단과 문인의 활동상은 다른 어떤 시기보다 남아 있는 사료가 부족하다. 전통과 근대가 충돌하면서 전통에 속하는 모든 것들이 거침없이 허물어지는 시기라 차분하게 직접 체험한 시대의 문화예술을 되짚어보는 여유를 누리지 못했다. 특히나 중추적 인물들이 자신의 활동을 회고하는 저술을 남기지 못했다. 그 점에서 무정의『용등시화』는 대단히 큰 가치를 지닌다.

시화가 지닌 가치는 무정이 지닌 조건에서 나온다. 무정 자신이 조선 말기 시단의 주축 가운데 한 사람이었고, 선대로부터 형성된 가학(家學)과 소론이란 당맥(黨脈), 그리고 학맥의 혜택을 누렸다. 또한 젊은 시절부터 관계에 진출하여 중앙 정계에서 적지 않은 요직을 맡았다. 누구보다도 문단의 이모저모를 파악하여 기록할 수 있는 좋은 조건을 갖추고 있었다. 이 책을 쓰기 전까지 무정이 체험하고 견문한 한양 문단의 30여 년 풍경은 그 자체로 시단에서 가장 중요하고도 흥미로운 정보이자 지식이었다.

실제로『용등시화』에는 무정 자신이 체험한 시창작의 현장이 재현되어 있다. 강위·이상수·정기우·김윤식·이중하·여규형·김택영·이건창·황현·이남규와 같은 주요 작가를 포함하여 군소 작가 수십 명의 생생한 일화와 시작품을 수록하고 있다. 한말사대가로 불리는 강위·김택영·이건창·황현뿐 아니라 문단의 중진을 포함하고 있다. 현재 전하는 어떤 저술도 이만한 규모로 그 시기 시단을 보여주지 않는다.

그 밖에도 대원군·김홍집·어윤중·민영목·김옥균·유길준 등 조선 말기 정계의 저명한 인물들의 시와 일화도 실려 있는데 다른 어떤 문헌에서도 볼 수 없는 기록이다. 다음 93칙을 하나의 사례로 든다.

하늘이 내린 재능이 뛰어나면 배우지 않아도 시를 잘 쓸 수 있다. 나의 벗 구당(榘堂) 유길준(兪吉濬)은 나보다 두 살 연상이다. 함께 외서랑(外署郎)이 되었으나 구당은 외국에 유학하느라 벼슬하지 않았다. 갑오경장 초기에 내무협판(內務協辦)으로서 궁궐에서 만났을 때 구당이 "신학(新學)에 힘쓰다보니 시부(詩賦)와 같이 한가로운 작품은 지어본 적이 없네"라고 말했다. 하루는 궐내에 위급한 일이 생겼다. 도원(道園) 김홍집(金弘集) 공이 그때 총리대신(總理大臣)으로 재직할 때라 근심 걱정으로 속을 태우며 밤새도록 촛불을 밝힌 채 잠들지 못했다. 이윽고 위급한 사태가 잠잠해졌다. 구당이 즉시 시를 한 수 지어 도원에게 바쳤는데 시의 아래 네 구가 다음과 같았다. '큰길로 말이 돌아간다 사졸들이 외칠 때, 상공은 어둠을 밝히는 촛불을 마주하고 계시네. 밤 깊어 환한 달빛 손에 잡힐 듯 비치고, 온 하늘에 별들은 궁궐 연못에 쏟아지네(士卒傳呼班馬路, 相公坐對燭龍枝. 夜久淸光如可掬, 一天星斗影宮池).' 시를 잘 짓는 사람의 솜씨와 다름이 없어서 도원도 경탄하였다.

여기에는 김홍집, 유길준, 그리고 저자 세 사람이 등장한다. 사건의 배경에는 근대의 중요한 역사적 사건이 등장한다. 특히 1894년 7월 23일에 일본군이 경복궁을 점령한 사건은 이후 갑오개혁과 청일전쟁으로 확대되는 중대한 사건이다. 유길준의 시는 일본군이 경복궁을 점령하여 대한제국 군대를 무장해제한 뒤에 물러나는 장면을 묘사하고 있다. 사태가 진정된 직후에 쓴 시로서 무기력한 당시 조정의 실상이 잘 드러난다. 오로지 이 시화에서만 볼 수 있는 기록이다.

『용등시화』가 지닌 두 번째 가치는 남사(南社)라는 고종 시대 시단을 대표하는 시사의 활동을 풍성하게 보여주는 점이다. 남사는 한양의 남쪽 곧 남산 북쪽의 회현방(會賢坊)을 중심으로 창작 활동을 함께 한 시사(詩社)이다. 소론(少論) 문인이 주도하여 홍기주(洪岐周)·이중하·정기우·여규형·이건창·정만조 등이 주축이 되고, 여기에 많은 시인들이 참여하였다. 시화 곳곳에서 이른바 '남사제명승(南社諸名勝, 남사의 여러 명사)'들이 벌인 시회 현장과 거기에서 창작된 작품과 일화를 소개하고 있다. 자세한 내용은 안대회의 「조선말기의 문예그룹 남사와 남사동인의 문학활동」(『한국한시연구』 25집, 2017)에 밝혔다.

세 번째로 말할 수 있는 가치는 대부분 내용이 간접 견문이나 독서를 통해 얻어진 것이 아니라 저자가 직접 체험한 시단의 실상과 많은 시인들과 교유한 양상, 그리고 주고받은 작품에 대한 평론이라는 점이다. 시단 현장의 견문과 체험이 그 현장에 있었던 무정의 손끝을 통해 독자에게 직접 생생하게 전달된다. 이는 다른 무엇과도 바꿀 수 없는 소중한 가치이다. 그래서 무정이란 기록자의 존재를 삭제하고 『용등시화』의 일부를 읽는다면 기록자의 시선을 뭉개는 것이고, 그렇게 되면 맥락이 왜곡되거나 정확한 이해와 감상을 할 수 없게 된다.

『용등시화』는 다른 저술의 내용을 재론하거나 재인용하지 않고, 거의 모두 직접 보고 확인한 사실과 자신의 생각을 글로 썼기 때문에 남다른 사료적 가치를 지닌다. 『용등시화』는 무정이 증언한 고종 시대 시단의 활동상이면서 동시에 지성인들의 숨겨진 일화를 기록한 빼어난 야사의 하나이기도 하다. 당시 역사를 이해하는 데에서도 가치있는 사료로 활용될 수 있다.

네 번째로 꼽을 수 있는 가치는 현재에는 거의 존재가 묻힌 여항시인이나 지방문인의 존재와 작품의 성취를 크게 부각시킨 점이다. 남사와 관련을 맺은 유명 무명의 시인들이 시화에는 다수 등장한다. 시를 잘 지은 이학원(李鶴遠)이 이건창의 소개로 시사에 처음 나온 사연(21칙), 순창 아전의 아들로 시를 잘 지은 이현식(李鉉軾)(22칙), 충청도 강경의 객주(客主)로 시를 잘 지은 방달주(方達周)(34칙), 경상도 영덕 아전의 서자인 주효상(朱孝祥)(35칙), 하동 출신 시인 성혜영(成蕙永)과 김창순(金昌舜)(60칙), 순창의 시인 설규석(薛奎錫)(80칙), 호서의 떠돌이 시인 심상모(沈相某)(82칙), 강경의 시인 초강(楚江) 김상우(金商雨) 부자(85칙), 영해민란의 주모자 남두병(南斗柄)(74칙), 그리고 무정이 직접 만나본 승려 시인(94칙)과 기녀 시인(96칙~98칙) 등이다. 조선 말기 시단에서 크고 작은 활약을 한 시인들로서 그들에 관한 자료가 절대적으로 부족한 상황에서 『용등시화』는 신뢰할 만한 문헌이다.

74칙의 경우처럼 영해민란 또는 이필제의 난으로 불리며 동학혁명의 시작으로도 불리는 역사상 큰 사건에서 주모자의 한 사람이 쓴 작품도 수록하였다. 그 부친이 민란 발생 이후에 영덕현감을 지냈기에 채록할 수 있었다. 이처럼 무정은 서울의 사대부 문인뿐 아니라 여항 문인과 기녀의 범주까지 시야를 확대하여 근대 문단을 충실하고 정확하게 증언하고자 하였다.

6. 『용등시화』의 평가

『용등시화』를 읽고 평가할 때 걸림돌은 바로 저자 자신이다. 시화를 쓴 이후 친일행각을 벌여 매도와 질타의 대상이 된 저자 탓에 시화를 널리 읽고 제대로 평가하기가 망설여진다. 그러나 무정의 친일행적은 그것대로 평가하여야 하지만 『용등시화』와 책에 실린 내용을 친일행적의 기준으로만 이해하고 평가하는 것은 바람직하지 않다. 조선 말기 시단과 지성계, 정치계를 깊이 이해하도록 안내하는 우수한 저술로서 가치를 인정하고 적극적으로 읽고 활용하는 것이 옳다. 『용등시화』의 발굴과 번역이 비교적 관심이 부족하고 연구가 덜된 조선 말기 문학을 재발견하고 재평가하는 계기가 되기를 기대한다.

『용등시화』는 『옥류산장시화』에 일부가 실려 있어 알려지고 이용되었다. 다만 많은 글이 무정의 저작임을 밝히는 정보를 삭제하고 인용하였기 때문에 온전한 글로 읽을 수 없었다. 이제야 『용등시화』를 온전한 상태로 복원하고 번역하여 독자들이 본래의 모습을 되살려 읽을 수 있도록 출간한다.

번역하는 내내 『매일신보』에 기사로 연재하기 이전의 저본과 그 밖의 다른 필사본을 구하였으나 아직 구하지 못했다. 분명 더 원형에 가까운 이본이 있을 것이라 기대한다. 그 실물에는 기사화되지 않은 다른 내용이 더 있을 수 있고, 정만조 본인이 쓴 시화의 서문도 달려 있으리라 추정한다. 지금으로서는 여기에 만족하고, 새로운 자료가 나오면 그때 가서 보완할 것을 약속한다.

번역하고 상세한 주석을 붙이는 작업을 김보성 박사와 함께하였다. 김 박사는 시화를 전문적으로 연구하는 연구자로서 지난 몇 개월 동안 열성적으로 연구하고 번역하는 수고를 아끼지 않았다. 앞으로도 시화의 발굴과 연구에 훌륭한 성과를 낼 것이라 기대하며 힘든 번역을 함께한 데 대하여 감사한 마음을 전한다. 김영진 교수로부터 정만조 문집 관련 자료를 받아 주석을 내는 데 도움을 받았고, 최상근 선생은 원고를 읽고 의견을 주어 내용을 수정할 수 있었다. 두 분께도 감사를 드린다.

2018년 6월 22일
대동문화연구원 원장실에서
안대회

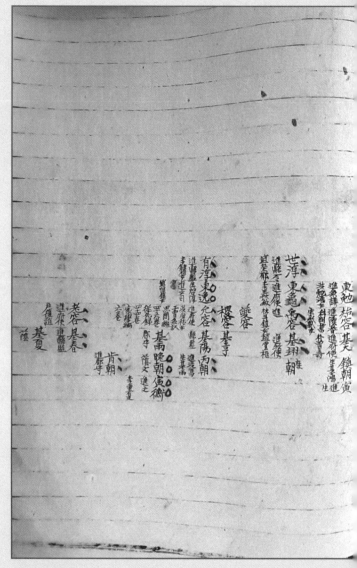

정만조 집안의 족보

『동래정씨전보(東萊鄭氏全譜)』 필사본. 역자 소장. 임당공파(林塘公派) 무오보(戊午譜)에 의거하여 만든 족보이다. 경산(經山) 정원용(鄭元容) 계열과 수암(睡庵) 정윤용(鄭允容) 계열의 계보가 나란히 실려 있다. 정만조는 정윤용의 손자로 기재되어 있다. 『용등시화』에는 두 계열에 포함된 인물이 다수 등장한다. 정만조의 만(晚)은 만(萬)의 오자이다.

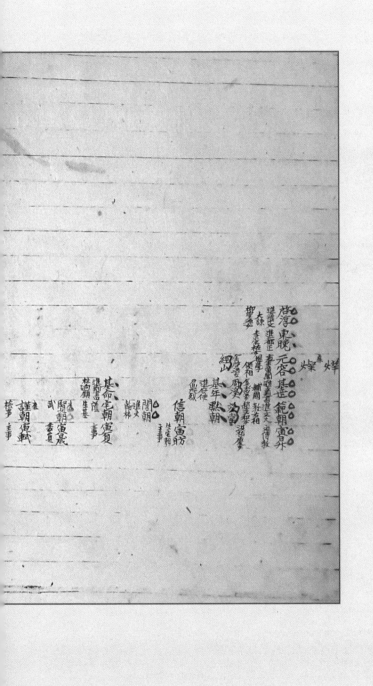

燁

燦

厚○
淳○ 東○ 晩○
　　進德史 元○ 容○ 基○ 鎔朝寅昇○
　　進德正 基正 　○ ○ ○
大諫　李志憲字輝平　進士　進文　道行敎
御史　　　　　　網國　教右相
　　　　李志澤字輝學　網相
　　綱國　　勵勇　判書　經筵參贊
　　進存使　基年黙朝　爲南
基命宅朝寅復　　命扉觚
　　進士　進士進士　信朝寅防
林渭顯生基　　閏朝　　生宅朝
　　　武　進文　主事
　　閏朝寅晟
　　　武　進直
謹朝寅軾
　　　椿事　主事

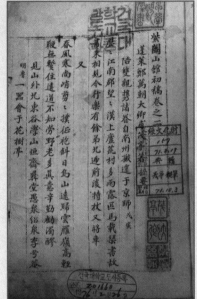

정만조의 시집 『자각산관초고(紫閣山館初稿)』

필사본. 건국대학교 상허기념도서관 소장. 정만조의 자필 수택본(手澤本)으로 20대의 작품이 실린 권2만 전한다. 위로부터 탁락관군서(卓犖觀群書), 무정(茂亭), 대경(大卿), 정만조인(鄭萬朝印) 소장인(所藏印) 네 방(方)이 찍혀 있다. 자각산(紫閣山)은 동래정씨(東萊鄭氏)의 세거지인 남산(南山)의 별칭이다.

榕燈詩話 (一)　茂亭　鄭萬朝

或言白沙李文忠公。
時。題胡獹圖曰。（譯恒圖）劬
鐵馬千群夜踏霜。陰山獵龍月蒼々
拍。樽前起舞左賢王。此。唐人詩
罕其倫而公之壯而老而後作。曾無
及此者。何也。余曰公之才氣絕倫。
晚來作。多不如初年。以智觀漸通
其幼時天顏之溯出。如此。凡詩人
而鋒銳稍退也。況如公者。自揮橋
而值國多難。以身佩安危者四十年
笑眼斷々於為詩哉。然。公年譜
中。歡六八歲時作軔有丈夫氣。琴
觀太古音。句而無此詩。恐非幼時
作也

榕燈詩話 (二十五)　茂亭　鄭萬朝

自古以詩見忤於時。
致禍於人者。固多矣。
余所目擊。亦屢矣。
時。首輔曰愮羽低回
不忘飛。故山蕙桂夢
依微。章士大懼之曰
是。朝我以旅食兄師。
不去也。齋媦辭解之而終不獨然。
於蕙齋之待章士。絡無懈怠。竟得
懈。呂禧亭。瞿第時。聲音繼繼對
兩門戶藹條。苦無所及。一朝大聞。
密齋即以詩賀目呂子持起何憾々。
布衣坐顯生春風。宿亭。亦復以當
亮。後二年。李二篁。以工部郞。
還為密齋又有賀詩曰未第苦猶已發
身。終如不得老松身。
名曰。賀吾君坐鳳凰人。荷亭。見此
　如今紅紙題

『용등시화』 1척(1938년 9월 1일 1회)과 『용등시화』 37척(1938년 10월 2일 25회)

『용등시화』의 디자인은 2종이다. 1회에서 24회까지 첫 번째 디자인을 썼고, 25회부터 새로운 디자인을 적용하여 62회까지 연재하였다. 두 번째 디자인은 시화 제목의 등잔을 소재로 활용하는 재치를 보였다.

東萊鄭氏家錄　七

東萊鄭氏家錄　六

東萊鄭氏家錄　五

東萊鄭氏家錄　四

東萊鄭氏家錄　三

東萊鄭氏家錄　二

東萊鄭氏家錄　一

共七

東萊鄭氏家錄卷之十四

睡菴鄭允容　編輯
孫男萬朝　訂補
男萬朝　撰

補　雲齋公　基雨　遺事

公四歲喪母夫人以爲終身慟至晚年聞人有老母輒流涕聞人早失
母者亦涕泣自孤露後見時節之需必泣不進食故家人不敢以時需
進屢出宰始上官例以盛饌供每却之雖約設不受有勸之則曰吾不
及養而何心受此供乎遇親忌前數日己嗚咽不成語音食飲不進每
上墓哀哭或經日達宵而不休○伯氏庶尹公友愛篤至老後始分爨
而屋必連墻甘旨必分庶尹公長十四歲而公若嬰兒之於慈母盖以
公幼失恃故庶尹公極其愛憐而不以嚴導之也徐郡守相學氏與公
兄弟好尝曰子之兄弟太無禮吾與其無禮近見人家弟兄若路人者

『동래정씨가록(東萊鄭氏家錄)』

연활자본, 1919년 간행, 14권 7책, 성균관대학교 존경각 소장. 정만조의 조부인 정윤용(鄭允容)이 동래정씨 명사들의 묘지와 행장, 언행록 등을 편집한 책을 정만조가 교정하고 증보하여 출간하였다. 권14에 보유편으로 들어간 「운재공 유사(雲齋公基雨遺事)」는 정만조가 선친 정기우의 교유 관계, 재직 시절 일화, 평소 언행 등을 상세히 적은 글로 흥미로운 내용이 보인다.

용등시화

❉

일러두기

1. 1938년 9월 1일부터 12월 2일까지 『매일신보(每日新報)』 문화면에 연재된 『용등시화(榕燈詩話)』를 저본으로 하여 우리말로 옮겼다.

2. 『매일신보』에는 모두 62회 연재되었으나 내용의 독립성에 따라 재분류하고, 『매일신보』에는 실리지 않았으나 『옥류산장시화(玉溜山莊詩話)』에 인용된 정만조의 시화 1칙(則)을 추가하여 모두 99칙으로 정리하였다.

3. 저본에는 제목이 달려 있지 않으나 각 칙(則)의 주요 내용을 집약한 소제목을 별도로 붙였다.

4. 번역은 정확성을 추구하면서도 쉽게 읽힐 수 있도록 노력하였다.

5. 각주에는 작품의 이해를 돕고자 『조선왕조실록』, 『승정원일기』, 족보, 행장, 고신문, 근대 잡지 등을 참고하여 인물의 생몰년과 행적을 밝혔다.

6. 각주에는 정기우(鄭基雨)의 『운재유고(雲齋遺稿)』, 이건창(李建昌)의 『명미당고(明美堂稿)』, 강위(姜瑋)의 『고환당수초(古歡堂收艸)』, 이기(李琦)의 『조야시선(朝野詩選)』 등 정만조와 친밀한 문인의 저술을 두루 참고하여 작품의 창작 배경을 설명하였다.

7. 일반적인 내용주는 간명하게 밝히는 방향을 취했고, 사전에서 찾아지지 않는 고종 시대 역사적, 문화적 사실을 설명하는 주석을 달고자 노력하였다.

8. 원주와 간단한 어구 해석은 모두 간주로 대신하고, 원주는 별도 표기하였다.

이항복의 동몽시

어떤 사람이 다음과 같이 말하였다.

"백사(白沙) 이항복(李恒福)[1] 공이 어렸을 때 사냥하는 오랑캐를 그린 호렵도(胡獵圖)에 이런 시를 지었소.

음산에서 사냥 마치고 달빛은 흐릿한데	陰山獵罷月蒼蒼
철마 천 마리가 밤늦도록 서리 밟고 간다	鐵馬千群夜踏霜
막사 안에 호가 피리 두세 마디 연주되자	帳裏胡笳三兩拍
술동이 앞에 일어나서 좌현왕은 춤을 춘다	樽前起舞左賢王

이 시의 수준은 당나라 시인도 맞설 이가 드물다. 백사의 장년기나 노년기 작품 가운데 이 수준에 미치는 시가 아무것도 없으니 무슨 까닭인가?"

그의 말에 나는 이렇게 대꾸하였다.

"백사의 재기(才氣)는 대단히 뛰어나 어릴 때의 천진스런 소리가 가

---

1 이항복의 『백사집(白沙集)』 권1에 「선우야연도(單于夜宴圖)」란 제목으로 실려 있다.

슴에서 이렇게 우러나왔소. 시인이 만년에 지은 작품은 대체로 초년의 작품보다 못하지요. 지식이 점차 진보하면서 날카로운 기운이 점차로 퇴보하는 탓이오. 더구나 백사와 같은 분은 벼슬을 시작한 이후부터 국난을 많이 겪고, 나라의 안위를 몸으로 책임진 기간이 사십 년이었소. 어느 틈에 시작에 전념했겠소. 그러나 백사의 『연보』에는 여덟 살 때 지었다는

검에는 장부의 기상이 서려 있고　　　　　　　　劍有丈夫氣
거문고에는 태고의 음악이 담겨 있네　　　　　　琴藏太古音

라는 시구는 실려 있는데[2] 위 시는 실려 있지 않으니 아무래도 어렸을 때 지은 시는 아닌 듯하오."

---

2 백사의 어린 시절 영재성과 호방한 성격을 보여주는 시구로 장유(張維)가 지은 「행장(行狀)」을 비롯하여 많은 야사에 실려 있다. 홍만종의 『소화시평(小華詩評)』 하권 18칙에도 소개되어 있다.

2

인구에 회자되는 이달과 이희지의 시

시인의 시를 논할 때면 시를 보는 성향이 달리 나타나지만 천추(千秋)에 회자되는 명시에 이르면 성향의 차이가 사라진다. 손곡(蓀谷) 이달(李達)의 「채련곡(採蓮曲)」은 다음과 같다.

연잎은 들쭉날쭉 연밥은 많아져서	蓮葉參差蓮子多
연꽃을 사이에 두고 아가씨들 노래하네	蓮花相間女娘歌
돌아갈 때 횡당 어귀에서 보자며 동무와 약속하고	來時約伴橫塘口
힘들여 배를 저어 물을 거슬러 올라가네	辛苦移舟逆上波

응재(凝齋) 이희지(李喜之)의 시는 다음과 같다.

강변 집에 닭이 울어 밤은 새벽으로 가는데	水舍鷄鳴夜向晨
버들가지 한들한들 달은 나루에 빗겨 있네	柳梢風動月橫津
강남강북 어디선가 어부가가 들려오지만	漁歌知在江南北
갈대꽃만 펼쳐지고 어부는 보이지 않네	一色蘆花不見人

시를 논하는 이들이 다른 의견 없이 아름답다고 칭송하였다. 두 시인의 전체 시집에서 이 시와 견줄 만한 작품이 없으니 전하여 읊는 시는 우수한 작품을 뽑았음을 알 수 있다.

3

조선시대 송시풍의 변곡점

우리나라 시를 논하는 이들은 모두 다음과 같이 말한다.

"중엽 이전에는 당시(唐詩)의 성률만 일삼다가 정조(正祖) 이후부터 사가(四家, 아정 이덕무, 초정 박제가, 냉재 유득공, 척재 이서구-원주)가 오로지 송시(宋詩)의 이치를 일삼아서 시체(詩體)가 완전히 변해버렸다."

이 말을 인정하지 않을 수 없다. 그러나 정조 이전에도 송시의 이치가 없었던 것은 아니다.

나의 선조 양파(陽坡) 정태화(鄭太和) 공이 영의정으로서 나라의 경사를 만났다. 도감(都監)을 설치하고 선조는 도제조(都提調)가 되고, 병조판서 원두표(元斗杓) 공은 제조(提調)가 되어 몇 달 만에 맡은 일을 마쳤다.[1] 때마침 선조의 매부인 무곡(無谷) 윤강(尹絳) 공이 중국에 사신으로 갔다가 돌아와[2] 선조께서 연회를 베풀어 그를 맞이하였는데

---

1 정태화는 1651년 12월 이후 영의정으로 재직하였다. 여기서 나라의 경사는 인조의 계비인 장렬왕후(莊烈王后) 자의대비(慈懿大妃)가 1653년(효종 4) 윤7월 10일에 건강을 회복한 일을 가리킨다. 이때에는 도감이 설치되지 않았다. 도감이 설치된 것은 그로부터 2년 뒤 1655년으로 자의대비가 거처할 내전(內殿)을 창덕궁 인정전 뒤편 흠경각(欽敬閣) 터에 짓는 큰 공사를 벌였을 때였다. 후에 완공하고 효종이 만수전(萬壽殿)이라 사액하였다. 이때 정태화가 도감의 도제조, 원두표가 제조였다. 저자가 두 개의 사실을 혼동한 듯하다.

도감에서 일하는 악공과 예인(藝人)들을 데리고 와서 하룻밤 실컷 즐기고 파하였다.

그때 정승을 지낸 만암(晚庵) 이상진(李尙眞) 공이 간관(諫官)에 새로 임명되어 상소를 올려서 당시 국정의 폐단을 수십 가지로 논박하였는데 '영의정이 육조판서와 기녀를 데리고 풍악을 벌였으니 정승의 체모를 떨어뜨렸다'는 내용이 들어 있었다.[3] 선조께서 편치 않아서 곧 남대문 밖으로 물러나 있었다. 만암이 정언(正言)에 임명된 것은 바로 선조께서 천거한 덕분이기에 선조의 조카들이 "만암이 배은망덕하다"라고 하였다. 선조께서 그 자리에서 다음 시를 지어 보여주었다.

공무 틈에 술 한 동이 한가롭게 열어놓고	公暇聊開酒一樽
작은 다락에 초승달 떠서 기악을 불렀지	小軒新月喚梨園
고관인들 호쾌한 흥취 없을 수야 있겠냐만	高官未必無豪興
말년에 직언의 표적될 줄 누가 알았으랴	末路誰知有直言
탄핵문은 당세 일을 남김없이 논박했으니	白簡摠論當世事
정승 맡은 내 몸이 귀함을 새삼 깨달았네	黃扉偏覺此身尊
현자를 천거하고 상 받는 것은[4] 내 소망이 아니고	薦賢上賞非吾望

---

2 윤강은 1653년 7월에 사은사(謝恩使)의 부사(副使)로 청나라에 갔다가 11월에 돌아왔다.

3 이상진은 1654년 2월 4일 정언에 제수된 뒤 며칠 지나지 않아 시폐(時弊)를 논한 상소를 올렸다. 『효종실록』 1654년(효종 5) 2월 10일 기사에 상소문이 실려 있다. 그 가운데 "(전략) 가만히 듣건대, 병조판서 원두표가 주찬(酒饌)을 준비하고 기악(妓樂)을 챙겨 수상(首相)의 집으로 가서 한바탕 연음(宴飮)을 벌였다고 합니다. 품계가 높은 중신이 어떻게 감히 주찬과 기악을 준비하여 대신에게 아첨하며, 대신 또한 어떻게 그것을 받습니까(후략)"라는 내용이 들어 있다. 이후 정태화와 원두표, 이상진 등이 면직과 인피(引避)를 청하였다.

다 함께 공경하여5 성은에 보답하기만 바라노라   惟願同寅答聖恩

이런 시는 모두 송시의 이치가 부족하다.6

---

4 『사기(史記)』「무제기(武帝紀)」에 "어진 이를 천거하면 상등의 상을 받고, 어진 이를 은폐하면 드러내 죽이는 벌을 받는 것이 옛날의 도입니다[且進賢受上賞, 蔽賢蒙顯戮, 古之道也]"라는 말이 있다.

5 『서경(書經)』「고요모(皐陶謨)」에 조정 신하들이 함께 경건하고 공손한 자세로 화합함을 뜻하는 말로 동인협공(同寅協恭)이 나온다.

6 내용으로 볼 때 저자가 정반대의 이야기를 하고 있다. 정태화의 시에 송시의 이치가 담겨 있다는 취지로 말하는 것이 타당하다.

4

성정을 닮은 시

시는 음향(音響)과 성정(性情)이 모두 지극한 경지에 도달한 것이 아름답다. 그러나 그런 시는 얻기가 대단히 힘들다. 예를 들어 관양(冠陽) 이광덕(李匡德)이 함경도관찰사 오천(梧川) 이종성(李宗城)에게 보낸 시가 있다.

서도와 영남에서는 호사스러움이 부끄럽고	西箕南嶺膩堪羞
정승 판서일 때는 번잡함이 염려됐지	勻軸銓衡鬧更憂
부와 귀를 누릴 관직은 오직 하나 관찰사요	富貴官惟觀察使
풍류가 넘치는 곳은 낙민루가 최고일세	風流地最樂民樓
융복 입은 기녀들은 물고기를 가라앉힐[1] 자태요	戎裝侍妓沈魚態
말 탄 친군(親軍)은 범도 때려잡을 맹사[2]로다	猿騎親軍扼虎儔

---

1 월나라의 미녀 서시(西施)는 물고기가 헤엄치길 멈추고 구경하다가 가라앉을 정도[沈魚]의 미모를 지녔다고 전해진다.

2 한(漢)나라 명장(名將) 이릉(李陵)은 무제에게 자청하여 "신이 통솔하는 국경주둔군은 모두 형초(荊楚) 출신의 용사로서 기재(奇材)와 검객입니다. 그들은 맨손으로 범을 때려잡고, 활쏘기 실력은 백발백중입니다[臣所將屯邊者, 皆荊楚勇士·奇材劍客也, 力扼虎, 射命中]"라 하였다(『한서(漢書)』권54, 「이릉전(李陵傳)」).

텅 빈 강가에 병들어 누운 벗이 생각나면 　　　　　　可念空江人臥病

때때로 술값이나 부쳐주지 않으려나 　　　　　　時時寄得酒錢不[3]

성률과 이치가 모두 지극한 경지에 도달한 작품이라 할 만하다.

---

[3] 이광덕의 『관양집(冠陽集)』 권2에 「함경도 관찰사 이자고에게 주다[贈北伯李子固]」란 제목
으로 실려 있다. 이건창의 증조부 이면백(李勉伯)은 이 시를 높이 평가하여 함경도안찰사로
가는 만포(晩圃)에게 이 시에 차운한 전송시를 지어주기도 했다(『대연유고(岱淵遺藁)』 권1).

5

시의 기상

시는 기상이 좋아야 한다. 시가 공교롭지 않아도 되지만 기상은 염두에 두지 않을 수 없다. 기상이 좋고 나쁨은 지은 이의 길흉과 관련되지 않은 적이 없기 때문이다. 내 옛 스승인 소당(蘇堂) 민영목(閔泳穆) 공이 해방영(海防營)에 재직할 때 내가 군사마(軍司馬)로서 모시며 자주 시를 주고받았다.[1] 공이 지은 작품에 다음 시구들이 있다.

서울 가는 길은 헤매기 쉽건만 꽃은 절로 피어나고	輦路易迷花自發
사신 갔던 배는 안 돌아오고 파도만 부질없이 출렁대네	仙槎不返水空波
너른 들판은 모래밭 끝을 지나 사라지고	平蕪轉向沙頭失
외딴 섬은 우듬지 꼭대기에 기대어 있네	孤嶼高依木末居

---

1 해방영은 구한말에 설립된 군영(軍營)으로 경기·황해·충청도의 수군을 통합하였다. 독판통상사무아문(督辦通商事務衙門) 민영목(閔泳穆)을 기연해방사무(畿沿海防事務)로 임명하면서 설립되어 1884년 1월 4일 경기도 부평(富平)에서 정식으로 발족하였다.『무정유고』9장에「해방영 군사마로 원수(元帥) 민영목 공을 모시고 해방영으로 가기 위해 양화도를 건넜다. 해방영은 부평에 있다」란 작품이 보이고, 민영목과 그 수하의 관료들과 수창한 시들이 여러 편 보인다.

시구마다 이와 같아 기상이 정말 좋지 않았다. 얼마 지나지 않아 끝내 천수를 편히 누리지 못하고 돌아가셨다.[2] 삼종형 규당(葵堂) 정범조(鄭範朝)가 정월 대보름의 달을 읊은 시에 다음 구절이 있다.

찼다가 이우는 질서가 있어 부절 두 쪽을 합한 듯하고   盈虛有信雙符合
빛과 기운에 티가 없어 옥처럼 완벽하네   光氣無瑕一璧完

기상이 대단히 좋으니 얼마 지나지 않아 우의정에 임명되어 복록을 편히 누렸다.

---

2 민영목은 박규수 등과 같이 서양 기술의 도입과 개국통상을 주장한 구한말의 고위관료다. 1883년에 최초의 신문 『한성순보(漢城旬報)』를 발간하였다. 이후 수구적 태도를 취해 민태호(閔台鎬) 등과 함께 권력의 핵심으로 부상하였다가 1884년 12월 갑신정변 때 개화당 인사들에게 참살당하였다.

6

시의 미래 예측

시를 통해 사람의 빈궁과 영달을 예측하는 것이 모두 허황된 것은 아니다. 재종조(再從祖)이신 경산(經山) 정원용(鄭元容) 공이 북경에 사신으로 갔을 때[1] 요하(遼河)에서 노숙하며 다음 시구를 지었다.

베갯머리에는 별과 별이 깜박거리고	枕上星辰動
침상 곁에는 범과 표범이 잠자고 있네	牀邊虎豹眠

청나라 사람이 듣고서 삼십 년간 대장과 정승을 맡을 징조라고 하였다. 공은 사행에서 돌아와 바로 정승에 임명되어 삼십삼 년 동안 머물렀고, 호위대장을 지낸 햇수는 수십 년이었다. 세간에서 말하는 시참(詩讖)을 또렷하게 확인할 수 있다. 추금(秋錦) 강위(姜瑋) 선생이 어느 날 나와 시를 지었는데 그 시의 끝은 다음과 같았다.

베개 높여 잠을 자도 다시는 방해 받지 않네	更無一事妨高眠

---

1 정원용(1783~1873)은 1831년 10월 16일부터 이듬해 3월 27일까지 동지사(冬至使) 정사가 되어 북경에 다녀왔는데 이때 『연사록(燕槎錄)』을 엮었다.

마침내 이 시구가 절필(絶筆)이 되고 말았다. 영재(寧齋) 이건창(李建昌)이 충청도 어사로서 공주의 공북루(拱北樓)에 도착하여 다음 시구를 남겼다.

천리 길 변방에서 머리 한번 치켜드네   關山千里一翹首

서울에서 공주까지 삼백 리가 채 안 되는데 천리라고 썼다. 끝내 어사로 할 일을 하다가 천 리 밖 벽동군(碧潼郡)에 유배되었다.[2]

하정(荷亭) 여규형(呂圭亨)이 하루는 여러 벗들과 영재(寧齋)가 근무하는 기성(騎省, 병조)에 모였다. 이날은 마침 인일(人日, 음력 정월 초이렛날)이 코앞이었는데 시의 끝 구절이 다음과 같았다.

오늘에야 진정 사람다운 사람이 되었구나   今日眞成可謂人

다음 날 인일이 되자 응제시(應製試)에서 급제하였다.

---

2 이건창은 1875년 충청도 암행어사로서 충청감사 조병식(趙秉式)의 비행을 밝히다가 모함을 받아 평안도 벽동군에 유배되었다. 이 시구와 관련한 시참의 문제는 이건창 스스로가 밝힌 적이 있다. 『명미당집(明美堂集)』 권5, 「남천기은집(南遷紀恩集)」의 '황화정(黃花亭)' 시의 협주(夾注)에서 이렇게 말하였다. "나는 정축년 중양절(重陽節)에 충청우도 어사가 되어 공북루에 올랐다. 그때 '천리 길 변방에서 머리 한번 치켜들고, 중양절 비바람 속에 부질없이 술잔을 든다'라는 시구를 지었다. 다음 해 조정에 돌아와 임금님께 복명(復命)하고 사건에 연루되어 벽동군에 유배를 갔다. 사람들은 '천리 길 변방'이란 말이 본디 공북루에는 부합하지 않으니 그 말이 시참이라고 했다〔余於丁丑重陽, 按廉湖右, 登拱北樓, 有 關山千里一回首, 風雨重陽空把杯 之句. 翌年復命, 坐事竄碧潼, 人謂關山千里語, 本不襯於拱北樓, 乃詩讖也〕."

7
시창작과 운명

시를 통해 인정을 받는 것에도 행운과 불행이 있다. 나의 종형(宗兄) 용산(蓉山) 정건조(鄭健朝)[1]는 포의(布衣) 시절에 일행과 함께 남한산성에 놀러갔다. 그때 광주목사 심암(心菴) 조두순(趙斗淳)이 남촌(南村)의 여러 명사(名士)들이 와서 노닌다는 소식을 듣고 시축(詩軸)을 보여달라 하였다. 그 가운데 용산의 시는 다음과 같았다.

술은 명승지라서 집집마다 맛이 좋고   酒因勝地家家好

산은 여행객을 위해 날마다 맑구나   山爲遊人日日晴

심암이 크게 칭찬하여 결국 산수를 노닐다가 바로 급제하였다. 집안 어른인 이계오(李啓五)는 젊을 때 시를 잘 쓴다는 명성이 났지만 대단히 곤궁하였다. 북한산에서 단풍을 구경하고 다음 시구를 지었다.

---

1 정건조(1823~1882)의 자는 치중(致中), 호는 용산(蓉山)이다. 1848년에 문과에 급제하여 공조판서·이조판서·홍문관부제학 등 요직을 두루 거쳤다. 1873년 7월에는 사은 겸 동지정사(謝恩兼冬至正使)에 임명되어 부사 홍원식(洪遠植), 서장관 이호익(李鎬翼), 수행원 강위(姜瑋) 등과 함께 청나라에 다녀왔다.

붉게 단장한 여인 삼천 명이 새벽에 나온 듯하고	紅粧曉出三千女
비단 막사 친 군영 칠백 개에는 가을이 깊어가네	錦幕秋深七百營

일시에 전송되면서 모두들 이 사람이 곤궁한 생활에 오래 머물지 않으리라 여겼다. 어떤 판서가 좌찬성 김병기(金炳冀)를 만나 이 시구를 읊었다. 그때 김병기가 정권을 잡고 있었기에 인정을 받아내고자 한 것이었다. 그런데 김병기가 불쑥 "연이은 군영이 칠백 리라는 옛이야기2를 쓴 걸 텐데 칠백은 리수를 말한 것이지, 군영의 숫자가 아니지"라 하였다. 시를 읊어준 사람은 해명할 길이 없었다. 이계오 어른은 끝내 과거에 급제하지 못하고 죽었다.

대제학을 지낸 풍고(楓皐) 김조순(金祖淳)이 순조의 장인으로 수십 년간 정권을 쥐었다가 갑자기 앙화의 기운이 닥쳐서 빈객이 모두 흩어졌다. 겸지기 한 사람이 밤중에 모시고 앉았는데 뜻밖에 쥐 한 마리가 천장에서 떨어져 죽었다. 겸지기가 "쥐가 떨어져 저절로 죽었으니 크게 불길합니다"라 말하자 풍고가 바로 다음과 같은 시를 지었다.

절로 와서 죽었으니 가볍게 쥐구멍을 나온 탓이라	自來送死輕離穴
편히 앉아 사로잡되 털끝 하나 쓰지 않았네	晏坐擒生不費毫

얼마 지나지 않아 공은 드디어 처음처럼 권력을 손에 쥐었다.

---

2 서기 221년 삼국시대에 촉나라 유비(劉備)의 군대가 오나라를 정벌하다가 육손(陸遜)에게 화공을 당해 대패한 사실을 말한다. 『삼국지연의』 84회, 육손이 7백 리에 이어진 진영을 불태웠다는 '육손영소칠백리(陸遜營燒七百里)'에 유명한 전투 장면이 묘사되었다.

8

이우신의 향염체

염락풍(濂洛風)[1]을 숭상하는 사람은 곱거나 기이한 시풍을 멀리하니
송대부터 벌써 그랬다. 수산(睡山) 이우신(李友信) 선생은 경행(經行)[2]
으로 천거받고 학문이 순후하고 돈독하였다. 그런데 그의 시 가운데
「산유화곡(山有花曲)」은 다음과 같다.

옥 재갈에 금 채찍, 백비과[3]를 잡아타고	珠勒金鞭白鼻騧
그대는 사흘 동안 내 집에 머물렀죠	憶郞三日宿儂家
내 집에는 넉 자 크기 산호수가 있었어도	儂家四尺珊瑚樹
봄추위에 벌벌 떨어 꽃 피우지 못했어요	苦畏春寒未作花

---

1 염락은 염계(濂溪)에 살았던 주돈이(周敦頤)와 낙양(洛陽)에 살았던 정호(程顥)·정이(程頤)
  형제를 가리키는 말로 염락풍은 그들의 사상과 문학에서 보이는 독특한 기풍을 말한다. 그런
  시풍의 시를 모은 작품집이 『염락풍아(濂洛風雅)』이다.
2 경명행수(經明行修, 경서에 밝고 행실이 바른 사람)의 줄인 말로 과거(科擧)를 거치지 않고 학문
  과 덕행이 높은 선비를 천거하여 등용하는 조선시대 인재 등용법의 하나이다.
3 흰 코[白鼻]에 검은 주둥이[騧]를 가진 누런색 말이다. 옛 악부(樂府) 횡취곡사(橫吹曲辭) 가
  운데 하나이기도 하다.

낙동강 푸른 물은 비단보다 더 곱고요	洛東江水錦不如
금오산 고운 빛은 막 칠한 눈썹 같죠	金烏山色眉新掃
첩의 몸은 망부석이 되지 못한다면	妾身不化望夫石
차라리 강남땅의 궁궁이풀4 되렵니다	化作江南蘼蕪草5

이들 시는 염락풍의 기운이 전혀 없다.

---

4 궁궁이풀〔蘼蕪〕은 왕손초(王孫草)라고도 한다. 회남소산(淮南小山)이 지은 「초은사(招隱士)」
   에 '왕손은 떠돌며 돌아오지 않고, 봄풀은 돋아나 푸르구나〔王孫游兮不歸, 春草生兮萋萋〕'라
   읊었다. 왕손초는 고향에 돌아가지 못하는 신세나 먼 곳으로 떠난 이에 대한 그리움을 상징한
   다.

5 이가원은 『옥류산장시화』 77쪽에서 이 시화를 전재하고 앞에 인용한 시는 김려(金鑢)가 편찬
   한 『담정총서(藫庭叢書)』에 수록된 이우신의 문집 『죽장산고(竹莊散藁)』에서 확인하였고, 뒤
   에 인용한 시는 단구자(丹邱子)의 「산유화후곡(山有花後曲)」의 하나임을 확인하였다. 그런
   뒤에 정만조가 무슨 근거로 이런 주장을 했는지 모르겠다고 의문을 표하였다.

9

고문가의 시창작

고문(古文)을 잘 짓는 사람은 시에 능숙하지 못한 것처럼 보이지만 결국은 문장가의 시가 시인의 시보다 나았다. 내가 어렸을 때 서울 북촌(北村)의 나이든 고관들이 모여 시를 읊은 시권(詩卷)을 빌려 보았다. 그중에 대제학을 지낸 경대(經臺) 김상현(金尙鉉)의 시구는 다음과 같았다.

매화는 섣달을 넘기자 나처럼 늙었고　　　　　梅花過臘如吾老
생채는 동풍이 불자 또 한 해를 맞는구나　　　生菜東風又一年

이 시구가 가장 훌륭하였다. 또 홍엽정(紅葉亭)[1]에서 시회(詩會)를 가졌다는 소식을 듣고 가서 시축(詩軸)을 보았더니 장우(丈藕) 윤치담(尹致聃)의 다음 시구가 있었다.

---

1 서울시 중구 남창동 202번지(현 일신교회 자리)에 있던 정자이다. 본래는 이항복의 소유로 전나무가 있다 하여 쌍회정(雙檜亭)으로 불렀고, 구한말에 그 후손인 이유원(李裕元)이 소유하여 단풍나무를 많이 심었다. 조선 후기 이래 구한말까지 남촌 지역의 명소였다. 강세황과 그 후손들이 소유했던 홍엽루(紅葉樓)와는 다른 정자이다.

연꽃은 향기롭고 깨끗한데 그 사람은 멀리 있고   芙渠芳潔伊人遠

누대는 높다랗고 환한데 이 집은 깊숙이 있네   臺榭高明此屋深

이 시구가 가장 고아(高雅)하였다. 그 뒤 외무서(外務署) 관리가 되어[2] 능행(陵幸) 때를 맞았다. 관서의 규율에서는 임금님이 행행(行幸)하고 궁궐에 돌아오시기 전에는 모든 관서의 관리들이 해당 관서에 모여 있어야 했다. 당시 외무서 관원 가운데 시인이 많아서 운자를 부르며 각자 시를 지었다. 하산(霞山) 남정철(南廷哲)이 지은 시는 다음과 같았다.

행차 내내 청명하여 몹시도 다행이나   一路清明深所幸

저녁에는 바람과 이슬 많지나 않을는지   晚天風露得無多

임금에게 충성하고 백성을 사랑하는 뜻이 물씬 풍겨서 다른 시인이 미칠 바가 아니다. 어느 날 판서 취당(翠堂) 김만식(金晩植)을 찾아갔더니 책상 위에 시축이 있었다. 펼쳐보니 운가(雲稼) 심기택(沈琦澤)의 다음 시가 있었다.

명사의 미간에는 산과 들의 기운 감돌고   名士眉將山野氣

판서의 소매에는 대궐의 향기 배어 있네   尙書袖有御爐香

---

2 여기서 외무서는 통리교섭통상사무아문(統理交涉通商事務衙門)을 말한다. 1882년에 외교와 통상을 담당하는 관서로 창설되었는데 설치 당시 정만조는 주사(主事)로 임명되어 1886년까지 근무하였다.

통리교섭통상사무아문(統理交涉通商事務衙門) 정문

하야시 부이치(林武一), 『조선국진경(朝鮮國眞景)』, 1892년 간행, 일본국회도서관 소장

1882년에 통리아문(統理衙門)을 통리교섭통상사무아문(약칭 외아문(外衙門))으로 개편하고 외교 통상 사무를 관장하는 관청으로 삼았다. 정만조는 첫 벼슬을 이 아문에서 시작하여 상당한 기간 동안 근무하였다. 본문에서 외아문 관원에는 시인이 많다고 썼는데 대표적인 예로 정만조는 우정사 주사(郵程司主事)를, 정헌시(鄭憲時)는 정각사 주사(征榷司主事)를, 여규형(呂圭亨)은 동문학 주사(同文學主事)를 역임하였다.

향(香)을 운자로 쓴 어떤 작품도 이보다 못했다. 이들은 모두 근대에 고문을 잘 지은 이들이다.

10

봄버들 시회

시인들은 경학가(經學家)를 업신여기지만 제 역량을 헤아리지 못하는 짓이라 하겠다. 선친께서 계유년(1873) 봄 장작감(將作監, 繕工監의 별칭)에서 당직을 설 때 서울 길의 봄버들을 읊은 시 세 수를 지으셨다. 일시에 화답한 시인이 삼십여 명이었다. 제3수 첫 구를 홍(紅)자로 압운하였는데 다들 경운(硬韻, 시 짓기 어려운 운자)이라 여겼다.[1] 홀로 영재(寧齋) 이건창(李建昌)이

사람을 흔드는 봄빛, 굳이 붉지 않아도 되네   動人春色不須紅[2]

---

1 정기우(鄭基雨)의 문집 『운재유고(雲齋遺稿)』 권1에 「장작감 관서에 근무하던 중 운종가의 봄버들을 보고서 시 3수를 짓고 종산과 묘재에게 보여 화답하라고 했다〔將作署直中, 見雲從街 春柳, 賦得三首, 示鍾山·卯齋求和〕」가 실려 있다. 제3수의 첫째 구가 '배꽃이 한창 희고 살구 꽃은 붉다〔梨花正白杏花紅〕'였다. 이 시 다음에 실린 작품은 「내가 봄버들 시를 짓자 일시에 화답한 명사들이 수십 명이었다. 많이들 그 운자에 따라 여러 번 시를 지었는데 나도 다시 짓는다〔余作春柳詩, 一時名勝和者數十家, 多疊其韻, 余亦疊之〕」란 제목이다. 이때 지은 시를 모아 『춘류시첩(春柳詩帖)』을 엮고서 정기우는 「춘류시첩제사(春柳詩帖題辭)」를 썼다. 시화는 이 작품들에 근거하여 서술하였다.

2 왕안석의 「석류꽃을 읊다〔詠石榴花〕」에 '짙푸른 나뭇가지 틈 붉은 점 하나, 사람을 흔드는 봄 빛 굳이 많지 않아도 되네〔濃綠萬枝紅一點, 動人春色不須多〕'라는 시구가 있는데 이 시구를 차용했다.

라고 지었는데 아무도 말한 적 없는 구절이었다. 이 밖에는 기이한 구절이 전혀 없다가 가장 마지막에 집안 어른인 발산(鉢山) 성대영(成大永)의 시에 이르자 다음 구절이 있었다.[3]

작은 버들은 한창 푸르고 큰 버들은 붉다　　　　　　　小楊正綠大楊紅

시를 본 이들이 다들 기이하다고 말하면서도 출처를 알아차리지 못했다. 이 말은 "마른 버들가지에 꽃이 핀다〔枯楊生華〕"라는 『주역(周易)』 대과(大過)의 괘사(卦辭)에 달린 주석에 나온다. 그것을 본 사람들이 모두 탄복했다. 선천의 시 제1수 마지막 구는 수(愁)자로 압운하였다. 수자는 압운이 쉬워도 잘 짓기는 어렵다. 장인이신 묘재(卯齋) 박제순(朴齊恂) 선생은 다음과 같이 지었다.

도회지 큰길이나 들의 역참(驛站)이나 똑같은　　　　綺陌長亭原一種
나무건만
상춘객은 가무 즐기고 한스러운 사람은 시름하네　　遊人歌舞恨人愁

풍류가 똑같은 줄을 잘 알건마는　　　　　　　　　　知是風流同性格
시인은 부질없이 이별의 수심만 말하네　　　　　　　詩人空自話離愁

이 작품이 가장 아름답다.

---

3 『운재유고』 같은 곳에 「금천현감 발산 성대영이 봄버들 시에 화답한 시를 보내면서 술값 3천 전까지 함께 보냈다. 마침내 시사의 여러분들을 불러 모아서 술을 마셨다〔金川宰成鉢山大永, 和送春柳詩, 幷惠酒錢三千, 遂邀社中諸公會飮〕」라는 시가 있다.

11

누정시 명작

이름난 누대에 시를 공교롭게 지어 붙이기가 가장 어렵다. 도원흥(都元興)이 밀양의 영남루(嶺南樓)에 붙인 시는 다음과 같다.

빗소리 저편에는 낚싯대 하나 드리운 어부	一竿漁父雨聲外
산 그림자 속에서 십리 길 걸어가는 행인	十里行人山影邊1

이 시구가 아름답다고 하지만 영남루 풍경을 고스란히 묘사하지는 못했다. 김황원(金黃元)이 평양의 연광정(練光亭)에 붙인 시는 다음과 같다.

장성 한쪽에는 넘실넘실 흐르는 물이요	長城一面溶溶水
넓은 들 동쪽 가에는 점점이 산이로다	大野東頭點點山

이 시구는 공교로움이 조금 부족하다. 청천(青泉) 신유한(申維翰)이

---

1 도원흥은 고려 말의 시인으로 목은 이색의 친구이다. 이 시구는 칠언율시 함련으로 『신증동국여지승람』의 영남 밀양루 조항에 실려 있다.

진주의 촉석루(矗石樓)에 붙인 시는 다음과 같다.

천지에는 임금께 은혜 갚은 세 장사(壯士) 이름나고　　　天地報君三壯士

강산에는 과객 머물게 하는 높은 누대 솟아있네　　　江山留客一高樓2

벌써 속되다. 월사(月沙) 이정귀(李廷龜)가 의주 통군정(統軍亭)에 붙인 시구

산은 가파르고 바다는 깊어도 국경의 안팎이 없고　　　山峻海深無表裏

하늘 높고 땅은 두터워 이 정자 그 가운데 있네　　　天高地厚此中間

읍취헌(挹翠軒) 박은(朴誾)이 보령의 영보정(永保亭)에 붙인 시구

지세는 푸득푸득 날려 하는 새와 같고　　　地如拍拍將飛翼

누각은 흔들흔들 매어 놓지 않은 거룻배로다　　　樓似搖搖不繫蓬3

서경(西坰) 유근(柳根)이 공주 공북루(拱北樓)에 붙인 시구

소식(蘇軾)이 놀던 적벽은 지금 저 창벽이요　　　蘇仙赤壁今蒼壁

---

2 세 장사는 임진왜란 때 진주성을 지키다 순절한 김천일(金千鎰)·최경회(崔慶會)·고종후(高從厚)를 말한다. 이 구절은 널리 알려진 명구이다.

3 박은이 1503년 장인을 방문하고 보령 수영에 머물며 지은 시로 역대 평자들이 대부분 절창으로 칭송하였는데 이수광은 『지봉유설』 권13, 「문장부(文章部)」 6, '동시(東詩)'에서 영보정을 읊은 시구 가운데 가장 많이 회자된다고 평했다.

유량(庾亮)이 올랐던 남루4는 바로 이 공북루일세　　　　庾亮南樓是北樓

는 모두 외워서 전하기에 충분하지 않다.

　위에서 소개한 여러 분들은 한 시대의 문장 대가들이다. 그분들이 누정의 벽에 붙인 작품이 대체로 이와 같으니 그 어려움을 얼추 알 만하다. 더구나 근세의 속된 문사들은 누정에 발길이 닿자마자 편액에 시를 써대니 서글픈 일이다. 어떤 과객이 촉석루 벽에 다음 시를 썼다.5

시인의 키가 열 길이라 들었는데　　　　聞道詩人長十丈

시인의 키가 과연 열 길이더라　　　　果然詩人長十丈

시인의 키가 열 길이 아니라면　　　　若不詩人長十丈

무슨 수로 이 벽 위에 똥을 싸서 뭉겠으랴　　　　那能放糞此壁上

시를 보고 사람들이 포복절도하였다.

---

4 진(晉)나라 유량이 무창(武昌)을 다스릴 때 달 밝은 밤에 부하들과 남루에 올라 풍류를 즐겼다.

5 김창업(金昌業)의 『연행일기』에 망해정(望海亭)에 붙인 중국인의 작품으로 나오므로 조선 시인이 촉석루에 썼다는 말은 잘못이다.

12

초년의 작품

시인이 시고를 남겨둘 때에는 흔히 초년에 쓴 시를 없앤다. 예를 들어, 자하(紫霞) 신위(申緯)의 『경수당집(警修堂集)』 삼십여 권은 모두 40세 이후에 지은 작품들로서 그 이전의 시고는 다 불태웠으니 많이 아깝다. 자하도 뒤에 이전의 작품을 추슬러 '분여록(焚餘錄)'이라 이름 붙였다.[1]

근래에 나온 영재 이건창의 시고에도 초년의 작품이 다 삭제되었다.[2] 아끼는 작품을 베어 내버린 것이 한탄스럽기만 하다. 내가 영재를 처음 만났을 때 나는 겨우 열 살이었고 영재는 열여섯 살이었다. 그가 지은 감회시(感懷詩)는 다음과 같다.

---

1 규장각에 소장된 『경수당집(警修堂集)』 낙질 2책(古 3447-46-1-2)에 '분여록(焚餘錄)' 4권이 실려 있다. 1787년에서 1808년까지 40세 이전의 시를 500수 가까이 수록했다. 정만조가 말한 작품집은 바로 이것을 가리킨다. 자세한 사실은 이현일의 「신위의 분여록 연구」(『한국한문학연구』 32집, 2003)를 참조하기 바란다.

2 김택영이 간행한 『명미당집(明美堂集)』(1917)을 가리키는 것은 아니다. 이건창의 증손 이형주가 국사편찬위원회에 기증한 『명미향관초고(明美香館草藁)』 권1에 실린 「도하적석집서(導河積石集序)」(1869년작)와 「담녕미정시고서(澹寧未定詩稿序)」가 자신의 어릴 때 시집에 붙인 서문이다.

나는 늘 뒷시대에 태어났다 말했는데 　　　　　每道吾生苦後時

지하에서 일으켜 세운다면 누구를 따를까 　　　　九原如作可從誰

그야 마땅히 영웅호걸 진량(陳亮)[3]이나 　　　　英雄豪傑陳同父

문채와 풍류를 지닌 두목(杜牧)이라네 　　　　　文采風流杜牧之

또 다음과 같다.

집령대[4]의 신선들은 모두가 젊은이들 　　　　集靈仙侶盡靑春

평강[5]에서 말을 타며 먼지를 일으키네 　　　　鞍馬平康惹路塵

온 세상이 앞다퉈 금루곡(金縷曲)[6]을 전해오나 　　擧世競傳金縷曲

그 누구던가? 진정 젊은 시절 아끼는 이는 　　　阿誰眞惜少年人

또 다음과 같다.

사마상여(司馬相如)가 사부(詞賦)를 잘 지은 　　　　長卿未必工詞賦

---

3 진량(1143~1194)은 중국 남송(南宋)의 학자로 자는 동보(同父), 호는 용천(龍川)이다. 경세제
　민(經世濟民)의 웅대한 책략을 품고 있었지만 불우하게 죽었다.

4 집령대는 중국 한 무제(漢武帝)가 신선을 영접하기 위해 세운 궁전이었다. 여기서는 당나라
　궁전인 장생전(長生殿)으로 화청궁(華淸宮)에 있었으며 양귀비 형제들이 신선이 되기를 구하
　여 제사를 드리는 장소였다.

5 당나라 장안(長安) 단봉가(丹鳳街)에 평강방(平康坊)이 있었는데 기녀들이 모여 살아서 기방
　을 뜻하는 말로 쓴다.

6 악곡의 명칭으로 금루의(金縷衣)라고도 한다. 두목(杜牧)의 「두추랑시(杜秋娘詩)」 서문(序
　文)에 "그대에게 권하거니 금루의는 아끼지 말고, 모쪼록 젊은 시절이나 많이 아끼시라. 꽃이
　피어 꺾을 만하면 곧바로 꺾어야지, 꽃 없는 때에 공연히 가지만 꺾지 마시라[勸君莫惜金縷
　衣, 勸君須惜少年時, 花開堪折直須折, 莫待無花空折枝]"라고 하였다.

것만은아니듯

모연수(毛延壽)가그림을못그린적이있었던가 　　　　　　延壽何曾誤畫圖

진 황후는 기뻐하고 왕소군은 울었으니 　　　　　　阿嬌歡喜王嬙泣

단지 황금을 주거나 안 준 탓이라네[7] 　　　　　　只爲黃金有與無

　이런 작품들을 남김없이 버릴 수 있을까? 영재는 20세 이후부터 점
차 순수하고 고아한 경지에 들어가서 이전 작품을 모두 버렸지만 대
부분 꼭 전해져야 할 시였다.

---

7 황금을 받은 사마상여는 성심껏 글을 지었고, 그렇지 않은 모연수는 일부러 그림을 망친 옛
　일을 빌어 황금을 주느냐 주지 않느냐에 따라 사람의 태도가 달라짐을 말하고 있다. 관련한
　고사는 다음과 같다. 한 무제의 총애를 받던 진 황후(陳皇后) 아교(阿嬌)가 훗날 장문궁(長門
　宮)에 유폐되었다. 이에 사마상여에게 황금 100근을 보내며 글을 요청하자 사마상여가 「장
　문부(長門賦)」를 잘 지어주었다. 무제가 글을 읽고 진 황후를 다시 환궁시켰다(『문선(文選)』
　권8, 「장문부서(長門賦序)」). 원제는 후궁이 많아서 화공에게 궁녀의 용모를 그리게 하여 그
　림을 보고 궁녀를 골라 총애하였다. 궁녀들이 화공 모연수에게 다투어 뇌물을 주고 잘 그려
　달라 부탁하였으나 가장 아름다웠던 왕소군은 그렇게 하지 않아서 화공이 추하게 그렸다.
　그 때문에 황제의 은총도 입지 못했고, 흉노가 선우의 연지(閼氏)가 될 미인을 보내달라 했
　을 때 뽑혀서 갔다(『한서(漢書)』 권94, 「흉노전(匈奴傳)」).

13

이건승의 시재

영재 이건창의 바로 아래 동생 경재(耕齋) 이건승(李建昇)은 나와 동갑으로 열네 살이 되어서야 강화도로부터 서울로 들어와 함께 어울렸다. 처음에는 시를 배우지 않고 서울에서 몇 년 동안 살았다. 그의 큰형과 노니는 사람들이 모두 시인이었기에 비로소 시를 배우기 시작했다. 다음은 경재가 봄버들을 읊은 시이다.

일시에 찾아온 봄빛 다 똑같기 어려우니　　　　　一時春色齊難得

많고 많은 가지들은 짤막짤막 길쭉길쭉　　　　　短短長長萬萬枝

다음은 검무(劍舞)를 읊었다.

영롱한 춤 보고서 법을 잃었나 싶다가도　　　　　看到玲瓏疑失法

온 하늘에 비바람 몰아치듯 융단에 쏟아지네　　　滿天風雨下氍毹

다음은 강경포(江景浦)를 지나며 읊었다.

석양이 사람을 따라와 포구에 가까워지고 　　　　　夕照隨人江浦近

봄바람이 대지를 채워 흙과 모래도 향기롭네 　　　　春風滿地土沙香

그의 시 짓는 재주가 이와 같았다. 영재가 일찍이 내 막내아우 정병조(鄭丙朝)에게 다음과 같은 시를 주었다.

대경(大卿, 정만조의 자)의 훌륭한 아우 자는 　　　　大卿佳弟字寬卿

관경(寬卿)이라

시의 골격이 보들보들하여 형보다도 나은 듯하네[1] 　詩骨珊珊欲過兄

영재의 말처럼 나도 경재의 시재가 영재보다 나은 듯하다 말하고 싶다.

---

1 여규형(呂圭亨)은 「관경 정병조의 기행록 뒤에 쓰다〔題鄭寬卿丙朝紀行錄後〕」에서 "시의 골격이 보들보들하여 형보다도 나은 듯하다는, 또렷한 품평의 말 귓가에 남아 있네〔詩骨珊珊欲過兄, 評品的歷在耳邊〕"라고 하여 정병조를 높이 평가한 이건창의 품평을 거론하였다.

14

추사의 위작

시인이 누명을 쓰는 것은 운수소관이다. 근세에 어떤 사람이 도망시(悼亡詩)를 지었는데 다음과 같다.

어찌하면 월하노인 통해 저승에다 호소하여	那從月姥訴冥司
다음 생에는 부부간의 처지를 바꿔달라 부탁할까	來世夫妻易地爲
천리 밖에서 나는 죽고 그대는 살아 있다면	我死君生千里外
내가 겪는 이 슬픔을 그대는 잘 알 텐데	敎君知我此時悲

시가 상당히 상스러우나 세상 사람들이 모두 '추사(秋史) 김정희(金正喜)의 시다'라고 전한다. 그러나 추사가 어찌 이렇게 상스러운 시를 지었겠는가? 사람들이 전해오는 말을 믿고서 '추사가 시를 모른다'라고까지 말한다. 어찌 운수소관이 아니랴!

15

사물을 읊은 시

시에서 어려운 운자로 압운하여 사물을 읊는 것은 단지 유희에 지나지 않는다. 그렇게 지어진 시가 공교로운 경우를 본 적이 없다. 야담에 다음과 같은 이야기가 전해온다. 어떤 사람이 사위를 얻었으나 용모가 몹시 추하였다. 장인[1]이 마음에 차지 않아 사위에게 물었다. "시는 지을 줄 아는가?" 사위가 대답하였다. "압운하는 법은 대충 압니다." 장인이 이에 '어(魚)', '저(豬)', '려(驢)'를 운자로 부르고 두견새를 제목으로 주자 사위가 즉각 다음 시를 지었다.

이 몸이 본디 잠총(蠶叢) 어부(魚鳧)[2]의 촉땅 새인데[3]	此身本自蜀蠶魚
세상 향해 지저귀니 송나라[4] 새인 줄 착각하네	啼向乾坤誤屬豬
소옹(邵雍)이 그 옛날 우는 소리 듣고 언짢아하며[5]	邵子當年聞不樂

---

1 원문은 '태산(泰山)'이다. 중국의 태산에 장인봉(丈人峰)이 있는 데서 유래하여 장인을 태산이라고도 불렀다.

2 전설상의 촉(蜀)나라 왕들이다. 이백(李白)은 「촉도난(蜀道難)」에서 '잠총과 어부가, 나라를 연 지 얼마나 아득한가[蠶叢及魚鳧, 開國何茫然]'라고 하였다.

3 촉나라 망제(望帝)가 재상 별령(鱉令)에게 운하 공사를 맡기고 그의 아내와 간음하다가 왕위에서 쫓겨나 두견새가 되었다는 고사를 염두에 둔 말이다.

천진교(天津橋) 위에서 가던 나귀를 멈추었다네   天津橋上駐征驢

장인이 크게 기뻐하고 그 사위를 대단히 아꼈다고 한다. 이 시가 지천(遲川) 최명길(崔鳴吉)이 지은 작품이라고도 전하지만 문집 속에 실리지 않아서 누구의 작품인지 잘 모르겠다. 그렇지만 제목을 받고 어려운 운자로 쓴 그 시는 잘 지었다고 평가할 만하다.

판서를 지낸 우석(友石) 이풍익(李豊翼)은 어려운 운자로 압운하여 사물 읊기를 잘하였다. '어(魚)'자로 압운하여 사물을 읊은 시가 100수인데 나는 그중에서 2수를 기억하고 있다. 다음은 해당화를 읊은 시이다.

꿩 우는 걸 싫어하듯 두보는 읊지 않았고6   杜老不吟如諱雉
물고기도 가라앉힐 듯 양귀비는 잠이 많았네7   楊妃多睡欲沈魚

다음은 소를 읊은 시이다.

---

4 원문은 '屬猪'이다. 송나라 태조(太祖)와 태종(太宗)이 모두 해년(亥年, 돼지띠)에 태어난 데서 유래하여 송나라의 별칭으로 쓰인다.

5 소옹이 낙양(洛陽)에 머물 때 달밤에 벗과 산책하다가 천진교(天津橋)에서 두견새 우는 소리를 듣고 앞으로 남쪽 선비가 재상이 되어 나라가 어수선해지리라고 걱정했다. 훗날 왕안석이 신법(新法)을 발의했다(『송사(宋史)』 권427,「도학열전(道學列傳)」).

6 두보는 해당화를 다룬 시를 한 수도 짓지 않았다. 꿩을 싫어한다는 말은 대단히 크게 꺼린다는 뜻이다. 은나라 고종 때 융제(肜祭)하는 날 꿩이 솥귀에 앉아 울자 재상 조기(祖己)가 하늘의 꾸지람이라 여겨서 고종에게 간언하였다(『서경(書經)』 「고종융일(高宗肜日)」).

7 당 현종(唐玄宗)이 술이 덜 깬 양귀비를 보고 몸 상태를 묻자 양귀비가 해당화의 꿈에서 덜 깼다고 답한 일이 전한다. '물고기도 가라앉힐 듯'은 미모의 뛰어난 정도를 나타낸다(4칙 주석 참조).

육십갑자 지지(地支)에서 호랑이 쥐와 잇닿았고[8]　　　六甲分支聯虎鼠

오정(五丁)이 길을 뚫어 잠총 어부의 촉나라로 나갔네[9]　五丁闢路出蠶魚

이런 시들을 공교롭지 않다고 할 수 있겠는가?

---

8 육십갑자의 지지(地支)는 자(子, 쥐), 축(丑, 소), 인(寅, 호랑이), 묘(卯, 토끼)로 시작하여 소가
　쥐와 호랑이 사이에 끼어 있다.

9 진 혜왕(秦惠王)이 촉(蜀)을 정벌하려고 했으나 길을 몰랐다. 석우(石牛) 다섯 개를 만들어
　꽁무니에 황금을 묻히고서 황금 똥을 누는 소라고 떠벌렸다. 이에 촉나라 왕이 오정역사(五
　丁力士)를 시켜서 소를 끌고 오게 했다. 진나라가 그 뒤를 따라와 검각(劍閣)을 넘어 촉나라
　를 정벌했다.

16

조병만의 민첩한 시재

전라도 화순현(和順縣) 사람 회계(晦溪) 조병만(曹秉萬)은 늘 과거 시험
장에서 시험지를 낼 때마다 '일천(一天)'이었다. 과거 시험지는 내는
순서에 따라 '천(天)', '지(地)', '현(玄)', '황(黃)'으로 표기하여 맨 첫 번
째로 제출한 사람이 '일천'이다. 그래서 모두들 회계를 '조일천(曹一
天)'이라 불렀다. 회계는 과시(科詩)를 잘 지었으나 율시(律詩)와 절구
(絶句)는 아담하게 짓지 못했다. 내가 어렸을 때 일이다. 어떤 손님이
까마귀를 주제로 오언율시를 짓도록 시켰다. 내가 시상을 얽는 데 막
혀서 회계에게 도움을 청하자 그가 즉시 응답했는데 다음과 같은 구
절이 있었다.

몸은 충성스런 예양(豫讓)과 같고[1]　　　　　　　身如忠豫讓

마음은 효성스런 황향(黃香)을 닮았네[2]　　　　心似孝黃香

---

1 춘추시대 진(晉)나라 지백(智伯)의 신하 예양은 자기 임금을 죽인 조양자(趙襄子)에게 복수
하기 위해 몸에 옻칠하고 숯덩이로 혀를 태워 문둥이 벙어리 행세를 하면서 암살을 시도했
으나 뜻을 이루지 못하고 죽임을 당했다(『사기(史記)』권86, 「자객열전(刺客列傳)」). 이 구절에
서는 검은 깃털을 가진 까마귀를 몸에 옻칠한 예양에 빗대었다.

이런 시는 쉽게 얻을 수 없다.

17

백화수 시의 표절

현설(玄雪) 백화수(白華洙)는 시를 잘 쓴다는 명성이 있었다.[1] 내가 아이였을 때 그의 아들인 백낙유(白樂裕)를 따라 놀았다. 늘 동무들과 어울려 시를 지을 적마다 우석(友石) 이풍익(李豊翼) 판서에게 가져가 평가를 받았다. 백낙유도 나이가 어려서 시가 공교로운 수준까지 이르진 못하였다. 하루는 늙은 기녀를 주제로 시를 읊었는데 백낙유의 시는 다음과 같았다.

아직도 춤옷에 노래부채를 들고 나타나면 　　　　　猶把舞衫歌扇出
남들이 내 옛 모습으로 볼 것 같은 기분일세 　　　　擬人做我舊時看

내가 그의 시를 보고 으뜸 자리를 양보했으나 속으로는 매우 언짢았다. 그러나 어쩔 도리 없이 우석 판서에게 바쳐 평가를 받았다. 판서께서 둘러보다가 백낙유의 시에 이르러 발끈하며 "이건 백현설의

---

1 『무정존고』 162장에 「현설 백화수 시권에 쓰다〔題白玄雪華洙詩卷〕」가 있어 정만조가 백화수의 시를 열람했다는 사실이 확인된다. 『조야시선(朝野詩選)』에 「자하 신위에게 바치다〔呈申紫霞侍郞〕」라는 백화수의 시 한 편이 수록되어 있다.

시로군! 누가 훔쳐서 썼나?"라고 말씀하셨다. 그리고는 가장 낮은 점
수를 주시고 나를 으뜸가는 자리에 앉혔다. 그때에는 대단히 유쾌하
게 여겼다.

18

하자의 용법

근래 세간의 시인들은 하(何)자를 어떻게 쓰는지 모른다. 하(何)자는 단독으로 쓸 수 없다. 소식(蘇軾)의 「후적벽부(後赤壁賦)」에 '이 좋은 밤을 어찌하나[如此良夜何]'라는 구절이 있는데 '이 좋은 밤[此良夜]' 세 글자가 한 어구이고, 여(如)자는 하(何)자와 호응을 이룬다. 지금 사람들은 대부분 '이같이 좋은 밤[如此良夜]' 네 글자를 한 개의 어구로 여기니 답답하다. 하(何)자는 그 앞에 반드시 여(如)나 내(奈)와 같은 글자가 있어야 한다. 한유(韓愈)의 「석고가(石鼓歌)」에 '재주가 얄팍하니 어떻게 석고를 노래하랴[才薄將奈石鼓何]'라는 구절이 있는 것처럼 모두들 이 어법을 지켰다. 그런데 사가(四家)의 시 가운데에는 이 어법을 지키지 않은 것들이 있어 '큰 술잔이 앞에 있으니 마시지 않고 어쩌랴[大白當前不飮何]'[1]라는 구절이 보인다. 이는 대단히 무식한 것이니 시를 배우는 사람들은 마땅히 알아야 한다.

---

1 박제가의 칠언율시 「가을의 심회[秋懷]」 제6수의 경련이다. 이덕무도 『청비록(淸脾錄)』에서 박제가의 명구로 소개했다. 정만조가 하자의 용법으로 사가를 대단히 무식하다 비난한 것은 과도한 정도를 지나쳐 오만하다. 우리 한시에서는 흔히 쓰는 구법임을 인정하지 않고 일반 시문의 어법만으로 비난한 것은 큰 잘못이다.

19

평측의 잘못된 사용

자음(字音)의 평측(平仄)은 대가도 실수할 때가 있다. 아정(雅亭) 이덕
무는

소나무 장승은 무슨 벼슬 했다고 머리에 관모를 썼나　松堠何爵頭加帽[1]

라는 시구를 썼는데 '후(堠)' 자가 측성(仄聲)인 줄 몰랐다. 영재(寧齋)
이건창(李建昌)이 추금(秋錦) 강위(姜瑋)에게 준 시에서

가슴속의 석실(石室)에는 서책이 천 권 들어 있네　胸中石室書千弓[2]

라고 썼는데 '규(弓)' 자가 평성인 줄 몰랐다. 나중에 '규' 자를 '권(卷)'
자로 고쳤다.

1　이 시구는 이덕무의 칠언율시 「과천 가는 길에〔果川途中〕」(『청장관전서(靑莊館全書)』 권10, 「아
　정유고(雅亭遺稿)」 2)의 경련이다. '후(堠)'도 측성이고 '작(爵)'도 측성이라 염법에 어긋난다.
2　이건창의 『명미당집(明美堂集)』이나 강위의 『고환당수초(古歡堂收草)』에 이 시가 보이지 않
　는다.

20

성명이 들어간 시구

옛사람들은 시구 속에 벗의 성명을 넣어 쓰는 일이 많았다. '하늘 끝에서 이백을 그리워하다[天末懷李白]', '반과산 앞에서 두보를 만나니[飯顆山前逢杜甫]', '내게 보낸 왕륜의 깊은 정에는 못 미치네[不及汪倫送我情]'[1]와 같은 시구가 대단히 많다. 그런데 지금 사람들은 그것을 무례하다고 여겨 쓰지 않고 있으니 역시 결함이다.

경재(經齋) 오한응(吳翰應)[2]이 언젠가 나와 함께 교외로 나간 적이 있었다. 운자를 부르고 '요(遙)' 자와 '조(朝)' 자로 수련(首聯)을 지었는데 경재의 시는 다음과 같았다.

교외로 가는 길 가깝지도 않고 멀지도 않나니	郊行非近亦非遙
성곽을 나설 때 정만조와 함께한 때문일세	出郭時同鄭萬朝

---

1 첫 번째 인용한 시구는 두보(杜甫)가 쓴 시의 제목이고, 두세 번째 시구는 이백(李白)의 「장난삼아 두보에게 주다[戲贈杜甫]」 제1구, 「왕륜에게 주다[贈汪倫]」 제4구이다.

2 오한응(1854~?)의 자는 문백(文伯), 호는 경재(經齋), 본관은 보성(寶城)이다. 충청도 전의(全義) 사람으로 1882년 생원시에 급제하였다. 어당 이상수의 수제자로 『어당집』을 편찬 간행하였다.

나는 크게 아름답다고 여겼다. 나중에 호서에 있는 그의 집으로 경재를 방문했을 때 경재가 시고(詩稿)를 꺼내어 보여주었다. 그런데 그 시가 없길래 내가 캐묻자 경재가 "보는 이들마다 많이들 해괴하게 여겨서 빼버렸네"라고 대답하였다. 그래서 나는 이렇게 말하였다. "자네 시가 전해지지 않으면 내 성명도 덩달아 묻힐 테고, 자네 시가 반드시 전해진다면 나도 덕택에 전해질 걸세. 해괴하게 여길 건 뭔가?"

21

이학원의 등단

내가 젊었을 때 밤중에 이당(二堂) 이중하(李重夏)의 집에서 열기로 약속한 시회(詩會)에 갔다. 잠시 후 영재 이건창이 이르렀다. 한 소년이 영재를 따라왔는데 생김새가 촌스러웠다. 영재가 좌중에 그를 소개하여 "이 사람은 제 일가로 이학원(李鶴遠)[1]입니다. 호는 이송(二松)이지요"라고 하였다. 좌중 사람들은 영재의 일가라 하니 그를 예우할 뿐이었다. 이어서 운자를 부르고 '춘(春)' 자와 '봉(逢)' 자를 먼저 부르자 좌중 모두가 경운(硬韻)이라고 꺼려 하였다. 시가 제출되고 보니 압운을 잘한 것이 한 편도 없었다. 마지막으로 이송의 시가 제출되었는데 다음과 같았다.

고향 산천 떠난 뒤로 봄을 두 번 보냈으나　　　　　一別湖山兩宿春
문 나서면 쓸쓸하여 만날 사람 거의 없네　　　　　出門牢落少遭逢

좌중이 모두 자리를 양보하였다. 조금 전에는 촌스럽게 보였던 이

---

1 이학원은 조선 말기의 시인으로 이건창·김윤식 등과 시를 주고받았다. 관직에는 진출하지 못하였다.

가 문득 소탈하고 아담하여 존경할 만한 사람으로 보였다. 이로부터
이송의 명성이 시단에 널리 알려졌다.

22

여항시인 이현식

내가 어릴 때 내의원(內醫院) 하급관리인 이병규(李秉逵)¹란 자가 있어
우리 집에 왕래하였다. 그는 당시 순창(淳昌) 관아의 사무를 대행하는
경저리(京邸吏)였다. 하루는 선친을 뵈러 왔는데 얼굴에 수심이 가득
하였다. 선친이 이유를 묻자 그가 말을 꺼냈다.

"제가 순창에 가서 경저리 품삯 수천 전(錢)을 받아서는 주린 배를
채우라고 집에 보냈습니다. 어제야 집으로 돌아갔는데 쫄쫄 굶는 꼴
이 전과 똑같은지라 아내에게 물었더니 '애가 가져가버려서요'란 답
이 돌아왔습니다. 바로 아이를 불러 캐묻자 '그 돈으로 『패문운부(佩文
韻府)』, 『전당시(全唐詩)』, 『연감유함(淵鑑類函)』²을 샀습니다'라고 답하
길래 살펴봤더니 정말 그러했습니다. 소인은 이제 굶어죽게 생겼습니
다."

그 말을 듣고 선친이 기특하게 여겨 "자네 아들이 몇 살인가?"라고

---

1 이병규(1833~?)는 본관이 광주(廣州), 자가 여홍(汝鴻)이다.
2 모두 청나라 강희제의 칙명을 받아 완성한 저술로『패문운부』와『연감유함』은 운서(韻書)식
  백과사전이고, 『전당시』는 당시(唐詩)를 총망라한 시집이다. 모두가 거질의 명저로 시를 공
  부하는 이들이 갖고 싶어한 책이다.

물었더니 그가 "열다섯 살입니다"라고 대답하였다. 몇 년 후 추금(秋琴) 강위(姜瑋) 선생이 우연히 이르러 쥐고 있던 부채를 보여주었는데 두 편의 시가 적혀 있었다.

남산 기슭에 가을 날씨 맑아 자주와 비췻빛 쌓이고　　　　南麓秋澄紫翠堆

석양빛이 반쯤 드리운 채 누대에 쏟아지네　　　　　　　　斜陽半面寫樓臺

시 읊다가 한유(韓愈)와 부딪힐 걱정은 없나니3　　　　　　不愁吟觸韓京兆

서풍에 모자 비뚜름히 천천히 걸어가네4　　　　　　　　　側帽西風緩步來

십자로 끄트머리 두어 칸 초가집에　　　　　　　　　　　十字街頭屋數椽

날마다 문 닫고서 책을 안고 누워 있네　　　　　　　　　閉門日日抱書眠

오동나무 우물가의 여뀌꽃에 비 내릴 때　　　　　　　　老梧井畔蓼花雨

꿈은 강호의 옛 낚싯배로 찾아가네5　　　　　　　　　　夢落江湖舊釣船

부채 끝에 남고(南皐) 이현식(李鉉軾)6이라 써놓았다. 내가 누구냐

3　당(唐)나라 시인 가도(賈島)가 나귀를 타고 가며 '새는 연못가 나무에 잠들 때, 중은 달빛 아래 문을 두드리네[鳥宿池邊樹, 僧敲月下門]'라는 시구를 짓고서 두드릴 고(敲)자를 쓸지 밀 퇴(推)자를 쓸지 고심하다가 경조윤(京兆尹) 한유의 행차를 방해하여 끌려갔다. 한유가 가도에게 고자가 좋다 하고 풀어주었다.

4　동진(東晉)의 유량(庾亮)이 권력을 전횡하자 왕도(王導)는 그 점을 불만스럽게 여기고 있었다. 마침 유량이 있는 서쪽에서 바람이 불어 티끌이 날리자 왕도는 부채로 막으면서 "유량의 티끌이 사람을 더럽힌다[元規塵汚人]"라고 말했다.

5　정만조는 「이날 밤 남고의 시실(詩室)에서 다시 모였다[是夜復會南皐詩室]」의 함련에서 '담소 나누는 자리에는 오늘 밤의 술이 있고, 높은 시명은 옛 낚싯배에 있네[談讌今宵酒, 詩名舊釣船]'라 읊어 이현식의 시명이 대단히 높음을 칭송하였다. 그 구절에 3구와 4구를 인용하고 일시에 널리 불린 시구라고 밝혔다(『자각산관초고(紫閣山館初稿)』).

고 문자 선생께서는 "이병규의 아들일세"라고 답했다. 내가 선생과 함께 곧바로 그를 찾아가서 드디어 친하게 지냈다. 나중에 그는 호를 심전(心荃)으로 바꾸었다. 운미(芸楣) 민영익(閔泳翊)을 따라 해외 여러 나라에서 노닐어 명성이 나라 안팎에 가득했으나 끝내 천수를 누리지 못했으니 안타깝다. 그가 부안의 책바위〔冊巖〕7를 읊은 시는 다음과 같다.

| 그 누가 책을 펼치랴? 하늘이 숨겨놓은 것이니 | 有誰開卷天應秘 |
| 이렇듯이 문장을 이뤘으니 귀신은 솜씨도 좋다 | 如此成章鬼也工 |

재치 있는 시상이 이와 같았다.

---

6 김택영의 『소호당집』에 「이현식 소전(李鉉軾小傳)」이 전한다. 강위의 『고환당수초』에는 '이현식(李玹軾)'으로 표기하였다.

7 현재 전라북도 순창군 유등면 유촌리에 위치한 바위로 책이 켜켜로 쌓여 있는 모양을 하고 있다.

23

고시의 성률

추곡(秋谷) 조집신(趙執信)[1]이 다음과 같이 말하였다.

"예전 시인은 오언(五言) 칠언(七言) 의고시(擬古詩)에서 전운(轉韻)할 경우 반드시 평성(平聲)과 측성(仄聲)을 번갈아 바꾸었다. 의고시 가운데 대우(對耦)를 이루는 시구가 있을 때에는 평성과 측성을 율시(律詩)나 절구(絶句)처럼 반드시 사용하였다."

그런데 평성이 많다고 하는 말은 맞으나 반드시 그렇게 해야 한다고 하는 말은 옳지 않다. 이백(李白)은 시인의 할아버지 격이요 「양양가(襄陽歌)」는 성조(聲調)가 가장 훌륭한 작품이다. 그런데 '옥 같은 몸이 절로 쓰러졌을 뿐, 남이 떠다민 것이 아니네〔玉山自倒非人頹〕'란 구절 아래에 '나 이백은 너희와 생사를 함께하리라〔李白與爾同死生〕'의 구절로 이었는데 이것은 평성을 평성으로 바꾼 것 아닌가?[2] 또 「양원음

---

1 조집신(1662~1744)은 청대의 시인이다. 자(字)가 신부(伸符), 호는 추곡(秋谷)으로 산동(山東) 익도(益都) 사람이다. 청나라 풍반(馮班)의 시를 종장(宗匠)으로 내세운 『담룡록(談龍錄)』을 지어 청초(清初)의 대가인 왕사정(王士禎)을 날카롭게 비판했다. 특히 『성조보(聲調譜)』를 지어 고시와 율시의 성조가 지닌 법칙을 밝히는데 노력하여 중국 시율(詩律) 연구에 큰 공헌을 하였다.

2 퇴(頹)에서 생(生)으로 환운(換韻)을 했으므로 평측이 바뀌어야 하는데 둘 다 평성이란 의미이다.

(梁園吟)」의 시구 '황폐한 성에는 푸른 산의 달이 휑뎅그레 비추고, 고목은 모조리 창오산 구름 속에 들었네〔荒城虛照碧山月, 古木盡入蒼梧雲〕'는 평성과 측성이 애초부터 고르게 배치되지 않았다. 이런 경우가 얼마나 많은가?

내가 일찍이 경재(經齋) 오한응(吳翰應)과 시를 두고 대화를 나누다가 이야기가 이 주제에 이른 적이 있다. 경재가 "의고시 중에 대우나 평측은 과연 모두가 고르게 배치되지는 않더군. 그러나 7번째 글자는 반드시 평성과 측성을 번갈아 써야 하네"라고 말하였다. 그래서 내가 이렇게 대꾸하였다.

"두보(杜甫)의 「세병마행(洗兵馬行)」에 '기수 가의 병사들아! 귀향을 늦추지 말라! 성 남에서 그리워하는 부인들 시름겨워 꿈이 많다네〔淇上健兒歸莫懶, 城南思婦愁多夢〕'에서 6번째 글자(莫, 多)는 평성과 측성이 고르게 배치되었으나 7번째 글자(懶, 夢)는 모두 측성을 썼더군."

내 말에 경재가 반박하지 못하였다. 조집신과 오한응은 모두 많은 사례에 의거하여 말하였으므로 법으로 취하는 것도 좋기는 하다. 그렇다고 또 지나치게 얽매여선 안 된다.

24

신위의 높은 학문과 시

육경(六經)에 뿌리를 두지 않거나 또 만 권의 책을 독파하지 않으면 시를 지극히 잘 쓰는 경지까지 도달할 수 없다. 자하(紫霞) 신위(申緯)의 전집(全集)을 살펴보니 전고를 사용한 수준이 대지가 만물을 등에 지고, 바다가 온 강물을 받아들이는 광대한 경지라 이를 만했다.

풍고(楓臯) 김조순(金祖淳)은 시무(時務)를 주관하면서 문병(文柄, 대제학)의 권한도 손에 쥐고 있었다. 그런 그가 일찍이 자하를 장려하고 치켜세우며 가는 곳마다 칭찬을 늘어놓았다. 대제학을 지낸 취미(翠微) 신재식(申在植)은 고문(古文)을 잘 지었다. 자하와 같은 집안사람이었는데 풍고가 가장 친하게 지냈다. 풍고가 자하를 치켜세우는 것을 매번 보다가 하루는 다음과 같이 반박하였다.

"자하는 일개 시인이라 시학(詩學)에는 대단히 조예가 있다 해도 문장의 영역에서야 거론할 거리가 있겠는지요?"

그러자 풍고가 웃으며 이렇게 답하였다.

"자네는 한수(漢叟, 자하의 자-원주)와 같은 집안사람인데 아직도 그를 잘 모르는군. 지우(知遇)를 만나기가 이렇듯 어렵군! 잠시 기다리게."

즉시 겸지기에게 분부하여 편지를 가지고 가서 자하를 맞이해 오도록 시켰다. 그리고 자하와 함께 경서(經書)와 사서(史書)를 토론하였는데 육경(六經)의 전주(箋註)부터 육조(六朝)나 오대(五代)[1] 시대의 제왕의 능호(陵號)·시호(諡號)와 중국 산천과 군현의 위치나 연혁까지 질문에 답하지 못하는 것이 없었고, 지식이 자세하지 않은 것이 없었다. 그러자 취미가 탄복하고 풍고가 인재를 알아본다고 생각하였다.

세상에서는 자하를 기껏해야 시에나 능한 사람으로 여기지만 그의 소장(疏章) 여러 편과 「당시화의서(唐詩畵意序)」[2] 같은 글은 어느 것 하나 쉽게 얻을 수 있는 글이 아니다. 국인(菊人) 조기영(趙耆永, 자는 世文)은 자하 문하의 뛰어난 제자로서 일찍이 시를 지어 자하에게 바친 적이 있다.

천하에서는 공에게 배우며 두보로 여기지만　　　天下學公如杜甫

사람 중에 저는 다행히 구양수로 봅니다.　　　人中幸我見歐陽[3]

---

1 육조(六朝)는 후한(後漢)과 수(隋)나라 사이에 일어난 오(吳)·동진(東晉)·송(宋)·제(齊)·양(梁)·진(陳)의 여섯 왕조를 말한다. 모두 건업(建業)을 수도로 삼았다. 오대(五代)는 당(唐)과 송(宋) 사이에 일어난 후량(後梁)·후당(後唐)·후진(後晉)·후한(後漢)·후주(後周)이다.

2 『당시화의(唐詩畵意)』는 신위가 1820년에 역대 당시선집(唐詩選集)에서 화의(畵意), 즉 그림의 의취(意趣)가 담겨 있는 작품 600여 수를 선발하여 엮은 시선집이다. 서두에 자서(自序) 두 편이 실려 있고, 서기수와 유본학 등의 서발문 여러 편이 첨부되어 있다. 신위는 『당시화의』를 편찬한 몇 년 뒤『전당근체선(全唐近體選)』을 편찬했다. 필사본 여러 종이 전해온다.

3 조기영의 시와 그 시에 화운(和韻)한 신위의 시가『경수당전고(警修堂全藁)』에 실려 전한다. 『경수당전고』 29책, 「복부집(覆瓿集)」 11, 「是日菊人生朝也, 更用前韻爲贈」. "名家寅降禀淸凉, 黃菊傑然同傲霜. 自愧諸君時問字, 揭來一瓣共拈香. 幽居淨掃三三徑, 佳節欣逢九九陽. 山色滿庭人去後, 更持紅燭獨傾觴.【附】和韻【菊人】獨倚蕉窓雨氣凉, 詩從蘆肪挾風霜. 餘生孤露弧誰設, 是日佳辰菊自香. 天下學公如杜甫, 人中幸我見歐陽. 悄然無意登高去, 簾捲西風强一觴."

제자가 선생을 추대할 때에는 과장된 말을 쉽게 하기도 한다. 그러나 자하를 기껏해야 시에나 능한 사람으로 여기는 자는 자하를 잘 모르는 자이다.

25

여규형의 등단과 시재

하정(荷亭) 여규형(呂圭亨)은 어려서 고아가 되어 양근(楊根, 양평)의 여막에 머물렀는데 십여 세에 벌써 글재주로 명성이 났다. 약관이 지난 뒤에야 비로소 서울에 들어와 우리 집에 이르러 아래의 시를 지었다.

사람은 가을 물과 같아 옥으로 뼈를 삼고[1]　　　　　　人同秋水玉爲骨

시는 단산을 울려 봉황이 둥지를 떠났네[2]　　　　　　詩響丹山鳳出巢

좌중은 다들 그가 기이한 재주꾼이라는 소문을 들었던 터라 시가 마음에 차지 않았다. 하정이 시골에 살면서 혼자 공부하여 스승으로부터 배운 것이 없음을 잘 알 수 있었다. 하정은 그대로 남산골 청학

---

1 두보(杜甫)의 「서경이자가(徐卿二子歌)」에 '아홉 살 된 큰아이는 얼굴빛이 맑고 투명하니, 가을 물로 정신을 삼고 옥으로 뼈를 삼았네〔大兒九齡色清徹, 秋水爲神玉爲骨〕'라는 시구가 있다.

2 단산(丹山)은 단혈산(丹穴山)으로 이 산에는 봉황이 오색 빛깔을 갖춰 살고 있다는 전설이 『산해경(山海經)』「남산경(南山經)」에 실려 있다. 이 시는 자신을 과장되게 치켜세운 것으로 앞 구는 자신의 용모를, 뒤 구는 시재가 뛰어나 봉황처럼 고향을 떠나 한양으로 왔음을 표현하였다.

동(靑鶴洞)에 셋집을 빌려 영재(寧齋) 이건창(李建昌)과 이웃해 살며 밤낮으로 영재를 따라다녔다. 일 년이 채 되지 않아 지어낸 시가 맑고 고와서 음송하기 좋지 않은 작품이 없었다. 사촌 형님 규당(葵堂) 정범조(鄭範朝)가 어느 날 저녁 시회(詩會)를 크게 열어 남사(南社)[3]의 이름난 문인들이 모였는데 그 자리에서 하정이 시를 지었다.

매화를 꽉 붙잡아둬도 봄은 여전히 짧고 　　　　　勒住梅花春尚淺

등불 촛불 높이 걸자 밤은 유독 길어진다 　　　　　高張燈燭夜偏多

시가 좌중을 압도하였다. 나중에 사간(司諫)이 되었다가 익산군에 유배를 갔는데[4] 거기서 다음 시를 지었다.

강물을 내려다보고 떠나온 지 오랜 줄 깜짝 놀라고 　　臨水忽驚流落久

기러기 소리 듣고 이별이 많은 걸 새삼 깨닫네 　　　聞鴻新覺別離多[5]

---

3 남사는 1860년대 후반에 소론계(少論系) 문인들이 서울의 남산 북쪽 회현동의 남촌(南村) 지역을 거점으로 결성한 시사(詩社)이다. 결성을 주도한 문인은 홍기주(洪岐周)·이중하(李重夏)·정기우(鄭基雨)·이건창(李建昌)이다. 30여 명으로 출발한 시사에는 강위(姜瑋)·이건승(李建昇)·정범조(鄭範朝)·여규형(呂圭亨)·이남규(李南珪)·이기(李琦)·김택영(金澤榮)·황현(黃玹)·이근수(李根洙) 등 조선 말기 시문의 대가들이 대거 참여하였다. 자세한 내용은 안대회의 「조선말기의 문예그룹 남사와 남사동인의 문학활동」(『한국한시연구』 25집, 2017)을 참조하기 바란다.

4 고종과 민비가 여씨(呂氏) 성을 가진 사람을 멀리하라는 무당 진령군(眞靈君)의 말을 믿었던 탓에 여규형은 한동안 관직에 나가지 못하였다. 사간에 임명된 뒤에 그의 사람됨을 공격한 동료가 있어서 스스로 자리에서 물러났으나 끝내 익산군에 유배당했다. 이남규는 '이건창이 벽동에 귀양 간 뒤부터 글이 숙련되었다'라고 말했던 여규형 자신의 말을 다시 끌어다가 여규형을 위로했다(『수당집』 권3, 「교리 여규형에게 보내는 편지(與呂校理圭亨書)」).

公一見人知其善惡吉凶無不驗者○嘗誨不肖輩曰人豈易知但取

覷端者可矣○余自童時從遊於李侍郞厚卿（字重夏）李侍郞鳳朝卿（字建昌）

時厚卿貧而困或以爲無貴相氣朝弱而或以爲無壽相○一日公

公曰厚卿溫而秀何謂無貴相朝卿慈何謂無壽相○一日自公

而退仲內舅趙侍郞趙卿成爲誰趙公日閔泳穆也公日今

日公會造見一人不數年位至上卿且有權間之知爲司成而爲閔

名也後公判咸興閔公時爲吏判以公禮往候歸日閔吏判今日

迫而見之恐非令終且不久時余爲閔公幕下公詔不肖日爲汝憂也

汝其愼之○在恩津時監司趙公乘式與公不

相能冬考不遠人皆告公死甲申之難○在營幕中人秘告公日今將居殿早爲計

不肯從傍見其書欲治裝公止之日勿憂也監司爲人如婦人復而弱

柳帖古雲今兩帖藏于鍾山先生家○

公詩及洪鍾山李二堂李寧齋詩合爲一卷○姜秋錦文瑋氏嘗遊淸國也選

五簇世準二人皆當時名士也公詩皆批評而歎賞之公觀書一日閱

二十卷而廉不領會○素有氣節好觀兵書用力於紀效制又嘗善射良御皆因有意

手在官時必以吏校編之爲伍殺以紀效書以深究而精透○所著詩

於用兵也至於醫藥卜筮地理算數之書無不深究而精透○所著詩

文有玉泉堂集六卷多散佚不收此僅十之二存也

公交遊雖廣惟平生以友道相許者朴卿齋承宣（有恫）也

齋侍郞建昌　李海槎郡守（象學）　公之輩行出處公俱在京師時非有大事

故則未嘗爲一日之阻焉在山野則沈白雲先生（大允）

處士（相駿）　皆山林宿德也方外如姜秋錦（文瑋）　李小農（根洙）　豪傑之士

李侍郞鳳朝卿（字建昌）　洪鍾山都正（樹）　李寧　李處士（曦榮）　沈

『동래정씨가록(東萊鄭氏家錄)』 권14, 「운재공 유사(雲齋公基雨遺事)」

정만조는 선친 운재(雲齋) 정기우(鄭基雨)의 교유관계를 네 부류로 나눠 제시했다. 지우로는 박제순(朴齊恂)·홍기주(洪岐周)·이상학(李象學)을, 절친한 후배로는 이중하(李重夏)·이건창(李建昌)을 꼽고 이들과는 서울에서 하루도 떨어져 지낸 적이 없다고 했다. 재야의 벗으로는 심대윤(沈大允)·이희영(李曦榮)·심상준(沈相駿)을, 방외의 벗으로는 강위(姜瑋)·이근수(李根洙)를 꼽았다. 이들 가운데 남사(南社) 결성을 주도한 문인이 다수 포함되어 있다.

여규형 스스로 평생에 가장 잘 지은 시구라 생각하였는데 음송할 만한 시는 이 정도에 그치지 않는다. 또 시를 민첩하게 써서 눈 깜짝할 사이에 몇천 글자의 시를 지어냈다. 깊이 생각하고 미리 지어둔 것이라 해서 그보다 더 낫지는 않았다.

---

5 칠언율시 「영재 이건창에게 부치다〔寄李寧齋建昌〕」의 함련이다.

26

이남규의 민첩한 시재

수당(修堂) 이남규(李南珪)는 글솜씨가 넉넉하고 빠르며, 놀랍고 청초하였는데 의고시(擬古詩)를 가장 잘 썼다. 옥당(玉堂) 벼슬에 임명된 뒤 고향집으로 돌아갈 때 그 전날 밤 내가 그를 불러다 술자리를 베풀고 운(韻)을 나누어 이별의 시를 지었다. 수당은 행장을 꾸리느라 바쁘고 경황이 없었는데 운을 얻자마자 바로 시를 지어냈다.

가려다가도 가지 못하니	欲行行不得
밝으신 임금님 용케도 만나서요	千載明主遇
머물까 하다가도 머무르지 못하니	欲止止不得
부모님 늙으셔서 기쁘기도 하고 걱정도 돼서네	親老喜而懼
섬기는 날이 짧고 긴 차이를	事之日短長
옛사람은 깊이 깨닫고 있었지[1]	古人有深悟
내 여정은 이 말에게 달렸으니	我行茲馬決
도성 남쪽 길로 말을 몰아가리	驅馬城南路

---

1 "임금을 섬길 날은 길고, 부모를 섬길 날은 짧다〔事君日長, 事親日短〕"라는 전해오는 말을 줄인 것이다.

이 다음의 수십 개 구절은 다 기억하지 못한다. 율시와 절구는 고시(古詩)에는 조금 미치지 못한다. 하지만 새벽에 수원을 지나며 지은 시구

왕릉(王陵)의 송백에는 구름이 막 개고　　　　　　　仙陵松栢雲初曙
수국(水國)2의 갈대에는 이슬이 서릿발 같네　　　　水國蒹葭露欲霜

는 풍조가 대단히 높아 당나라 시인의 뜻이 있다. 특히 연구(聯句)에 기이한 구절이 많다. 눈이 내리는 가운데 취성당(聚星堂)의 금체시(禁體詩)3를 모방하여 다섯 글자를 모두 측성으로 쓰는 법을 채택하고 원(瑗)자를 뽑았다. 좌중이 다들 압운을 못하겠다고 말했으나 수당은 말이 떨어지자마자 '벙어리 행세하니 누가 옥인 줄 알랴[轍啞孰識瑗]'라고 지어냈다. 모두가 기이하다고 칭찬하였다.

---

2 수원은 삼한시대 마한 54국 가운데 모수국(牟水國)이었다.

3 금체시는 보통 쓰는 시어를 제외하고 짓는 시를 가리킨다. 송나라 구양수(歐陽脩)가 취성당(聚星堂)에서 주연을 베풀고 눈[雪]을 소재로 시를 짓게 하면서, 설부(雪賦)에 흔히 나오는 옥(玉)·월(月)·이(梨)·매(梅)·연(練)·서(絮)·백(白)·무(舞)·아(鵝)·학(鶴) 등의 글자를 쓰지 못하게 한 데서 유래한다.

27

사가시선과 작품의 운수

시 한 구절이나 연구(聯句) 하나로 남에게 인정받는 것도 운수에 달려
있다. 추금(秋琴) 강위(姜瑋) 선생이 나의 종형(宗兄)인 판서 용산(蓉山)
정건조(鄭建朝)의 사행(使行)을 따라 연경(燕京)에 간 적이 있다. 그때
선친과 종산(鍾山) 홍기주(洪岐周) 선생, 이당(二堂) 이중하(李重夏), 영
재(寧齋) 이건창(李建昌)의 시를 각각 백여 수씩 직접 뽑아 베껴 가서
청나라 송각(頌閣) 서부(徐郙)[1]를 만나 보여주었다. 서부는 당시 이부
상서(吏部尚書)로서 문단을 주도하던 사람인데 그의 권비(圈批, 글의 잘된
부분을 표시하는 둥근 점)를 받아 돌아왔다.[2] 그 가운데 선친의 시구는 다
음과 같다.

---

1 서부(1836~1907)는 자가 수형(壽蘅), 호는 송각(頌閣)으로 강소성(江蘇省) 가정(嘉定) 사람이
  다. 1862년에 과거에 급제하여 한림원수찬(翰林院修撰)·남서방행주(南書房行走)·안휘학정
  (安徽學政)·강소학정(江西學政)·좌도어사(左都禦史)·병부상서(兵部尚書)·예부상서(禮部尚
  書) 등을 역임했다.

2 강위는 1873년 동지정사겸사은사(冬至正使兼謝恩使)로 연행하는 정건조를 수행하여 연경에
  갔다. 그때 네 시인의 시를 뽑아『한사객시선(韓四客詩選)』을 만들고 장세준(張世準, 1826~?)
  에게 비평을 구했다. 다음 해 1874년에 강위는 사은사 이건창(李建昌)의 수행원으로 연행을
  하였는데 이때 다시 전의『한사객시선』을 수정하여 서부의 비평을 받아가지고 돌아왔다.
  27칙에서 말한 시선은 바로 이 책을 가리킨다.『한사객시선』은『문헌과해석』33·34집(2005
  겨울, 2006 봄, 문헌과해석사)에 영인되어 있고, 박철상의 해제가 실려 참고가 된다.

길 가득히 떨어진 꽃은 봄 이슬이 무겁고 　　　　満逕落花春露重

아지랑이는 날아서 해당화 가지에 걸렸네 　　　游絲飛掛海棠枝

종산의 시구는 다음과 같다.

높은 돛은 풀이 푸른 언덕을 안고 돌고 　　　高帆抱回芳草岸

먼 강물은 초록빛 버들가지로 흘러든다 　　　遠江流入綠楊枝

두 개의 연(聯)은 글자마다 권점(圈點)을 두 개씩 받았다. 그런데 선친과 홍기주 선생의 시 백여 편 중에서 어찌 이 두 개의 연이 가장 아름다운 것이랴?

나는 영재 이건창보다 여섯 살이 적은데 어릴 때부터 영재를 엄한 스승처럼 대하였다. 영재도 내가 지은 시문을 보면 그저 경계하고 권면할 뿐, 망령되이 치켜세워 준 적이 없었다. 하루는 양천(養泉) 서주보(徐周輔)가 여럿이 있는 자리에서 내가 지은 다음 시를 함께 읊조렸다.

문 닫고도 늘 건강하여 신선술 있나 했더니 　　閉門長健疑仙術

손님을 한결 잘 대접하여 세상인심에 가깝네 　　款客逾勤近世情

그때는 양천이 두려움에 위축되어 문을 닫아걸고 남과는 왕래를 끊었으나 우리를 보고서는 환영했기 때문에 그렇게 말했을 뿐이다. 영재가 그 시를 매우 칭찬하였다. 내 시가 졸렬하기는 하지만 이것보다 나은 시가 왜 없겠는가? 시가 인정을 받는 것에도 운수가 있나 보다.

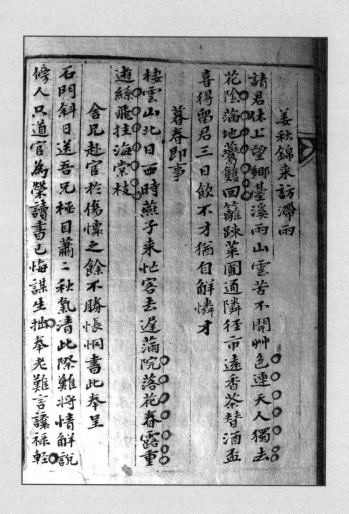

姜秋錦來訪滯雨

請君休上望鄉臺溪雨山雲苦不開艸色連天人獨去

花陰蒲地鶯雙回籬跡葉圃通隣徑而遠香茶替酒盃

喜得留君三日飲不才猶自解憐才

暮春即事

樓雲山北日西時燕子來忙客去遲蒲院落花春露重

遊絲飛挂海棠枝

舍兄赴官於傷懷之餘不勝悵悒書此奉呈

石門斜日送吾兄極目蕭二秋氣淸此際難將情解說

儂人只道官爲榮讀書已悔謀生拙奉老難言讓祿輕

『한사객시선』 「옥천당음고(玉泉堂吟藁)」에 실린 칠언절구 「모춘즉사(暮春卽事)」의 3, 4구

수경실 소장 사본. 경(逕)이 원(院)으로 되어 있고 관주 한 가지만 찍혀 있다. 한편 김택영은 「운재만시(雲齋挽詩)」 제1수에서 이 구절을 언급하고 이 시화와 유사한 내용을 그 주에서 언급하였다.

聚勝亭同尹玄湖滋憙·鄭栗山基會·石汀範朝三
侍郎雲齋澹寧作
一工名亭竟有時何來枉費夢中思久廛湫嘈真是累

怨連閒曠也難詩孤恕抱回芳卅岧遠江流入綠楊枝○
憑闌莫說風烟好他日還家始得知
江樓疊疊字韻寄鄭雲青明府基春
石戴孤亭壓水寒故人留約共追歡風流江漢堪千古○
賓主東南並二難高舶羞連港立人家隱映陽林看○
遑憐吟伴花樓上一榻蕭然似幼安
齋中淼淼懷雲齋澹寧
新秋得雨晚涼添西窓年捲簾樓靜樹陰來塵石
庭空苔色映鞵尖偶思句心仍倦罷睿茶舌尚甛
回首城南人不見聚星今夜倩誰占

『한사객시선』「청수당소초(淸壽堂小草)」에 실린 칠언율시「취승정에서 현호 윤자덕·율산 정기회·석정 정범조·참판 운재·담녕과 함께 짓다〔聚勝亭同尹玄湖滋憙·鄭栗山基會·石汀範朝三侍郎·雲齋·澹寧作〕」의 경련
수경실 소장 사본. 고(高)가 고(孤)로 되어 있고 비점이나 관주가 찍혀 있지 않다.

○○連山館用前韻報南社諸君子
契濶方知故舊情翩翩詩札到鄉程細論晨夕南村
事過許文章海內名官閣梅花千點憶寒門寒月半
痕生相恩未吐重重意直抵中州報卷平

○懷人作
昔有韓四客共結文字緣三客在漢陽一客赴蓟燕
致謝張平子風流永和年洪鐘山鎭齋洪世文二
客賦四客詩呻往往唱古入蕭以此我洞庭
澐得似永和年

有酒多且旨有詩穆如風十日饑我行猶眼忿忿

平生會心人盡在南村中顧山下泉合詩卷名之曰
子崔村濁歡謝為十日之會君
又與諸君子結社共紫

車馬何闌闌都門大道口唯有洪京兆欵欵執我手
愛之過於身此意宣多有鐘山送余序云吾三年
君有親在堂夕念君行不此句寄京兆愛之過於身
執書謝先生感我父子情上四句述語云愛之不輕

與君有成說時月無相阻豈知萬里外一別寒暑
平生惠情多又作兒女語屬三

○擊節三淵道萬春玄花白羽恐非眞六師歸日登城
安市城

이건창(李建昌), 『명미당고(明美堂稿)』 권2, 「명미당기행삼집(明美堂紀行三集)·회인작(懷人作)」

필사본, 국사편찬위원회 소장. 이건창 집안에 소장되어 있던 사본으로 간본과 다른 내용이 적지 않게 수록 되어 있다. 1874년에 사은사로 강위와 함께 북경에 갈 때 쓴 작품이다. 『한사객시선』을 함께 엮은 홍기주(洪岐周)·정기우(鄭基雨)·이중하(李重夏)를 그리는 회인시로 이들은 모두 남사(南社)의 동인이었다.

28

정찬조의 시명

집안 형님 미사(眉社) 정찬조(鄭瓚朝)는 젊을 때부터 진천(鎭川) 시골집에 머물면서 경성(京城)에는 발걸음이 거의 이르지 않았다. 그래서 나이 사십이 되도록 그가 시를 잘 짓는 줄을 사람들은 알지 못했다. 우연히 경성에 들어왔을 때는 마침 화창한 봄날을 맞아 시사(詩社)의 벗들이 산사(山榭)에서 모이기로 약속하였는데 미사가 그들을 따라갔다. 시를 지을 때 신(臣)자를 운으로 부르자 다들 경운(硬韻)으로 받아들였으나 미사는 다음과 같은 시를 지었다.

> 소년을 닮은 풀은 늘 상춘객(賞春客)과 어울리고   草似少年常結客
>
> 이웃집 여자처럼 꽃은 나를 엿보려 하네[1]   花如鄰女欲窺臣

이때부터 시를 잘 짓는다는 명성으로 크게 떠들썩하였다.

---

1 송옥(宋玉)의 「등도자호색부(登徒子好色賦)」에서 '이 여인이 담 너머로 신을 세 해나 엿보았어도 지금까지 허락하지 않았지요[此女登牆窺臣三年, 至今未許也]'라는 구절에서 뜻을 가져 왔다.

29

정헌시의 시정

강재(康齋) 정헌시(鄭憲時)[1]는 시의 정취가 맑고 곱다. 예를 들어,

밤빛은 맑디맑아 물시계 화살을 속이고	夜色湛湛欺漏箭
춘심은 넘실넘실 꽃가지를 돌보누나	春心盈盈眷花枝

와 같은 시구는 낭독하면 참으로 사랑스럽다. 또 대구(對句) 맞추기를
잘하였다. 일찍이 나와 같이 외무서(外務署) 낭료(郞寮)로 근무하는데
그때 일재(一齋) 어윤중(魚允中)이 서북경략사(西北經略使)가 되어 외무
서로 와서 하직을 고하였다.[2] 청나라 사람 마건상(馬建常)[3]이 중국과
동국의 상무(商務)를 논의하려고 외무서의 찬의(贊議) 직책으로 자리
에 있었다. 강재가 이렇게 읊었다.

---

1 정헌시(1847~1905)의 자는 성장(聖章), 호는 강재(康齋), 본관은 초계이다. 『천군본기(天君本
紀)』를 지은 정기화(鄭琦和, 1786~1840)의 손자이고, 박원(璞園) 정현석(鄭顯奭, 1817~1899)의
아들이며, 담인(澹人) 신좌모의 사위이다. 1847년 문과에 급제하였고, 승지와 대사간, 중추
원 의관, 박문국당상, 강릉군수 등을 지냈다. 정만조가 쓴 「대사간 강재정공헌시 묘갈명(大
司諫康齋鄭公憲時墓碣銘)」에 자세한 행적이 밝혀져 있다.

서쪽과 북쪽을 두루 다니는 건 어(魚) 경략이요   周行西北魚經略

중국과 동국의 일 상의하는 건 마(馬) 찬의일세.   商辦中東馬贊儀

온 좌중이 딱 맞는 대구라고 칭송했다. '두루[周]'와 '상의하다[商]'
는 모두 나라 이름이며 '어(魚)'와 '마(馬)'는 모두 동물 명칭이다.

---

2 함경도 원산항(元山港)을 개항한 이후 원산감리서(元山監理署)가 설치되었다. 정현석(鄭顯
  奭)이 1883년 1월에 덕원부사 겸 원산감리(元山監理)에 임명되어 1886년 3월까지 재임하였
  고, 그 아들 정헌시(鄭憲時)가 원산항의 통상을 담당하는 통리기무아문 주사로 부임하였다.
  이때 정만조도 함께 근무하였다. 1882년 10월 어윤중(魚允中)이 서북경략사로 파견되어 평
  북과 함북의 국경지대를 시찰하고 국경의 경계와 진보(鎭堡) 등을 정비하였다. 국경을 가기
  위해 그는 원산항에 도착하여 정헌시·정만조 등과 만났다. 이때 관민이 합심하여 동해안
  최초의 근대적 교육기관인 원산학사(元山學舍)를 설립하였다.

3 근대에 최초로 한국에 복무한 중국인 관리이다. 『고종실록』 19년(1882) 12월 25일 기사에 마
  건상이 의정부찬의(議政府贊議)를 맡고 회판교섭통상사무(會辦交涉通商事務)를 겸하게 하라
  는 전교(傳敎)가 보인다. 형인 마건충(馬建忠, 1845~1899)도 조선에서 외교교섭을 맡아 1882
  년 임오군란이 발생했을 때 대원군(大院君)을 중국에 연행했다.

30

절묘한 대구

중양일(重陽日, 9월 9일)에 영재 이건창 집에 모여서 시를 읊었다. 시를
다 읊고 자리를 파할 즈음 "이 자리에 있었던 사람들은 번갈아 술자리
를 마련합시다"라고 약속하였다. 내가 불쑥 응낙하며 "사흘 뒤 모두들
제 집에 모이시지요"라고 말하였다. 강재 정헌시가 즉시 좌중을 향해
이렇게 말했다.

다음 모임은	後會
중구일 좋은 날에서 삼일 후이고	重九佳辰越三日
주인은	主人
제일가는 재자(才子) 정만조라네	第一才子鄭萬朝

온 좌중이 박수치며 기발하다고 칭찬하였다. 육갑(가진(佳辰)의 진(辰)
과 재자(才子)의 자(子))과 나라 이름(월삼일(越三日)의 월(越)과 정만조(鄭萬朝)의 정
(鄭))이 모두 절묘한 대구이다.

나는 해방영(海防營)에 근무하라는 명을 받아 군사마(軍司馬)가 되
어 인천에 나가 머물게 되었다.[1] 그때 마침 고균(古筠) 김옥균(金玉均)

이 포경사(捕鯨使)로서 일본 고베[神戶]로 가게 되어2 잇따라 출발하니 영재가 작별하러 와서 말하였다.

오늘 이별한 이는 인천으로 가는 정 군사마요   仁川今別鄭司馬
어제 이별한 이는 고베로 가는 김 포경사일세   神戶昨辭金捕鯨

군사마와 포경사는 모두 새로 생긴 관직 이름이라 농담거리 삼은 것이다.

---

1 해방영은 한말에 경기도·황해도·충청도의 수군을 통솔하던 군영으로 정식 명칭은 기연해 방아문(畿沿海防衙門)이다. 정만조는 1883년(고종 20) 1월 통리교섭통상사무아문 주사(統理交 涉通商事務衙門主事) 겸 기연해방군사마가 되었다.
2 김옥균은 1883년 동남제도개척사(東南諸島開拓使) 겸 포경사(捕鯨使)로 임명받아 울릉도 개 척 겸 포경 산업 전반을 관할했다.

31

금강산을 읊은 시

금강산 시 가운데 내가 구해서 읽어본 작품이 몇백 편에 이른다. 그 작품들을 보니 금강산을 잘 묘사하려고 애쓴 것은 꾸밈이 너무 지나쳤고, 풍경에 어울리게 지으려고 애쓴 것은 억지스럽거나 과장되었다. 다들 재주가 다하고 힘이 빠져서 끝내 온전하고 좋은 작품이 되기가 어려웠다. 따라서 퇴계(退溪) 이황(李滉)이나 농암(農巖) 김창협(金昌協)을 비롯한 많은 선생들은 모두 고체(古體)를 모방하여 지어서 별다르게 칭찬할 만한 연이나 구절이 하나도 없다. 오로지 대제학을 지낸 관양(冠陽) 이광덕(李匡德)의 시구로

한밤에도 환하여 늘 동틀 무렵 같고	五夜虛明常欲曙
사시사철 서늘하여 쉽게 가을이 되네	四時寥落易爲秋1

---

1 금강산 헐성루 풍경을 읊은 이 시구는 이광덕의 『관양집(冠陽集)』에는 실려 있지 않고, 『대동시선(大東詩選)』에 여항시인 이단전(李亶佃)이 지은 칠언율시 「헐성루(歇惺樓)」로 실려 있다. 정만조가 작자를 오인한 것으로 보인다. "三十蓬壺始壯遊, 萬千峯色此高樓. 陰陽鍊出皆寒骨, 風雨磨來遂白頭. 五夜虛明長欲曙, 四時寥落易爲秋. 秦家皇帝空多事, 錯遣童男泛海舟."

가 있는데 꾸미지도 않고 기세를 부리지도 않았으나 저절로 풍경에 잘 어울린다.

32

무명 과객의 희작

충청도의 한 부호(富豪)가 늙은 부모의 생일을 맞아 연회를 크게 베풀자 손님들이 집안에 가득 찼다. 해진 도포와 양태(凉太) 떨어진 갓 차림을 한 과객이 잔치 자리에 들어와 한 상 차려달라고 하였다. 주인이 속으로는 달갑지 않았으나 경사스러운 날에 푸대접할 수 없어서 많은 손님들 끝에 자리를 마련하여 술상을 보았다. 잔치가 끝날 무렵 '변(邊)', '연(連)', '년(年)' 세 개의 운(韻)을 불러 많은 손님들에게 축수시(祝壽詩)를 청했다. 해진 도포 차림의 과객도 시를 한 수 썼는데 첫 연은 아래와 같았다.

| 높이 올라 해변을 바라보니 | 登高望海邊 |
| 백사장이 십 리에 이어졌네 | 十里平沙連 |

주인이 보고서 "이것은 축수요. 과객의 시는 무슨 헛소리요?"라고 하며 크게 꾸짖었다. 과객은 웃으며 "그냥 다음 연이나 보시지요"라고 대꾸하더니 바로 다음과 같이 썼다.

모래 알알을 남에게 줍게 하여 箇箇令人拾

그대 부모의 나이를 헤아리노라 算君父母年

　주인이 깜짝 놀라 일어나서 과객의 손을 잡고 상석에 앉힌 다음 부
끄러워하며 사과해마지않았다. 과객의 성과 이름은 세상에 전하지 않
는다. 어떤 이가 백호(白湖) 임제(林悌)의 시라고 하지만 꼭 그렇다고
볼 수는 없다. 아무래도 뜻을 잃고 불우하게 살면서 온 세상을 조롱하
는 사람일 것이다.

33

붓 장수의 시

내가 산사(山寺)에 놀러 갔을 때 어떤 붓 장수가 지나가다가 시를 쓰고 있는 이들을 보고서 자기도 한 수 써보겠노라고 청하더니 다음과 같은 구절을 지었다.

시골 주막에서 술을 샀더니 물을 많이 섞었고 　　　　　　酒沽村店多和水

봄 산에서 나무하여 내려오니 태반은 꽃이구나 　　　　　薪下春山半雜花

　다들 그가 범상치 않은 사람이라 감탄하며 술과 안주를 권하며 잘 대우하였다. 그 시를 사람들에게 외어 전했더니 칠팔십 세 되는 노인들이 모두 "내가 젊었을 때부터 진작 이 시를 들었으나 다만 지은 사람의 이름은 모른다"라고 하였다. 고루한 나 자신이 부끄럽고, 붓 장수에게 속임을 당한 꼴이 분하고, 술과 안주를 낭비한 것이 아깝다.[1]

---

1 이가원은 『옥류산장시화』에서 33칙의 내용을 전재하고 "내가 이 시를 살펴보니 그다지 놀라워할 만한 작품이 아니다. 이것은 작자 스스로가 붓 장수보다 나을 것이 없다는 말인데 어째서 뭇 사람들이 붓 장수가 범상치 않다고 감탄했을까[余觀此詩, 無甚警絶, 是其作者, 自無過於筆商, 奚爲衆歎其非常也]"라고 지적하였다.

34

강경 객주의 시재

선친께서는 은진현감(恩津縣監)으로 재직하였다. 은진현의 강경포(江鏡浦)는 대도회지로 주민들은 모두 이익을 추구할 뿐 학문을 알지 못했다. 그들 가운데 감당(鑑塘) 방달주(方達周)란 사람이 있었으니 그도 여객주인(旅客主人, 객주)으로 약을 판매하는 일을 겸업하여 관아에 드나들었다. 선친께서 그와 말을 나눠보았더니 식견이 통달하고 민활하며, 담론이 굉장하고 시원스러운지라 크게 기이하게 여겨서 "이야말로 진정한 호걸이다"라고 말씀하셨다. 틈이 날 때에는 그와 더불어 시를 지으셨는데 시 또한 기이하고 가팔랐다.[1] 예를 들어 가을밤을 읊은 시는 다음과 같다.

귀뚜라미는 가을이 맑아지자 울음소리 크지 않고　　　蟋蟀秋淸鳴不大
별들은 달빛이 환해지자 나온 것이 많지 않구나　　　星辰月白出無多

---

1 정기우의 문집에는 은진현감으로 재직할 때 쓴 칠언율시 「감당 방달주에게 화답하다〔和方鑑塘達周〕」가 실려 있고, 그 이후에도 그와 관련한 작품이 여러 편 실려 있다.

달을 읊은 시는 다음과 같다.

| 온갖 물상의 곱고 추함을 숨기지 못하는 밤에 | 萬狀妍媸無隱夜 |
| 한평생의 시름과 즐거움이 다 나타나는 때로구나 | 一生憂樂盡供時 |

　모두가 경구(警句)이다. 선친께서 은진현을 다스린 지 4년째에 영남의 영덕현감(盈德縣監)으로 자리를 옮기셨다. 영덕으로 떠날 무렵 성거(聖擧, 방달주의 자-원주)가 내게 말하였다.

　"『시경(詩經)』에서 '저 미인이여! 서쪽에 사는 분이네'[2]라고 했는데 서쪽 사람은 바로 문왕(文王)입니다. 문왕은 성인(聖人)이자 군왕(君王)이고, 미인은 바로 아름다운 여자의 천한 명칭입니다. 군왕이나 성인을 천한 말인 미녀라고 불렀으니 너무 무람없는 말이 아닌가? 속으로 늘 의심했지요. 오늘에야 비로소 『시경』의 시가 참으로 바른 성정(性情)에서 나온 것을 알아채고 지난날의 의심이 사라졌습니다."

　내가 "무엇 때문에 그렇지요?"라고 묻자 성거가 대답하였다.

　"오늘 관가(官家, 원님)께서 다른 고을로 옮겨가시는 날이라 이 고을 사람들의 심경이 모두들 미인을 이별하는 것과 같습니다. 그래서 알아챘지요."

　성거의 말재주가 이와 같았다. 그에게 방규석(方圭錫)이라는 아들이 있어 호가 일감(一鑑)이었다. 열여섯 살에 나를 따라서 백마강(白馬江)에 놀러 갔을 때 다음 시를 지었다.

---

2 『시경(詩經)』「패풍(邶風)·간혜(簡兮)」에서 '누구를 그리워하나! 서쪽의 미인이네. 저 미인이여! 서쪽에 사는 분이네[云誰之思, 西方美人. 彼美人兮, 西方之人兮]'라고 했다.

구름이 산꼭대기를 감싸 짙게 칠한 그림 같고   雲擁山椒濃抹畵

해가 나루터 밑으로 잠기자 멀리 구슬이 번득이네   日沈水步逈翻珠

그는 이처럼 일찍부터 총명하였다. 오늘날에는 강호(江湖)의 풍월
(風月)을 주관하는 시인으로 활동한다.

35

영덕 아전의 시재

선친께서 영덕현감으로 부임하셔서 내가 모시고 갔다.[1] 고을은 작고
정사(政事)는 단출하였다. 긴 여름날에는 시를 쓸 줄 아는 젊은 아전들
을 모아서 날마다 시제(詩題)와 운(韻)을 내주고는 시험을 치러 갑(甲)
과 을(乙)의 등수를 정하고 상을 주었다. 한번은 담배 도구를 시제로
하고, 2구와 4구의 운자를 '삼(三)'과 '남(藍)' 자로 했더니 다음과 같은
시 한 수를 내놓은 이가 있었다.

차와 생강이랑 맛을 다투니 누가 제일일까	茶薑爭味誰居一
백동이든 대나무든 속이 뚫려 벗은 셋일세	銅竹通心友有三
의원이 가래 없앤다 말하지만 본초에는 빠져 있고	醫說破痰遺本草
승려는 계율을 지켜 절간에선 기피하네	僧因持戒避伽藍

선친이 권점(圈點)과 비점(批點)을 쳐서 최우등으로 올리고 지은이
의 이름을 물었더니 주효상(朱孝祥)이라 했다. 그런데 그의 이름이 아

---

[1] 정기우는 1779년부터 1882년 4월까지 영덕현감으로 재임하였다. 이후 진산군수로 부임하였다.

전 명부에는 올라 있지 않았다. 고을 관례상 아전의 서자(庶子)는 중요한 직책을 맡을 수 없었고, 주효상은 아전의 서자라서 애초부터 명부에 들어가지 못했다고 하였다. 선친이 즉시 명령하여 아전 명부에 넣고 예방(禮房) 아전의 직책을 주었다. 예방 아전은 향교(鄕校)의 행사를 치르는 일을 맡아본다. 온 고을의 유생과 아전들이 들고일어나 "아전의 서자가 감히 공자(孔子)의 묘에서 일을 맡을 수 있습니까?"라며 관가에 호소하였다. 선친께서 의로움을 내세워 알아듣도록 타이르자 한참 뒤에 소란이 잦아들었다.[2] 선친께서 다른 군(郡)으로 직책을 옮길 때 주효상이 나에게 다음 시를 주었다.

천고에는 지기를 향한 감동이 많지 않으나	千古無多知己感
이승에서 갚기 힘든 은혜임이 벌써 판명났네	此生已判報恩難

그의 속마음을 읽을 수 있다.

---

2 정기우가 영덕현감으로 재직할 때 관례를 떠나 인재를 북돋운 사연으로 주효상을 거론한 것과 마찬가지로 정찬조(鄭纘祖)라는 서자(庶子)를 교임(校任)으로 임명한 사실도 『동래정씨가록』 권14의 「운재공 유사」에 실려 있다. 향촌 사족들의 반발을 억누르고 설득하여 정찬조를 교임에 임용한 사실 또한 이 기사와 함께 주목된다.

36

자식 낳고 지은 시의 비교

내가 어린 나이에 사내아이를 낳았고, 몇 년이 지나 또 여자아이를 낳았다. 그래서 다음 시를 지었다.

다투어 아버지라 부르니 참으로 부끄럽다가   眞愧爭呼父
나를 쏙 빼닮아서 바로 또 귀엽구나   旋憐克肖吾

나중에 척재(惕齋) 이서구(李書九)의 시집을 보니 그도 어린 나이에 아들을 낳고 다음 시를 지었다.

아버지가 된 것이 내가 봐도 부끄럽다가   自愧能爲父
누구를 쏙 빼닮았나 불쑥 다시 생각해보네   翻思克肖誰

내 시와 구법(句法)이 꽤 똑같은데 말의 뜻은 훨씬 더 공교롭다. 벗들을 마주하고 그런 사연을 말하고서 척재의 시에는 미치지 못한다고 스스로 굴복했다. 그때 함평(咸平) 사람 모형환(牟亨煥)이란 자가 옆에 있다가 이렇게 말했다.

"척재 공의 시는 시가 아름답기는 하지만 '누구를 쏙 빼닮았나〔克肖誰〕'라는 세 글자가 혐의가 있는 시구라서 '나를 쏙 빼닮아서〔克肖吾〕'가 올바른 윤리인 것보다 못합니다."[1]

그 말에 온 좌중이 크게 웃었다.

---

1 이서구의 시는 나 아닌 다른 사람의 아들일 수도 있다는 해석이 가능하므로 혐의가 있다고 보았다.

37

오해를 산 이건창의 시

예로부터 시가 빌미가 되어 시대에 미움을 받거나 남에게 원한을 산 사람이 참으로 많다. 내가 목격한 것만도 여러 번이다. 영재(寧齋) 이건창(李建昌)이 위사(韋士) 이근수(李根洙)에게 준 시가 있는데 수련은 다음과 같다.

지친 날개로 낮게 선회해도 날기를 잊지 않고 　　　　倦羽低回不忘飛

고향 산의 계수나무 숲은 꿈에서나 아른거리네 　　　　故山叢桂夢依微

위사가 크게 불만스러워하며 "이것은 내가 서울에서 객지 밥을 먹으며 과거 합격과 벼슬자리를 구걸하느라 떠나지 않는다고 조롱한 것이다"라고 하였다. 영재가 완곡한 말로 해명했지만 끝내 유감을 풀지 않았다. 그러나 영재는 위사를 대하는 성의를 끝까지 소홀히 하지 않아서 결국 감정을 풀었다.

하정(荷亭) 여규형(呂圭亨)이 과거에 급제할 무렵 명성은 자자했어도 집안 위세가 없어서 끌고 당겨주는 이가 아무도 없었다. 그러다 하루아침에 대과(大科)에 급제하자 영재가 바로 시를 써서 축하하였다.

하정이 불뚝 일어나니 얼마나 드높은가   呂子特起何隆隆

포의로 두리번거리던 자리에서 봄바람 이네[1]   布衣坐顧生春風

하정도 시를 받고 기쁘게 생각하였다. 2년 뒤에 이당(二堂) 이중하(李重夏)가 공조참의(工曹參議)로 재직 중에 대과에 급제하자 영재가 또 축하 시를 썼다.

급제 전에도 그대는 벌써 입신하여   未第君猶已發身

전원에서 늙지 않을 줄 잘도 알았지   終知不得老松筠

홍지(紅紙)[2]에 이름 적힌 오늘에도   如今紅紙題名日

백성이 촉망하던 바로 그 사람이네   曾是蒼生屬望人

하정이 이 시를 보고서 비로소 영재에게 불만을 품고 이렇게 말하였다.

"자네가 나를 축하하면서는 한때의 성공과 실패로 기뻐하고 슬퍼하더니, 이당을 축하하면서는 급제 전이나 급제 후나 경중이 없더군. 사람의 높고 낮음을 어찌 이처럼 치우치게 헤아리는가?"

영재가 마침내 하정을 축하한 시를 자신의 원고에서 뺐다.[3]

---

1 봄바람이 인다는 것은 급제한 것을 비유한다. 당나라 시인 맹교(孟郊)가 급제한 뒤 '봄바람에 뜻을 얻어 말을 달리니, 하루 만에 장안의 꽃을 다 구경하네[春風得意馬蹄疾, 一日看盡長安花]'라고 읊었다.

2 대과 급제자들에게 나누어주던 붉은 종이로, 홍패(紅牌)라고도 한다. 소과(小科) 급제자들에게는 흰 종이, 일명 백패(白牌)를 주었다.

실제로 영재의 문집에는 이 시가 실려 있지 않다. 다만 당사자인 여규형은 이중하의 회갑을
축하한 시 「이중하 판서의 시에 다시 차운하다[再疊前韻]」의 주석에서 "영재가 대과에 급제
한 내게 준 시에서 '다섯 개의 별이 일제히 봉래궁에 모였네'라는 시구가 있었다. 지금 다섯
사람 가운데 오직 공과 나만이 남아 있다[李鳳藻贈亨登科詩, 有'五星齊聚蓬萊宮'之句, 今五人中,
惟公與亨在耳]"라고 영재의 이 시를 언급하고 있다.

38

의원의 심기를 건드린 황현의 시

시에서 일을 쓸 때에는 사실에 꼭 들어맞도록 하는 것이 정말 좋다. 그러나 사실에 꼭 들어맞고서도 비방을 초래하는 경우가 생긴다. 매천(梅泉) 황현(黃玹)이 사마시(司馬試)에 합격하였다. 그때 나는 병을 끙끙 앓느라고 축하 인사를 하러 가지 못하고 그냥 편지를 보내 끈끈한 정을 표하였다. 매천이 편지를 받고서 내게 문병을 왔다. 내가 신음하며 일어나지 못하는 것을 보고 병세(病勢)를 알아보고자 "그래 시는 지을 수 있소?"라고 물었다. 내가 간신히 "그냥 운자나 내줘보시죠"라고 대꾸하였다. 우리 집의 종 가운데 글자를 아는 아이가 있어서 곧 운자를 내주고 쓰게 하였다. 때마침 시를 잘 쓰고 의술에 정통한 소치(素癡) 박기창(朴基昌)이란 의원이 내 병을 고치기 위해 집에 머물고 있었다. 평소 매천과도 아는 사이였다. 매천이 지은 시는 다음과 같았다.

정이 깊어 유독 남의 급제를 기뻐하고   情深偏是人科喜
병이 심해도 내가 올 것을 알아차렸네   病劇猶能我到知

시의 끝 구절은 다음과 같았다.

이는 그날의 사실에 꼭 들어맞도록 쓴 시였다. 그런데 소치는 의사
와 종아이를 나란히 거론한 것 때문에 대단히 격분하여 손으로 때리
고 발로 차면서 욕보이는 지경에 이르렀다. 매천이 크게 겁을 내고서
조용히 달아났다. 소치가 내 집에 묵은 날이 한 달이 넘었는데 매천은
늘 그가 없는지를 확인하고서야 찾아와 끝내 서로 부딪치지 않았다.

39

이상적과 강위의 풍자시

시 때문에 비방을 불러일으키는 것도 옛날과 지금의 차이가 있다. 옛날에 비방한 사람은 비방할 만한 것을 비방한 반면, 오늘날에 비방하는 사람은 어떤 시가 비방할 만한지 비방할 만하지 않은지를 모른다. 우선(藕船) 이상적(李尙迪)이 종이연[紙鳶]을 읊은 시는 다음과 같다.

조종하는 권세가 손에 있다며 제멋대로 뽐내지만　　　操縱漫誇權在手

줄 한 가닥 바람에 끊어지면 종이연은 어찌하랴　　　一絲風斷奈如何

이 시는 당시의 집권자들을 조롱하였다. 우선의 시를 당시 고관들 누구나 들어보고 음송하였지만, 이 시를 가지고 우선을 비방한 사람은 없었다.

추금(秋琴) 강위(姜瑋) 선생이 나를 비롯한 시사(詩社)의 벗들과 함께 해당루(海棠樓)에서 분운시(分韻詩)를 지었다.[1] 선생이 장단구(長短句)를 지었으니 다음과 같다.

늙은이가 지나친 우려로 감기에 걸리고　　　老夫過計發寒疾

미친 말로 세상을 어찔하게 놀라게 했네   狂言驚世如瞀眩

북쪽은 악한 짓 잘하고 남쪽은 줄을 대느라 바쁘니   北氛易惡南風競線

이런 때 편히 자고 배불리 먹으면 어찌   此時晏眠飽食庸非堂上燕

대청마루 위의 제비²가 아니랴.

당시 많은 고관들이 시를 듣고서 자기들을 조롱했다 하여 날마다 비방이 일어났다. 추금이 하는 수 없이 '편히 자고 배불리 먹으면〔晏眠飽食〕'이라는 구절을 고쳐 '옛사람은 밝게 경계해 대청마루의 제비를 슬퍼했네〔古人烱戒悲堂燕〕'라고 했다. 그러자 비방이 뚝 그쳤다. '옛사람은 밝게 경계해 대청마루의 제비를 슬퍼했네'와 '편히 자고 배불리 먹으면'이라는 구절의 말뜻이 뭐가 다른가? 다만 시어의 구사가 조금 부드러워졌을 뿐이다. 오늘날 비방하는 사람은 참으로 어리석구나!

추금 선생의 시에는 시대를 상심하고 나라를 근심하는 말이 많았다. 이 장단구의 끝 구절은 '에라! 삼십 년 뒤에 이 시권을 보기나 기다리자꾸나〔且待三十年後看此卷〕'이다. 지금 삼십 년이 흘러 일본과 러시아 두 나라가 인천 앞바다에서 전쟁 중이라 한다.³ 선생이 눈을 치뜨고 상대방의 속마음을 헤아려 미리 알아차린 것이 왜 아니겠는가?

---

1 강위는 1878년 겨울 동짓날 해당루에서 남사 동인 12명과 함께 분운시를 짓고 「구구소한첩(九九銷寒帖)」을 만들었다. 해당루는 변진환(邊晉桓) 소유로 이 누각에서 1870년대 육교시사(六橋詩社) 여항인 시인들이 시회를 자주 가졌다.

2 '대청마루 위의 제비'는 자신의 안락을 위해 권세가에게 빌붙는 사람을 비유한다. 두보(杜甫)의 「거의행(去矣行)」에 '그대는 보지 못했나 팔찌 위의 매가, 한번 배부르면 즉시 날아가 버리는 것을. 어찌 대청마루 위의 제비가 되어, 진흙 물고 따뜻한 곳에 빌붙으랴〔君不見鞲上鷹, 一飽則飛掣. 焉能作堂上燕, 銜泥附炎熱〕'라는 구절이 보인다.

3 이 대목은 『용등시화』가 러일전쟁(1904~1905년) 중에 집필되었음을 말해준다. 한편, 이건창
  의 아우 이건승(李建昇)은 『해경당수초(海耕堂收草)』의 1914년 작 「우연히 강위의 고환당집
  을 읽고 감회가 있어〔偶讀姜古懽集有感〕」에서 부국강병을 주장하는 강위의 옛 담론을 추억하
  며 이 시를 회상하고 있다. 그 시의 주석에서 "고환의 시에 '에라! 삼십 년 뒤에 이 시권을 보
  기나 기다리자꾸나〔且待三十年後看此卷〕'라는 말이 있는데 그 작품을 보니 을사년(1905)과 30
  년이 떨어져서 기발하게 들어맞는다"라고 하였다. 남사 동인들의 강위의 담론에 대한 감복
  을 엿볼 수 있다.

40

관직을 얻게 한 시들

시를 써서 궁한 처지를 말하고 그 효과를 노리는 사람은 생각 자체가 벌써 비루하다. 또한 시를 잘 쓰지 못해도 궁한 처지를 말한 사람은 어쩔 수 없는 심경에서 우러나와 썼으니 꼭 애걸한 것이라고 볼 수는 없다. 효과를 본 사람은 시를 잘하거나 서툴거나 차이가 있기는 하지만 글자를 아예 모르는 사람은 또한 효과를 볼 수 없다. 여기에서 그 근원을 찾아볼 수 있다.

지군(知郡, 군수) 안영식(安榮植)이 다음 시를 지었다.

늙은 아내는 찬 부엌에서 볕드는 곳 향해 앉고	老妻寒竈當陽坐
어린 자식은 앞마을에서 불씨를 빌려 오네	稚子前村乞火還

당시 정승이 이 시를 듣고 즉시 감역관(監役官)으로 천거하였다가 곧 광흥창(廣興倉) 봉사(奉事)로 체직하여 후한 녹봉을 받도록 하였다. 나중에는 세 개 고을의 원님이 되었다.[1]

승지(承旨) 조문하(趙文夏)는 다음 시를 지었다.

매달 초사흗날 문앞은 (빚쟁이로) 시장 같건만	每月初三門似市
호군의 녹봉 쌀은 조운선만 바라보네	護軍祿米視漕船

당시 정권을 잡고 있던 사람이 이 시를 듣고 즉시 해미(海美)현감으로 추천하였다.[2]

연로한 선비 김행건(金行健)은 22년간 반시(泮試, 한성 초시)를 보았으나 한 번도 합격하지 못하여 다음 시를 지었다.

육천 리를 절뚝이는 다리로 걷고 걸었고	六千里蹩行行脚
스물두 해 동안 백발이 듬성듬성해졌네	廿二年斑短短毛

22년간 시험을 보러 왕래한 거리를 헤아리면 6천 리가 된다. 반장(泮長, 성균관대사성)이 시를 듣고 즉시 수석 합격자로 발탁하였다.

시인 정대식(丁大栻)은 시를 지어 흥선대원군(興宣大院君)에게 인정을 받았다. 대원군이 첫 벼슬을 내주마고 허락하고서도 미적대자 다음 시를 바쳤다.

---

1 『승정원일기』에 근거하면, 안영식이 가감역(假監役)이 된 것은 고종 7년(1870) 6월 21일의 일이다. 또 같은 해 9월 7일, 이듬해 7월 1일, 1873년 1월 13일에 각각 광흥창의 봉사·직장·주부로 임명받았다. 이후 1875년 9월 3일에는 회덕현감이 되었고, 1878년 6월 14일에는 정선군수가 되었으며, 1880년 12월 29일에는 진잠현감이 되었다.

2 『승정원일기』에 따르면, 조문하는 고종 5년(1868) 1월 23일 좌목에 동부승지로 올랐고, 1883년 10월 1일에 승지로 낙점되었다. 그리고 고종 14년(1877) 8월 13일에 이조가 구전정사(口傳政事)하여 조문하를 해미현감으로 삼았지만 같은 달 22일에 하직한 일이 보인다.

동쪽집의 예쁜 여인 산뜻하게 화장하고   東家好婦理新粧

백마 탄 낭군님과 곧 만나자 기약했건만   早晩佳期白馬郞

백마는 오지 않고 봄도 곧 저물어   白馬不來春欲暮

복사꽃 떨어질 때 빈 벽에 기대섰네   碧桃花下倚空墻

대원군이 시를 보고서 즉시 침랑(寢郞, 참봉)에 제수하였다.

41

궁핍은 시인의 운명

문장이 운명의 현달함을 싫어하는 일은 옛날부터 늘 있어왔다. 간혹 높은 관직에 오르기도 하지만 반드시 모두들 궁핍하게 지냈다. 홍문관제학 소산(素山) 이응진(李應辰)[1]은 육십여 세에 종이품(從二品)으로서 문원(文苑)에 들어갔다. 벼슬은 점점 높이 올라갔지만 가난은 심해졌다. 소당(蘇堂) 민영목(閔泳穆) 공이 관리의 전형을 맡으면서 그를 봉산(鳳山)군수에 임용하여 굶주림을 면하도록 했다. 소산이 부임하여 다음 시를 지었다.

일흔 되어 벼슬 사직했다가 도로 관리가 되니　　七旬致仕還爲吏
열 식구 함께 살아야 한 집안 모양이라네　　十口同居便是家

말은 은근해도 감정은 서글프다.

---

1 이응진(1817~?)의 자는 공오(拱五), 호는 소산(素山), 본관은 전주(全州)이다. 홍직필(洪直弼)과 유신환(兪莘煥)의 문인으로 1860년 문과에 급제하였다. 1880년 성균관대사성, 1882년 홍문관제학, 1883년 이조참판, 1887년 한성부판윤과 이조판서를 역임하였다. 시호는 문헌(文憲)이다. 문집에 『소산문초(素山文抄)』가 있다.

42

불가피한 어용 시의 창작

남을 위해 시를 짓는 사람은 과분한 칭찬을 하는 경우가 많다. 그것이 병폐임을 잘 알면서도 그렇게 하지 않을 수 없는 사연이 있기도 하다. 사영(思潁) 김병기(金炳冀)가 조정의 권력을 잡고 있으면서 시를 좋아하여 동번(東樊) 이만용(李晩用)을 불러다 함께 시를 지었다. 하루는 동번이 다른 사람과 약속이 잡혔는데 지킬 수밖에 없는 약속이었다. 그래서 사영이 오라고 불렀으나 가지 못했다. 사영은 드디어 크게 화가 나서 이때부터 동번과 관계를 끊고 함께 시를 짓지 않았다. 동번이 편치 않아 그 측근에 손을 써서 시 짓는 자리에 끼도록 가까스로 허락받았다. 사영은 그래도 성난 기색을 하고서 동번을 곤란하게 하고자 어려운 운자인 '정(程)'자를 뽑았다. 이날은 마침 사영의 부친 하옥(荷屋) 김좌근(金左根)이 영의정에 다시 임명되고, 형 김병준(金炳駿)이 경영관(經筵官)에 새로 임명되었다. 동번이 다음과 같이 시를 지었다.

조정 위해 머리털 노랗게 센 노대신은 범중엄 부필[1]이고   黃髮廟謨詢范富

가학을 닦은 흰 눈썹 인재는 주자와 정자를 계승하였네   白眉家學繼周程

사영이 크게 기뻐하며 동번을 처음처럼 환대하였다.

선친께서 은진현감으로 재직할 때의 일이다. 판서를 지낸 충청감사 조병식(趙秉式)이 선친과 동갑으로 선친을 조금 못마땅하게 생각하였다. 겉으로는 선친을 치켜세웠지만 속으로는 잘 지내려 하지 않았다.² 어느 날 선친이 시회(詩會)가 열린 자리에 초대를 받았다. 관내(管內)의 수령들이 많이 모여 '추(秋)'자를 운자로 얻었다. 그때는 5월이라 모두 '추'자를 쓰기 힘든 운자라고 여겼는데 선친이 아래처럼 시를 지었다.

도내에서 공의 마음이 고요한 물처럼 깨끗하다   一路戴公心似水
추대하고
동갑 벗은 가을보다 앞선 내 백발을 불쌍히 여기네   同庚憐我髮先秋

---

1 범중엄(范仲淹, 989~1052)과 부필(富弼, 1004~1083)은 송나라 인종(仁宗) 때 명재상으로서 정치개혁[慶曆新政]을 추진했다.

2 두 사람의 껄끄러운 관계는 공공연히 알려진 상태였다. 충청감사 조병식이 은진현감 정기우의 근무 성적을 매길 때 불안했던 막하 분위기가 「운재공 유사」(『동래정씨가록』 권14)에 잘 드러난다. "은진에 계셨을 때 충청감사 조병식 공은 선친과 사이가 좋지 않아 겨울철 고과가 멀지 않자 사람들이 누구나 위태롭게 여겼다. 감영 막료 가운데 한 사람이 은밀히 공에게 '이번 고과에서 꼴찌가 될 테니 일찌감치 손을 쓰시지요'라고 귀띔을 해주었다. 내가 곁에서 그 편지를 힐끔 보고 행장을 꾸리려 하자 선친께서 그만두라 하시고 이렇게 말씀하셨다. '걱정하지 말아라. 감사는 사람됨이 부인 같아서 성격이 모질되 나약하고, 탐욕을 부리되 작은 명예를 얻고자 한다. 나를 좋아하지 않으나 내게 잡을 만한 흠집이 없고, 남의 뒷말을 두려워해 끝내 감히 배척하지 못할 것이다. 막료가 보낸 편지도 감사가 시킨 것으로 나를 공갈하려는 것이다.' 고과가 이르니 과연 최우수였다[在恩津時, 監司趙公秉式與公不相能, 冬考不遠, 人皆危之. 有營幕中人, 秘告公曰: '今考將居殿, 早爲計.' 不肖從傍見其書, 欲治裝, 公止之曰: '勿憂也. 監司爲人如婦人, 愎而弱, 且貪大利而徽小名. 縱不悅我, 我無可執之迹, 畏人言而終必不敢斥. 幕中書亦監司所指使, 以爲恐嚇我也.' 考至, 果居最]."

감사가 크게 기뻐하며 이때부터 못마땅해하는 마음을 조금 풀었다. 이는 모두 시를 잘 쓴 효험이다.

43

꽃 이름 집구시와
오아회의 박학함

청나라 촉(蜀) 지역 사람인 오아회(吳雅懷)가 우리나라에 유람하러 왔다가 서울에 이르렀다. 처음에는 석관(石觀) 조택희(趙宅熙)[1]와 교분을 맺었는데 나는 석관을 통해서 여러 차례 부름을 받아 시를 짓게 되었다. 얼개가 정밀하지는 못했어도 풍성하고 해박하며 넉넉하기는 했다. 밤에 하정(荷亭) 여규형(呂圭亨)과 함께 석관의 집에 모여 술을 마셨다. 옛 시인의 시 두 구의 첫 번째 글자로 꽃 이름 만드는 것을 주령(酒令)으로 하고, 괘종시계 10분을 시한으로 정했다. 나는 다음과 같이 읊었다.

| 석벽에 시 쓰며 푸른 이끼를 쓸어내니[2] | 石上題詩掃綠苔 |
| 대숲의 바둑 소리가 밤비보다 차갑네[3] | 竹裏棋聲夜雨寒 |

---

1 조택희(1843~?)는 본관이 양주(楊州), 자가 순백(舜百), 호가 석관 또는 소원(韶園)이다. 진주목사를 지낸 조철림(趙徹林)의 아들로 구한말의 문신이다. 그 아들이 친일 매국노 조중응(趙重應, 1860~1919)이다.

2 白居易, 「送王十八歸山寄題仙遊寺」, 경련. "林間暖酒燒紅葉, 石上題詩掃綠苔."

3 許渾, 「村舍 二首」其二, 경련. "花間酒氣春風暖, 竹裏棋聲夜雨寒."

이 시는 석죽화(石竹花, 패랭이꽃)이다. 하정은 다음과 같이 읊었다.

봉황대 위에서 봉황이 노닐고[4]　　　　　　　　　鳳凰臺上鳳皇遊

신선집 개는 구름 속에서 짖네[5]　　　　　　　　仙家犬吠白雲間

이 시는 봉선화(鳳仙花)이다. 석관은 다음과 같이 읊었다.

목동은 살구 피는 마을을 가리키는데[6]　　　　　牧童遙指杏花村

도성 남쪽에서 가을밤이 깊어가네[7]　　　　　　丹鳳城南秋夜長

이 시는 목단화(牧丹花. 모란)이다. 오아회가 연이어 십여 구를 썼지
만 시와 꽃 이름에는 우리 세 사람이 모르는 것이 많았다. 알 수 있는
것은 다음 시구뿐이었다.

대궐의 새벽 종소리 만호를 열고[8]　　　　　　金闕曉鍾開萬戶

가을밤 은촉은 그림병풍에 차갑네[9]　　　　　銀燭秋光冷畵屛

이 시는 금은화(金銀花)이다. 우리는 금은화를 약 이름으로 여겼을

4　李白, 「登金陵鳳凰臺」, 수련. "鳳凰臺上鳳凰遊, 鳳去臺空江自流."

5　杜甫, 「滕王亭子」, 함련. "春日鶯啼修竹裡, 仙家犬吠白雲間."

6　杜牧, 「淸明」, 轉句·結句. "借問酒家何處有? 牧童遙指杏花村."

7　沈佺期, 「古意呈補闕喬知之」, 경련. "白浪河北音書斷, 丹鳳城南秋夜長."

8　岑參, 「奉和中書舍人賈至早朝大明宮」, 함련. "金闕曉鍾開萬戶, 玉階仙仗擁千官."

9　杜牧, 「秋夕」, 起句·承句. "銀燭秋光冷畵屛, 輕羅小扇撲流螢."

뿐, 꽃 이름일 줄은 생각도 하지 못하였다. 그렇듯이 그의 박학함은
미칠 수 없었다.

44

빈궁한 시인 윤영식

소산(小山) 윤영식(尹榮軾)은 젊을 때부터 재주가 있다는 명성이 났다. 나보다 일곱 살이 많았고 내가 반시(泮試, 성균관의 거재(居齋)유생에게 보이는 시험)를 볼 때마다 늘 그와 함께 하여 의지하였다. 약관이 되기 전에 그가 강가의 정자에서 노닐며 지은 시는 다음과 같다.

서늘한 밤 어부의 피리 소리 갈대숲 달빛과   夜凉漁笛當蘆月
어우러지고
저문 강에 배는 돌아와 버드나무 그늘 속에 자네   江晚歸舟宿柳陰

시가 지극히 그윽하고 아담하다. 그러나 가난 때문에 재능을 크게 떨치지 못했고, 천수를 누리지 못하고 죽었다. 아들을 하나 두었으나 생계를 꾸리려 강원도 산골로 흘러들어갔다. 선친의 유고를 제대로 수습하지 못했을 것이라 나는 늘 탄식하고 애석해마지않는다.

45

시인의 성정과 창작

사람들은 모두 '시는 성정에서 나온다. 따라서 시는 그 사람의 성정과 같다'라고 말한다. 그러나 추당(秋塘) 송영대(宋榮大)[1]는 삼가고 경계하며 우아하고 고요하여 말이 입 밖으로 잘 나오지 않는 듯하면서도 그가 지은 시는 호방하고 굳세며 힘찼다. 내가 일찍이 박의로(朴義老)를 이당(二堂) 이중하(李重夏)에게 천거하였다. 이당은 덕원부(德源府) 감리(監理)를 지낼 때[2] 박의로를 속관으로 불러서 자리를 맡겼다.[3] 박의로가 추당에게 시를 지어달라고 하자 추당이 즉시 의고시(擬古詩) 수십 구를 써서 주었다. 의고시는 다음과 같았다.

---

1 송영대(1851~1936)의 자는 계창(季昌), 본관은 여산이다. 1885년 별시 병과에 급제하여 예조참의·경연참찬관 등을 지냈다.

2 1883년 부산과 인천, 원산에 개항장이 설치되고 개항장의 해관(海關)을 관리 감독하고, 외국인의 상업 및 기타 활동을 관리하는 기구인 감리서(監理署)를 설치하고 그 책임자로 감리(監理)를 임명하였다. 감리의 정식 명칭은 감리원산항통상사무(監理元山港通商事務)이다. 원산은 덕원부에 속해 있어서 덕원부사가 원산감리를 겸직하였는데 초대 감리가 정현석(鄭顯奭)이었고, 2대 감리 겸 덕원부사로 이중하로 1886년 3월부터 1888년 12월까지 재임하였다.

3 『승정원일기』 1885년 10월 25일 기사에 통리교섭통상사무아문에서 원산항의 서기관으로 박의병(朴義秉)을 추천하고 있다. 이 사람이 정만조가 추천한 박의로와 동일 인물로 추정된다. 그는 1894년까지 서기관으로 근무하였다. 후에는 친일행적을 한 고위관료가 되었다.

무정은 참으로 뜻있는 선비라	茂亭眞志士
인재 알아보기는 누구도 못 미치지	知人人莫及
긴 수염 넓은 이마 가진 사람을	長鬚廣顙者
어데서 끌어들여왔을까	何處引而汲

나머지는 너무 많아 기록하지 않는다.

달밤에 시사(詩社)의 벗들이 내 집에 모여 운자를 나누었다. 추당이 '월(月)'자를 얻어 즉시 오언절구 십여 수를 썼으니 마지막 시는 다음과 같았다.

그대에게 권하니 술잔 가득 채우고	勸君滿滿斟
내가 부르는 큰 노래를 들어보게나	聽我高歌發
삼만 육천 일4 밤 중에서	三萬六千宵
달을 즐겨 볼 날이 얼마나 되랴	那能長見月

그의 풍류와 운치가 이와 같았다. 추당은 어릴 때 고아가 되어 고초를 심하게 겪었으나 독실하게 공부하여 게으름을 피우지 않았다. 이따금 읊은 시에서도 힘들고 괴로움을 토로한 시어가 전혀 없었다. 삼십 세 이후부터 벼슬자리에 나아가 점차 운이 풀렸다.

---

4 백 년으로 한평생을 뜻한다. 이백(李白)의 「양양가(襄陽歌)」에 '백 년 삼만 육천 일을, 날마다 삼백 잔씩 기울이리〔百年三萬六千日, 一日須傾三百杯〕'라는 구절이 보인다.

46

경서 어구를 쓴 시

시에 육경(六經)[1]의 기운이 있으면 전아하고 장중해진다. 그러나 경문(經文)의 성어(成語)를 쓰면 진부하고 아름답지 않다. 옛사람들에게 더러 그런 시가 있는데 사람들이 귀하게 여기지 않는다. 송나라 문인의 시를 예로 든다.

> 좋은 시도 궁극에 달하면 맛이 변하고 好詩窮則變
>
> 맛있는 술도 자주 마시면 사이가 멀어지네[2] 美酒數斯疎

이런 작품은 많이 볼 수 없다. 자하(紫霞) 신위(申緯)의 다음 시를 보자.

---

1 육경은 시경(詩經)·서경(書經)·역경(易經)·춘추(春秋)·예기(禮記)·악경(樂經)의 여섯 가지 경전이다.

2 금(金)나라 문인 여자우(呂子羽)의 「지일(至日)」에 나오는 시구이다. "歲晏多風雪, 官閒深屋廬. 小詩窮則變, 美酒數斯疏. 未草歸田賦, 空翻引睡書. 窗明添眼力, 已覺日光舒." 본문에 인용된 밑줄 친 부분은 『주역』「계사전 하(繫辭傳 下)」제2장의 "궁하면 변하고, 변하면 통한다〔窮則變, 變則通〕"라는 구절과 『논어』「이인(里仁)」의 "임금을 섬기되 자주 간언하면 욕을 당하고, 붕우 사이에 자주 충고하면 소원해진다〔事君數, 斯辱矣; 朋友數, 斯疏矣〕"라는 구절을 활용해 지었다.

닭 우는 소리 그치지 않건만3 나는 한창 꿈속이요　　　鷄鳴不已吾方夢

달이 떠서 빛나더니4 눈이 또 흩날리네　　　月出之光雪又飛

　이 작품만은 상당히 아름답다. 『시경』의 국풍(國風) 구절은 다른 경전의 구절과 달라서 가져다 쓸 만하다. 그러나 만약 '저기 그 사람이여 [彼其之子]'5나 '어이 기쁘지 않으리오[云胡不喜]'6 따위의 구절을 쓴다면 국풍 구절이라 해서 아름답다고 할 수 있겠는가?

---

3 『시경』「정풍(鄭風)·풍우(風雨)」에 '비바람 몰아쳐 어둑한 때에, 닭 우는 소리 그치지 않네. 이미 군자를 만났으니, 어찌 기쁘지 않으랴[風雨如晦, 鷄鳴不已. 旣見君子, 云胡不喜]'라는 구절이 보인다.

4 『시경』「제풍(齊風)·계명(鷄鳴)」에 '동이 터서, 조정에 신하들 모였으나, 동이 튼 게 아니라, 달이 떠서 빛남이라[東方明矣, 朝旣昌矣. 匪東方則明, 月出之光]'라는 구절이 보인다.

5 『시경』「정풍(鄭風)·고구(羔裘)」에 '염소 갖옷의 편안함이여, 세 장식물이 찬란하도다. 저기 그 사람이여, 나라의 아름다운 선비로다[羔裘晏兮, 三英粲兮. 彼其之子, 邦之彦兮]'라는 구절이 보인다.

6 『시경』「정풍·풍우」주석 참조.

47

성어를 사용한 시구

옛사람의 성어(成語) 또한 시인들이 쓰기를 꺼린다. 두보(杜甫)의 시에
는 옛사람이 많이 인용되고 있으나 성어를 인용하지는 않았다.

오늘날 조정에선 급암을 바라고	今日朝廷須汲黯
중원의 장수들은 염파를 그리워하네[1]	中原將帥憶廉頗

관중에는 벌써 소하 승상이 머물고	關中旣留蕭丞相
막하에는 다시 장자방을 등용하였네[2]	幕下復用張子房

이들 작품이 모두 그런 예에 속한다. 근래 풍속에 과시(科詩)를 익
히는 이들이 성어를 많이 쓰면 글재주가 있다고 여기는데 이는 가증
스러운 짓이다. 나는 본래 술을 마시지 않으나 어떤 벗이 극구 권하기

---

1 764년 초당(草堂)으로 돌아와 지은 「상시 고적에게 받들어 부치다〔奉寄高常侍適〕」의 한 연이
   다. 한나라 경제(景帝)·무제(武帝) 때에 직간(直諫)을 잘하기로 이름난 '급암(汲黯)'과 전국
   시대 조나라의 명장(名將)인 '염파(廉頗)'를 인용하였다.
2 안록산(安祿山)의 난(755~763)이 평정되어갈 무렵 지은 「세병마행(洗兵馬行)」의 한 연이다.
   한나라의 개국 공신인 '소하(蕭何)'와 '장량(張良)'이 인용되었다.

에 시를 써서 답하였다.

> 그대가 짐독으로 사람을 해칠 양숙자이겠냐만3 　　　豈有酖人羊叔子
>
> 술을 많이 따르지는 말게나. 내가 갑관요와 같으니4 　　無多酌我蓋寬饒

세간 사람들이 모두들 좋다고 칭찬하였다. 그런데 어양(漁洋) 왕사정(王士禎)에게도 이와 비슷한 시가 있다.

> 어찌 짐독으로 남을 해칠 양숙자이겠냐만 　　　　豈有酖人羊叔子
>
> 잘못을 후회했던 두련파도 다시 없네5 　　　更無悔過竇連波

내가 비록 어양의 시구를 가져다 썼지만 어양의 시에 미치지 못한다. 어양은 '어찌 짐독으로 남을 해치는〔豈有酖人〕'이라는 성어를 인용했기 때문에 '다시 없네〔更無〕'라는 두 글자를 직접 짓고 성어를 인용하지 않았다. 나는 성어를 가지고 성어에 짝 맞추었으니 옛사람의 경지에 미치지 못한다.

---

3 진(晉)나라의 양호(羊祜)와 오(吳)나라의 육항(陸抗)이 국경에서 대적할 때 있었던 사연을 인용하였다. 육항이 술을 보내자 양호가 의심하지 않고 마셨고, 육항이 병이 났을 때 양호가 약을 보내자 육항이 바로 복용했다. 주변 사람들이 독이 있을지도 모른다며 먹지 말라고 말리자 육항이 "어찌 짐독으로 사람을 해칠 양숙자이겠는가〔豈有酖人羊叔子哉?〕"라고 반문했다. 『통감절요(通鑑節要)』에 보인다.

4 한나라 갑관요가 평은후(平恩侯) 허백(許伯)의 잔치에 참석해서 술잔을 받으며 "많이 따르지 마시오. 나는 미친 듯 술주정을 부리니〔無多酌我, 我乃酒狂〕"라고 하자, 승상 위후(魏侯)가 "차공은 멀쩡할 때도 광기를 보이니 굳이 술이 필요하겠는가〔次公醒而狂, 何必酒也〕"라고 말한 고사가 『한서(漢書)』 「갑관요전」에 보인다.

5 황정견의 「제회문금시도(題回文錦詩圖)」에 '긴 시를 비단에 써 회문으로 만들자, 이렇듯 양대
에 저문 비 내리니 어쩌면 좋나? 소약란의 손에는 영령이 있어도, 잘못을 후회한 두련파가 없
어서 애석할 뿐〔千詩織就回文錦, 如此陽臺暮雨何? 亦有英靈蘇蕙手, 惜無悔過竇連波〕'이라 읊
었다. 『패관잡기(稗官雜記)』 제1권에서 권응인은 "황정견이 검남(黔南)으로 귀양 갔을 때 이
시를 짓고서 '내게 비록 회문을 잘 짓는 소약란 같은 아내는 있지만, 잘못을 후회한 두련파처
럼 하지 못해서 석방되어 돌아가지 못한다' 라는 뜻이다"라고 풀이하였다. 정만조는 어양이
두 번째 구절에는 성어를 인용하지 않았다고 판단했지만 황정견의 시가 인용된 것을 인지하
지 못했다.

48

부귀한 사람의 슬프고 괴로운 시어

부귀(富貴)와 복록(福祿)은 사람들이 흠모하는 것이나 시에는 부귀한 기운이나 복록을 다룬 말이 들어가기만 해도 우아하지 못하다. 그래서 옛사람은 "슬퍼하고 괴로워하는 시는 기발해지기 쉽고, 즐거워하고 기뻐하는 시어는 공교롭기 어렵다"[1]라고 말했다. 그러나 자연스런 감정을 토해내거나 실제 처지를 묘사한 작품에는 또한 칭찬할 만한 것이 많다. 예컨대, '팔좌의 자당 안부를 묻네〔起居八座大夫人〕'[2]나 '삼십 세에 대장 되어 뭇 사람이 우러러보네〔三十登壇衆所尊〕'[3] 등과 같은 시가 있는데 지극히 부귀한 말을 썼으나 천년 이래 암송되고 있다. 부귀를 누리는 사람은 슬퍼하고 괴로워하는 말을 쓴다 해도 바로 부귀한 기운을 잃지 않는다. 예컨대, 재상을 지낸 원진(元稹)의 죽은 아내

---

1 한유(韓愈)는 「형담창화시서(荊潭唱和詩序)」에서 "즐거워하고 기뻐하는 어휘는 공교롭기 어렵고, 곤궁하여 괴로워하는 시는 좋아지기 쉽다〔歡愉之辭難工, 窮苦之音易好〕"라고 하였다.

2 당나라 때 좌우 복야(僕射), 영(令), 육상서(六尙書)를 아울러 팔좌(八座)라고 일컬었다. 두보(杜甫)의 「奉送蜀州柏二別駕將中丞命赴江陵, 起居衛尙書太夫人, 因示從弟行軍司馬佐」에 따르면, 이 시의 '팔좌'는 위상서(衛尙書, 위백옥(衛伯玉))를 가리킨다.

3 유장경(劉長卿)의 「회녕군절도사 이상공에게 바치다〔獻淮寧軍節度使李相公〕」의 한 구절이다. 한 고조(漢高祖)가 단 위에서 한신(韓信)을 대장으로 임명한 고사에서 유래하여 무반(武班)의 최고위직인 대장(大將)이 되는 것을 '등단'이라 한다.

를 애도한 시4는 다음과 같다.

지금은 녹봉이 삼십만 전이 되니   今日俸錢三十萬

그대 위해 제수 차려놓고 또 재를 올리리   與君營奠復營齋

다음은 태자소부(太子小傅)를 지낸 백거이(白居易)가 아들을 애도한 시5이다.

문장은 천질(千秩)이고 관직은 삼품인데   文章千帙官三品

나 죽으면 문장은 누구에게, 관직은 누구에게 물려주나   身後傳誰庇蔭誰

모두 지극히 슬퍼하고 괴로워하는 말이지만 절로 부귀한 기운이 들어 있다. 실제 처지를 묘사하고 자연스런 감정에서 나온 작품은 자연히 이렇게 된다.

나의 재종숙(再從叔) 주계(周溪) 좌의정공(左議政公, 정기세(鄭基世))은 영의정 경산공(經山公, 정원용(鄭元容))의 맏아들이다. 주계공의 아들인 규당공(葵堂公, 정범조(鄭範朝))도 정승에 임명되어서 집안이 대대로 혁혁하였다. 경산공은 일찍이 수원부(水原府)에서 유수(留守)를 지냈다. 수원부는 삼보(三輔, 도성을 보위하는 광주·수원·개성 세 지역)의 으뜸인데 주계공이 또 그 자리를 이어받았다. 임소로 가는 날 다음 시를 지었다.

---

4 원제는 「슬픈 마음을 달래며[遣悲懷]」로, 인용한 구절은 제1수의 미련(尾聯)이다. 첫 구의 '三十萬'이 『원씨장경집(元氏長慶集)』에는 '過十萬'으로 되어 있다.
5 원제는 「최아를 막 잃고서 미지와 회숙에게 알리다[初喪崔兒報微之晦叔]」이다.

사십칠 년 그때가 엊그제 같건만   四十七年昨日如

수원부6에 부임하니 감회가 새롭네   桐鄉符節感新除

당시의 상사가 이제는 유수가 되었고   當時上舍今留後

팔월에 태어난 아이는 벌써 판서가 되었네   八月生兒已尙書

(규당공은 경산공이 수원에 부임한 해 태어났는데 벌써
판서가 되었다. - 원주)

반갑게 맞이하는 노인들은 다들 구면이고   父老欣迎皆舊識

번갈아 원님된 형제는 제집같이 여기네   弟兄迭守似吾廬

(주계공의 두 아우 정기년(鄭基年)과 정기명(鄭基命)이
모두 수원 통판이다. - 원주)

너무 후한 융성한 은혜를 무슨 수로 보답하나   偏深隆渥將何報

늙고 게을러 관리 노릇 서투를까 부끄러울 뿐   秪愧衰慵吏術疎

주계공은 시문에 전문적인 노력을 기울이지 않아 온통 부귀와 복
록의 말을 썼으나 우아하지 못할까 염려하지 않아도 되겠다.

---

6 수원부의 원문은 동향(桐鄉)으로 옛날 수령의 은혜로운 정사를 잊지 못하고 있는 고을이라는
뜻이다. 한나라 주읍(朱邑)이 젊어서 동향의 관리를 지냈는데, 동향에서 그를 못내 사모하자
죽어서 그곳에 장사 지냈다(『한서(漢書)』「주읍전(朱邑傳)」). 부친이 유수를 지낸 수원부에 자
신이 다시 유수로 부임한 사실을 가리킨다.

49

강위 시의 뛰어남

근래 풍속에 61세 회갑을 축하하며 관례처럼 축수시(祝壽詩)를 쓰는데 시에는 그의 형제와 처자가 모두 무탈함을 꼭 벌여놓고 묘사한다. 그래서 상체(常棣)[1]니 지란(芝蘭)[2]이니 금슬(琴瑟)[3]이니 하는 글자를 쌓고 포개어 시구를 이루어서 독자의 속을 메스껍게 만든다. 그러나 이런 유의 글자가 들어가지 않으면 시를 받는 사람이 흡족해하지 않으므로 어쩔 수 없이 풍속을 따른다. 추금(秋琴) 강위(姜瑋) 선생은 이런 시를 쓰더라도 풍속에 얽매이지 않았다. 축수시에서 회갑 맞은 이의 아내와 자식을 다음과 같이 묘사하였다.

---

1 상체는 아가위나무로 『시경』의 한 편명이다. 형제의 남다른 우애를 비유한다. 『시경』 「소아·상체」에 '아가위나무의 꽃송이, 꽃받침 가릴 만큼 탐스럽네. 지금 사람들 중에, 형제만한 이가 없구나〔常棣之華, 鄂不韡韡. 凡今之人, 莫如兄弟〕'라는 구절이 있다.

2 지란은 지초와 난초의 합칭으로 우수한 자제를 비유한다. 진(晉)나라 때 사안(謝安)이 조카들에게 자식이 출중하기를 바라는 이유를 묻자 사현(謝玄)이 "비유하자면, 지란과 옥수가 자기 집안에서 자라기를 바라는 것과 같습니다〔譬如芝蘭玉樹, 欲使其生於階庭耳〕"라고 대답하였다(『진서(晉書)』 「사현열전(謝玄列傳)」).

3 금슬은 화목한 부부 사이를 비유한다. 『시경』 「국풍·관저(關雎)」에 '정숙한 아가씨, 금슬처럼 벗하고 싶네〔窈窕淑女, 琴瑟友之〕'라는 구절이 있다.

한 쌍의 난새는 천생의 업에 대해 부처에게 보답하고　　雙鸞酬佛千生業

한 마리 천리마는 똑똑한 열 아들 가진 이보다 낫네　　一驥贏人十子賢

이는 쇠 중에서도 쩡쩡 울리는 사람[4]이라 할 수 있다.

영웅호걸의 기운을 지닌 사람은 비록 신산하고 괴로워하는 말을 쓰더라도 신산하고 괴로워하는 느낌이 들지 않는다. 추금의 다음 시가 그렇다.

버선 아래 강물 빛은 하늘이 스며서 푸른데　　　　襪底江光綠浸天

소양강가 고운 풀밭에 지팡이 던져두고 잠드네　　昭陽芳草放筇眠

덧없는 인생이 방죽의 버드나무만 못하구나　　　浮生不及長堤柳

봄철이 다 지나도 솜옷을 벗지 못했다니　　　　過盡東風未脫綿

이는 걸인의 말일 뿐이나 그 호방하고 호탕한 기상이 어떠한가?

---

4 '쇠 중에서도 쩡쩡 울리는 사람'은 같은 무리 가운데 재능이 출중한 사람을 가리킨다. 후한 광무제(光武帝)가 서선(徐宣)에게 "경은 이른바 쇠 중에서도 쩡쩡 울리는 사람이다〔卿所謂鐵中錚錚〕"라고 말한 데서 유래하였다(『후한서(後漢書)』「유분자열전(劉盆子列傳)」).

50

상중의 시 창작

근세의 사람들은 상중에 있을 때 술을 마시거나 고기를 먹는 사람은 많아도 시만은 절대 짓지 않겠다고 맹세한다. 승지 이교하(李敎夏)는 삼년상을 마친 뒤 다음과 같은 시를 지었다.

상중에 한 가지도 제대로 하지 못했으나　　一事都無能執喪
삼 년 동안 오로지 시만은 읊지 않았네　　三年惟有不吟詩

내가 초막에 거처할 때도 시를 짓지 않았다. 그런데 글을 배우는 아이들이 시를 가지고 와 고쳐달라고 하면 어쩔 수 없이 구절 전체를 지우고 고쳐주었다. 직접 짓는 것과 대신 짓는 것이 어찌 한 끗이라도 차이가 나겠는가! 나는 시를 짓지 않는다는 경계를 제대로 지키지 못했을 따름이다.

51

정밀한 대우 맞춤

나는 대우(對偶)가 정밀하지 못한 시를 싫어하였으나 그렇다고 대우
가 너무 정교한 시도 천박하게 여겼다. 송나라 시인의 시[1]를 예로 들
어본다.

버드나무 어슴푸레한 저녁에 초승달이 뜨고   楊柳昏黃晚西月

오얏꽃 환히 빛나는 밤에 동풍이 부네   李花明白夜東風

글자마다 짝을 끼워 맞추어 벌써 읽기가 싫다. 다음은 어양(漁洋)
왕사정(王士禎)의 시이다.

삼짇날의 꾀꼬리와 꽃은 추사(秋社)[2]에는 서글프고   鶯花上日憐秋社

---

1 인용한 시는 원나라 시인 송무(宋無)의 「친구의 봄이별 시에 차운하다[次友人春別]」이다. 고
계(高啟, 1336~1374)는 정만조와 달리 이 시를 원대(元代) 사대가(四大家)라 일컬어지는 우집
(虞集)·양재(楊載)·범곽(范槨)·게혜사(揭傒斯)의 작품에 견주며 고평했다. "子虛律詩工絶, 海
粟盛稱此詩中聯. 高季迪評其詩謂: '澹蕩遒逸, 於虞·楊·范·揭外, 別樹一宗.' 亦篤論也."(『元詩選』)
2 추사는 입추(立秋)가 지난 뒤 다섯 번째의 무일(戊日)로 토지신(土地神)에게 제사를 올리는
때이다.

중년에 듣는 음악은 사공(謝公)[3]을 떠올리네 　　　　　絲竹中年感謝公

　일찍이 이 시구를 무척 좋아했으나 다만 추사와 사공으로 짝을 맞춘 것은 늘 탐탁지 않았다. 다음은 창강(滄江) 김택영(金澤榮)의 시[4]이다.

사방에 뭇별이 떴건만 닭은 들판에서 울고 　　　　　四面星辰雞動野
온 강에 눈보라치건만 말은 배에 오르겠지 　　　　　一江風雪馬登舟

　내가 좋다고 인정한 대구이기는 하지만 눈보라[風雪]와 뭇별[星辰]로 동일한 시기의 광경을 표현한 점은 온당하지 않다고 여겼다. 그러자 사람들이 가혹한 평가라고 하였다.

---

3 『세설신어(世說新語)』「언어(言語)」에 실린 다음 고사를 말한다. "사안(謝安)이 왕희지(王羲之)에게 '중년에 접어들어 슬픔과 기쁨에 마음이 상하고, 벗과 헤어지면 며칠간 기분이 안 좋더군요'라고 하였다. 그러자 왕희지가 이렇게 말했다. '나이가 들면 자연히 그렇지요. 그럴 때면 음악에 기대 회포를 풀어야 하는데 아이들이 알아차려 즐거운 기분을 방해할까 늘 걱정입니다.'[謝太傅語王右軍曰: '中年傷於哀樂, 與親友別, 輒作數日惡.' 王曰: '年在桑榆, 自然至此, 正賴絲竹陶寫, 恒恐兒輩覺, 損欣樂之趣.']"

4 『소호당시집(韶濩堂詩集)』 권1의 「장단의 객사에서 연경으로 사신 간 영재 이건창을 떠올리며[長湍旅舍, 憶李校理寧齋建昌使燕之行]」라는 시제 아래 실려 있다. "行人定已發坡州, 曉色霜濃紫綺裘, 四面星辰雞動野, 一江風雪馬登舟, 浮雲幾眂觚稜影, 畫角憑消道路愁, 最是髫秦年紀少, 文游應益擅風流【李時年二十三】."

52

간지로 짝을 맞춘 시구

간지(干支)로 짝을 맞추는 대우(對偶)는 당나라 시인들이 벌써 많이 썼다. 나도 이따금 흉내를 내곤 했는데 수원(隨園) 원매(袁枚)[1]와 같은 시인은 이런 대우를 즐겨 쓰지 않았다. 나는 감히 이 때문에 수원을 낮게 평가하지 않는다. 수원도 반드시 '귀국하던 날 누대는 무제의 갑장(甲帳)이 아니었으나, 떠나던 때 관모와 칼만은 장정(壯丁)의 물건이었네〔回日樓臺非甲帳, 去時冠劍是丁年〕'[2]를 아름답지 않다고 여기지는 않을 것이다.

내가 젊었을 때 초원(初園) 서상욱(徐相勗), 유당(迺堂) 박이양(朴彛陽), 경재(耕齋) 이건승(李建昇)과 함께 청수관(淸水館)[3]에 가서 연꽃을 감상하였다. 네 사람 모두 똑같이 무오년(1858) 생이었는데 경재가 다음

---

1 79칙의 주석에 소개하였다.

2 당나라 시인 온정균(溫庭筠)이 지은 「소무묘(蘇武廟)」의 경련(頸聯)이다. 소무(蘇武)는 한나라 무제 때 중랑장(中郞將)이 되어 흉노에 사신 가서 19년간 억류당했다가 소제 때가 되어서야 고국으로 돌아온 인물이다. 인용한 시구는 소무가 귀국했을 때의 모습이다. 첫 구의 '갑장'은 무제가 진귀한 보물로 만든 전각이다. 갑장의 갑과 정년의 정이 간지이다.

3 청수관은 서대문 밖 경기중영(京畿中營)에 속한 천연정(天然亭)을 1879년 이전에 일본공사관 건물로 사용하면서 개칭하여 불렀다. 이 연못은 당시 서울에서 연꽃이 가장 아름다운 명소였다.

청수관(清水館) 천연정(天然亭)
하야시 부이치(林武一), 『조선국진경(朝鮮國眞景)』

천연정은 서대문 밖 서지(西池) 가에 있는 누정으로 경기중영 소속이었다. 조선 후기에 서울에서 연꽃이 가
장 아름다운 명승으로 손꼽혔다. 개항 후 일본공사관으로 제공된, 최초의 외국 공관 건물이다. 정면에 보이
는 정자가 천연정이다. 천연정에서 보는 연꽃이 사진에서처럼 승경을 이루어 많은 시인묵객이 방문하였다.
임오군란 때 소실되어 현재 서대문구 천연동 금화초등학교 부근에 '청수관터' 표석만 남아 있다.

시를 지었다.

문에 들어간 이들은 모두들 동갑내기 벗인데   入門多是同庚友

물에 다가서니 유독 태을의 배4가 생각나네   臨水偏思太乙舟

이와 같은 시를 절묘하지 않다고 할 수 있겠는가?

---

4 일명 태일련주(太一蓮舟)로 태일진인(太一眞人)이 탔다는 연잎 배를 가리킨다.

53

첩자의 금기

후대가 되어 시의 격조는 점차 낮아지고 형식의 구속은 지나치게 엄격해져서 한 작품에 첩자(疊字) 쓰는 것을 마치 국법으로 금지하듯 하였다. 내가 금기에 그다지 구속되지 않자 사람들이 모두 병통으로 여겼고 심한 말을 퍼붓는 이까지 있었다. 나는 다음과 같이 해명하였다.

"두목(杜牧)이 장호(張祜)에게 준 시[1]를 봅시다. '고운 풀 보며 어느 해나 상심하지 않으려나[芳草何年恨即休]', '도는 몸 밖에 있지 않건만 또 어디서 구하는가[道非身外更何求]', '그 어떤 사람이 장호 공자와 같을까[何人得似張公子]'처럼 함련·경련·미련에서 '하(何)'자를 세 번 연달아 썼는데도 천년 세월 동안 암송되었소.

옛사람은 한 연(聯)에서 첩자를 쓰는 것도 꺼리지 않았소. 유우석(劉禹錫)의 '왕준의 누선이 익주로 내려가니, 금릉의 왕기가 암울하게 걷혔네[王濬樓船下益州, 金陵王氣黯然收]'라든가, 이상은(李商隱)의 '저승

---

1 원제는 「지주 구봉루에 올라 장호에게 부치다[登池州九峰樓寄張祜]」이다. "百感中來不自由, 角聲孤起夕陽樓, 碧山終日思無盡. ① 芳草何年恨即休, 睫在眼前長不見, ② 道非身外更何求. ③ 誰人得似張公子, 千首詩輕萬戶侯." 본문에서는 ③의 '誰人'을 '何人'으로 쓰고 두목이 한 작품에 '何'자를 '세 번' 중첩했다고 말하였다.

에서 진후주를 만난다면, 어찌 다시 후정화를 물을 건가〔地下若逢陳後主, 豈宜重問後庭花〕'라든가, 소식(蘇軾)의 '맹가가 모자를 떨어뜨리니 환온이 웃었고, 서막이 미친 말 하니 조맹덕이 의심했네〔孟嘉落帽桓溫笑, 徐邈狂言孟德疑〕'가 그렇소. 이런 부류는 그다지 많지 않고 나도 꺼리는 것이오.

한 작품 안에서 첩자를 금지하는 것은 시의 내용이 부족해지기 때문이오. 만약 첩자를 고쳐서 시가 더 좋아질 수 있다면 또한 고치지 않을 수 없소. 의미가 중첩되는 것은 마땅히 피해야 하오. 왕유(王維)의 「대명궁(大明宮)」² 시는 천고의 절창이라 불립니다. '붉은 모자 쓴 계인이 새벽을 알리니〔絳幘鷄人報曉籌〕'의 '모자〔幘〕', '상의국에서 막 푸른 구름무늬 갖옷을 올리네〔尙衣方進翠雲裘〕'의 '의(衣)'와 '갖옷〔裘〕', '만국의 의관 갖춘 사신들이 면류관 쓴 황제께 절하네〔萬國衣冠拜冕旒〕'의 '의관(衣冠)'과 '면류(冕旒)', '향로 연기가 곤룡포 옆에서 피어오르네〔香煙欲傍袞龍浮〕'의 '곤룡포〔袞龍〕', '조회를 마치면 오색의 조서를 재단해야 하니〔朝罷須裁五色詔〕'의 '재단〔裁〕', '패옥 소리는 봉황지(대궐 연못)로 돌아가네〔佩聲歸到鳳池頭〕'의 '패옥〔佩〕'은 모두 복식과 관련된 글자이지요. 다만 옛날의 의미는 달랐기 때문에 병통으로 여기지 않았을 뿐이오. 그러나 시를 배우는 사람은 첩자를 떳떳한 법으로 보아서는 안 되지요. 왕유 같은 수준의 시인이라면 괜찮아도 왕유에 미치지 못하는 이라면 경계해야 합니다."

---

2 원제는 「가지의 조조대명궁 시에 화답하다〔和賈舍人早朝大明宮之作〕」이다.

54

기둥에 쓴 시구들

인가의 벽이나 기둥에 써놓은 연구(聯句)를 보면 대부분 옛사람의 시구를 가져다 쓰되 걸맞은 내용인지 따져보지도 않는다. 시골 주막의 촌스런 벽에 '구름 속 도성에는 대궐문 쌍으로 섰고, 비 내리는 봄 숲에는 일만 호의 인가가 있네[雲裏帝城雙鳳闕, 雨中春樹萬人家]'[1]라고 쓴 연구가 가장 많다. 도심 속 재상가의 문기둥에는 강호(江湖)나 산골짜기와 같은 구절과 기인(畸人)이나 나그네의 사연을 써놓았다. 대단히 부끄러운 꼴이 아니겠는가! 중국 사람은 분명히 이렇게 쓰지 않을 것이다. 중국에 있는 관왕묘(關王廟)[2] 한 곳의 기둥에는 다음 연구가 쓰여 있다.

오나라 궁궐에는 화초가 으슥한 길에 묻혀 있고   吳宮花草埋幽徑
위나라 산하에는 석양이 거의 다 드리웠네[3]   魏國山河半夕陽

---

1 왕유(王維)의 시「임금님께서 지은 '봉래궁에서 흥경궁으로 가는 도중 봄비 속에 머물며 봄 경치를 바라보다'라는 작품을 받들어 화답하다[奉和聖製從蓬萊向興慶閣道中留春雨中春望之作應制]」의 경련(頸聯)이다.

2 중국 삼국시대 촉(蜀)나라 장수인 관우(關羽)를 모시는 사당이다.

관왕묘에 딱 맞아떨어지는 옛사람의 시구 두 개를 모았으니 얼추 하늘이 창조하고 땅이 설계했다[4]고 할 만하다. 설령 이처럼 딱 맞아떨어지진 못하더라도 굳이 걸맞지 않은 연구를 자기 집안사람의 눈에 항상 띄게 하고, 다른 많은 이들이 살펴보게 만들어야 하는가?

조부 수암공(睡菴公, 정윤용(鄭允容))께서는 일찍이 벽에 다음 연구를 쓰셨다.

범중엄은 행한 일에 걸맞도록 식비를 썼고[5]   希文計食求稱事

조변은 향을 피우고 행한 일을 하늘에 고했다지[6]   閱道焚香告所爲

옛사람이 행한 일을 모아 시구를 완성했는데 이는 곧 수암공이 평

---

3 위 구절은 이백(李白)의 「금릉 봉황대에 올라[登金陵鳳凰臺]」, 아래 구절은 이익(李益)의 「최빈과 관작루에 올라서[同崔邠登鸛雀樓]」의 한 구이다.

4 사람이 더 이상 손댈 수 없을 만큼 자연스럽다는 말이다. 송나라 휘종(徽宗)의 『간악기(艮嶽記)』에 "진실로 하늘이 창조하고 땅이 설계했으며 신이 도모하고 조물주가 힘써서 인간의 힘으로 할 수 있는 바가 아니다[眞天造地設, 神謀化力, 非人力所能爲者]"라는 구절이 보인다.

5 범중엄(范仲淹, 989~1052)은 북송 인종 때 재상으로 자(字)는 희문(希文), 시호(諡號)는 문정(文正)이다. 그가 지은 「악양루기(岳陽樓記)」가 명문으로 알려졌다. 『언행귀감(言行龜鑑)』「덕행문(德行門)」에서 범중엄의 말을 인용하여 "나는 밤이 되어 잠자리에 들 때면 하루 동안 음식으로 봉양한 비용과 행한 일을 스스로 따져보고 자신을 봉양하는 데 든 비용과 행한 일이 걸맞으면 코를 골며 푹 잤다. 그렇지 않으면 밤새도록 편히 자지 못해서 다음날에는 반드시 걸맞도록 애썼다[吾遇夜就寢, 卽自計一日飮食奉養之費及所爲之事, 果自奉之費與所爲之事相稱, 則鼾鼻熟寐. 或不然, 則終夕不能安眠, 明日必求所以稱之者]"라고 하였다.

6 조변(趙抃, 1008~1084)은 북송의 문신으로 자는 열도(閱道), 호는 지비자(知非子)이다. 인종 경우(景祐) 원년(1034)에 진사시에 급제하여 참지정사(參知政事) 등을 역임했다. 『송사(宋史)』「조변전(趙抃傳)」에서 "매일 행한 일을 밤이 되면 반드시 의관을 갖추고 옥로 향을 피워서 하늘에 고하였다[日所爲事, 入夜必衣冠露香, 以告於天]"라고 하였다.

생토록 마음을 써서 노력한 일이었다.

해사(海槎) 이상학(李象學) 어른은 영재(寧齋) 이건창(李建昌)의 부친이다. 일찍이 석성현감(石城縣監)이 되어7 벽에 다음 연구를 쓰셨다.

하늘과 귀신과 그대와 내가 있으니	天神子我
아는 사람 없다고 어찌 말하랴8	豈曰無知
사직이 있고 백성이 있나니	社稷人民
이것이 또한 배워야 할 거라네	是亦爲學

이 연구는 관리가 된 사람을 경계하는 말씀이라 할 만하다.

---

7 석성은 지금의 충청남도 부여군 일대이다. 『고종실록』에 따르면, 이상학은 경진년(1880) 7월 29일 석성현감에 제수되었다.

8 후한 때의 양진(楊震)이 동래태수(東萊太守)가 되었을 때 왕밀(王密)이 "밤중이라 보는 이가 없다"며 뇌물을 주었다. 그러자 양진이 "하늘이 알고 귀신이 알고 내가 알고 그대가 알거늘 어찌 아는 자가 없다고 하는가〔天知神知我知子知, 何謂無知〕"라 말하고 황금을 물리쳤다(『후한서(後漢書)』「양진열전(楊震列傳)」).

55

이양연의 격조

하량(河梁)과 건안(建安)의 고시[1]는 그래도 본받을 수 있으나 도연명(陶淵明)의 시만은 본받을 수 없다. 근고(近古) 시대에 임연(臨淵) 이양연(李亮淵) 선생의 시가 오롯이 도연명을 배웠다. 따라서 그가 지은 시는 칠언시가 극히 적고 오언시가 가장 많았다. 또한 평측(平仄)이나 대우(對偶)에 얽매이지 않았다. 그가 전원을 읊은 절구는 다음과 같다.

농부는 낯과 살갗 새까맣고	農夫面膚黑
농부의 아내도 맨발이네	農婦亦跣足
늙고 추해도 서로 잊은 채	老醜兩相忘
수제비를 함께 한 그릇씩 먹네	餺飥共一掬

사람들이 도연명의 시와 몹시 닮았다고 여기지만 그의 높은 격조

---

1 하량은 전한(前漢)을 뜻한다. 한 무제(漢武帝) 때의 명장 이릉(李陵)이 소무(蘇武)와 작별하며 지은 「하량별(河梁別)」이 유명하다. 건안은 후한(後漢) 말기의 연호이다. 건안 연간에 공융(孔融)·왕찬(王粲) 등 7인의 문인을 건안칠자(建安七子)라 불렀다. 이 시기의 5언 고시(古詩)가 문학사상 높은 평가를 받고 있다.

에는 미치지 못할 듯하다. 누군가가 내게 이렇게 물었다.

"옛사람은 도연명의 시를 평하여 '붉은 구름이 하늘에 떠서 제멋대로 모였다 흩어지는 듯하다'[2]라고 했고, 또 '높은 격조는 매화와 비슷하다'[3]라 평했지요. 이런 평은 모두 합당합니까?"

나는 이렇게 답하였다.

"소강절(邵康節)은 시에서 '정화수는 물맛이 한창 담박하고, 큰 음악은 소리가 진정 드물다〔玄酒味方淡, 大音聲正希〕'[4]라고 말했거니와, 이걸로 도연명의 시를 평하는 것이 가장 합당합니다."

답을 들은 사람이 웃음을 터뜨렸다.

---

2 송나라 비평가 오도손(敖陶孫)이 『구옹시평(臞翁詩評)』에서 고금의 유명한 문인을 비유를 들어 품평한 비평의 일부이다. 위경지(魏慶之)의 『시인옥설(詩人玉屑)』을 비롯한 많은 시화에 전재되어 있다.

3 송나라 문인 진선(陳善)은 『문슬신화(捫蝨新話)』 하집(下集) 권1에서 다음과 같이 평하였다. "나는 시를 논할 때마다 도연명·한유·두보 등 여러 시인이 모두 운치가 뛰어나다고 하였다. (중략) 그런데 임쉬는 다음과 같이 말했다. '시에는 운치와 격조가 있어서 저마다 다르다. 예를 들어 도연명의 시는 격조가 높다. 사령운의 '연못에는 봄풀이 돋아나고, 정원 버들에는 새 소리가 바뀌었네'라는 구절은 운치가 뛰어나다. 높은 격조는 매화와 비슷하고, 빼어난 운치는 해당화와 닮았다.' 내가 그때 듣고서 눈을 휘둥그레 뜨고 깨우친 바가 있었다〔予每論詩, 以陶淵明·韓·杜諸公皆爲韻勝. (중략) 林倅曰: '詩有韻有格, 故自不同. 如淵明詩, 是其格高. 謝靈運: 「池塘生春草, 園柳變鳴禽」句, 乃其韻勝也. 格高似梅花, 韻勝似海棠花.' 予時聽之, 瞿然若有所悟〕."

4 소강절의 「동지음(冬至吟)」이란 시의 한 구절이다.

56

남주원의 시풍

우당(愚堂) 남주원(南周元) 어른은 옥계(玉溪) 이상은(李商隱)의 시를 몹시 좋아하여 스스로 상당히 비슷하다고 자부하였다. 어른 항렬이기 때문에 내가 감히 논박하지는 못했으나 속으로는 사실 승복하지 않았다. 옥계의 시를 어찌 쉽게 배우겠는가! 그러나 몹시 좋아한 탓에 이따금 제법 근사한 시가 나왔다.

비도 안 오고 개지도 않은 꾸물꾸물한 날씨	不雨不晴悶悶天
우레 소리가 은은히 산꼭대기에 걸려 있네	雷聲隱隱在山巓
지난 일은 구름처럼 늘 허둥지둥 서둘렀고	往事似雲常倥偬
닥칠 일은 터럭처럼 또 친친 얽어매네	來生如髮又纏綿

만약 한 편 한 편이 이런 정도라면 내가 감히 승복하지 않겠는가?

57

황현 시의 변모

어느 날 하정(荷亭) 여규형(呂圭亨)이 찾아와서 시 한 연을 외워 들려주었다.

"'땔감을 주워 승려는 물을 건너고, 열매를 물고 참새는 바람을 타네〔拾薪僧渡水, 衘果雀翔風〕' 이 시는 누구 작품 같은가?"

내가 "옛사람입니까, 지금 사람입니까?"라고 묻자 하정이 "옛사람이면 누구 같고, 지금 사람이면 누구 같나?"라고 되물었다. 내가 "옛사람이라면 꼭 집어 말할 수 없으나 지금 사람이라면 운경(雲卿. 황현 (黃玹)의 자-원주) 같군요"라고 답하였다. 그랬더니 하정이 소매에서 작은 시권을 하나 꺼냈다. 바로 운경이 지은 금강산 시권이었는데 이 시가 들어 있었다. 이 시는 운경이 젊을 때 지은 작품이므로 쉽게 맞추었다. 나중에 영재(寧齋) 이건창(李建昌)이 전라도 보성으로 귀양 갔을 때, 어떤 사람이 다음 연을 외워 들려주었다.

수양버들 늘어진 백사장 한 굽이에   兩行楊柳一灣沙

소매 스치며 들국화 정정하구나   拂袖亭亭野菊花

그러자 영재가 "이건 운경의 시로군"이라 했다. 이때 운경의 시는 점점 완숙하고 전아한 쪽으로 변해서 한두 시구로는 맞추기 어려웠다. 그래도 영재는 여전히 알아차렸다.[1]

---

1 황현의 『매천집(梅泉集)』 권1에 「함벽정에서 신윤조에게 주다〔涵碧亭贈申老人允祚〕」란 제목의 칠언절구로 실려 있다. 매천이 35세 때인 1889년에 지은 작품이다. 이건창이 1793년 보성에 유배되었을 때의 작품집인 『남천기은집(南遷紀恩集)』에 「어떤 이가 와서 인근 고을에 사는 여러 사람의 시를 들려주었는데 알아맞히지 못한 것이 많았다. '성근 버들 늘어진 백사장 한 굽이에, 소매 스치며 들국화 정정하구나'에 이르러 나는 무릎을 치며 운경의 시임을 알아맞혔다〔有人來誦近處諸人詩, 多不契, 至 '兩行疎柳一灣沙, 拂袖亭亭野菊花.' 余爲擊節, 知其爲黃雲卿-黃梅泉玹字-也〕」란 긴 제목의 시를 지었다. 시 제목에 이건창이 황현의 시를 알아차린 사연이 밝혀져 있다. 정만조는 이 제목의 사연을 시화로 엮었다.

58

이중하와 이건창의 절창

이당(二堂) 이중하(李重夏)와 영재(寧齋) 이건창(李建昌)이 아주 젊을 때 여러 동인(同人)과 함께 북한산을 유람하고 돌아와 선친께 시권(詩卷)을 보여주며 비평해달라고 부탁하였다. 선친께서 다 살펴보고 난 뒤 붉은 먹을 갈아 권점(圈點)과 비점(批點)을 찍었다. 이당의 '사방은 깎아지른 듯 봉우리는 죄다 바위이고, 일망무제 선홍빛으로 나무들 온통 단풍 들었네〔四圍巉巖峰全石, 一望紅明樹盡楓〕'와 영재의 '발 아래 구름이 날아 하늘은 늘 맑고, 바닷가에 서쪽이 없어 해가 참으로 기네〔雲飛在下天常淨, 海圻無西日正長〕' 두 연에 권점과 비점을 치고서 좋다고 칭찬하였다. 내가 어렸을 때 곁에서 모시며 보고는 부러워마지않았다. 나중에 세간의 학자들이 이당과 영재의 시 중에 어떤 시구가 절창(絶唱)이냐고 물으면 나는 그때마다 이 두 연을 들어 대답하였다. 이당과 영재 두 이씨의 시에 이보다 뛰어난 연이 어찌 없겠는가마는 선입견 탓도 있고, 익숙하게 암송한 탓도 있다.

59

이중하의 순정한 문장

이당(二堂) 이중하(李重夏)는 학문이 순수하고 똑바르다. 따라서 너무 엄하게 구속되었다. 영재(寧齋) 이건창(李建昌)이 사언(四言) 문장으로 지은 숙부의 제문(祭文)에서 다음과 같이 말했다.

성왕이 국사를 논의하려 할 때[1]	若成訪落
주공이 그를 보좌했네	周公相之

이당은 제왕들에게 쓰는 말을 집안 어른에게 함부로 써서는 안 된다고 하였다. 창강은 다음과 같이 시를 지었다.

한결같은 푸른 하늘 주관하는 이 없어	一種青天無主管
둥근 달은 서울거리를 떠갈 뿐이네	月輪祇在禁街行

---

1 '국사를 논의하다'의 원문은 '訪落'이다. 본래 『시경(詩經)』 「주송(周頌)」의 편명으로 종묘에서 신하들에게 정치를 물은 성왕(成王)을 칭송하는 내용이다. 나중에는 임금이 신하들과 국사를 논의하는 행위를 표현한다. 여기에서 '성왕'은 고종을, '주공'은 이건창의 숙부인 이상원(李象元)을 가리킨다. 김택영의 『소호당집』에도 「척사 이상원 어른 만사(挽詞)〔挽李惕士象元丈人〕」가 전한다.

남들은 모두 새롭고 기이하다고 여겼는데 이당은 "하늘을 가리켜 말장난해서는 안 된다"고 정색하며 말했다. 영재와 창강은 모두 속으로는 승복하지 않았으나 이당의 생각을 펀드는 이들도 많았다.

하정(荷亭) 여규형(呂圭亨)이 언젠가 "우리 무리 중에 이당의 문장이 가장 순수하지만 담력이 약한 것이 흠이다"라고 말했다. 그 말에 나는 이렇게 답했다.

"담력이 약한 사람은 가장 높은 수준으로 올라가지는 못하더라도 중간 정도의 선비가 되는 데에는 문제가 없다. 담력이 강한 사람은 고명(高明)한 수준에 이르지 못하면 다들 미친 듯 내달리고 제멋대로 뛰기만 한다."

운경(雲卿) 황현(黃玹)이 영재의 문장을 논한 시에서 다음과 같이 말했다.

천 근 되는 담력을 쉼 없이 길러 완성했네　　　　　綿綿養就千斤力

영재도 담력이 약한 사람이었던 것이다. 기운과 힘은 길러서 얻을 수 있어도 담력을 갑자기 크게 만들 수는 없다.

60

하동의 시인 성혜영과 김창순

남파(南坡) 성혜영(成蕙永)[1]과 소당(小棠) 김창순(金昌舜)은 모두 하동(河東) 사람이다. 하동은 남해와 섬진강 사이에 끼어 풍속이 물건을 팔아 이윤을 남기기를 좋아했으니 문인이나 시인이 있다는 말을 들어본 적이 없다. 남파와 소당이 추금(秋琴) 선생에게 시를 배워 명성이 자자해지자 고을 사람들이 파천황(破天荒)의 인재[2]로 여겼다. 남파가 소사(素砂)를 지나며 지은 시는 다음과 같다.

봄 하늘에 비가 오려나 들판은 망망하고　　　　　　春天欲雨野茫茫

홍경사[3] 깨진 빗돌은 길옆에 누워 있네　　　　　　弘慶殘碑臥道傍

---

1 성혜영의 자는 차란(次蘭), 호는 남파(南坡), 본관은 창녕(昌寧)이다. 하동 사람으로 강위의 시제자이다.

2 아무도 이루지 못한 일을 해낸 인재를 뜻한다. 형주(荊州)에서 대과(大科)에 급제한 사람이 나오지 않아 천황(天荒, 천지개벽 전의 혼돈 상태)의 지역으로 간주했는데 유태(劉蛻)가 급제하자 파천황(破天荒)이라 불렀다(『당척언(唐摭言)』「해술해송(海述解送)」).

3 홍경사(弘慶寺)는 고려 현종 때 소사(素沙) 곧 지금의 충청남도 천안시 성환읍 큰길에 창건한 봉선홍경사(奉先弘慶寺)이다. 도둑이 출몰하고 황폐하다 하여 큰 여관을 지어 여행객들을 유숙하게 하고 절을 지었다. 조선시대부터 터만 남아 있고, 한림학사 최충(崔冲)이 지은 비갈(碑碣)은 국보 제7호로 지정되어 있다.

산새랑 산꽃은 아무것도 모르고　　　　　　山鳥山花俱不識

천년 묵은 옛일은 석양에 묻혀 있네　　　　　一千年事只斜陽

　남파의 재능이 이와 같았으나 사는 곳이 외지고 멀어서 한 번 만나 환담하지 못했다. 이당(二堂) 이중하(李重夏)가 경시관(京試官, 서울에서 지방에 파견한 시험관)이 되어 영남의 과거시험장에 갔는데 어떤 시권(試券)의 첫 구가 다음과 같았다.

　　혜초에 이슬 방울 맺힌 새벽까지 글방 등불은 붉고　　蕙露曉滴書燈紅

　이당이 전편을 살펴보니 일등의 자리에 둘 만한 작품이었으나 다만 '혜초에 이슬'이란 두 마디가 출처가 분명하지 않았다. 속으로 남파의 작품인가 미심쩍었는데 발탁하고 보니 정말 그러했다. '장미에 이슬[薇露]'4이라 하지 않고 '혜초에 이슬'이라 한 것은 이름 가운데 한 글자를 특별히 적어서 시관의 눈에 어른거리도록 한 것이다. 소당의 시는 남파를 통해서 한 연을 들었다.

　　펄펄 눈 내리는 강에는 기러기 날아가고　　　　江雪漠漠征鴻去

　　서걱서걱 풀이 시든 변방에는 늙은 말이 우네　　塞草蕭蕭老馬鳴

---

4 경건하게 글을 읽는다는 뜻이 담겨 있다. 『운선잡기(雲仙雜記)』「대아지문(大雅之文)」에 다음의 고사가 보인다. "유종원은 한유가 부친 시를 받으면 우선 장미 이슬로 손을 씻고 옥유향을 뿌린 뒤에 읽으면서 '대아의 글은 마땅히 이와 같아야 한다'라고 하였다[柳宗元得韓愈所寄詩, 先以薔薇露盥手, 薰玉蕤香後發讀曰: '大雅之文正當如是']."

훗날 서울에 이르러 종형인 용산(蓉山) 정건조(鄭健朝) 판서 댁에 묵으면서 자주 함께 시를 읊었다. 집으로 돌아갈 때 시벗들이 술자리를 마련하여 배웅하였는데 소당이 시를 지어 사례하였다. 시의 끝 구절은 다음과 같았다.

술에 젖은 적삼이 정말 닳아버렸으니   酒衫殊浣落

몇 사람의 인정을 적셔 가는 걸까   沾去幾人情

감정이 풍부하기가 이와 같다.

61

강위의 용모와 일화

추금(秋琴) 강위(姜瑋) 선생은 광대뼈가 튀어나오고 눈이 움푹 들어갔
으며 눈썹이 일자로 이어지고 수염이 성성하여 용모가 괴기스러웠
다. 영재(寧齋) 이건창(李建昌)이 추금을 처음 보고 다음과 같은 시를
지었다.

안개비로 여섯 구멍 메워놓고서 　　　　　　　煙雨只應埋六竅
달 같은 한 쌍의 눈으로 책만 보고 있네 　　　一雙如月眼看書

추금 선생이 일찍이 주막을 지나다가 투숙했는데 해진 솜옷에 찢
어진 갓을 쓰고 맨발로 앉아 머리를 수그리고 책을 보고 있었다. 시골
의 훈장(訓長) 하나가 학도(學徒) 수십 명을 데리고 과거(科擧)를 보러
서울로 가다가 같은 주막에 투숙하였다. 훈장이 추금의 용모와 의관
을 보고서 곤궁하고 비천한 사람이라 여겨 바로 큰 소리로 꾸짖어 "너
는 어떤 놈이기에 어른이 방에 들어가거늘 일어나 인사하는 예의를
조금도 차리지 않느냐?"라 하였다. 그리고 학도에게 분부하여 어서
몽둥이와 포박할 줄을 가져오라고 하였다.

『고환당수초(古歡堂收艸)』와 강위(姜瑋)의 초상

연활자본. 1885년 근대 최초의 상업 인쇄소인 광인사(廣印社)에서 간행. 국립중앙도서관 소장. 이건창(李建昌)이 교열하고 정만조(鄭萬朝)가 편집하였다. 고종 시대를 대표하는 시인의 문집으로 남사(南社) 동인들의 스승격이었다. 강위의 용모를 인상적으로 묘사한 초상이 책의 앞에 실려 있다.

추금은 본디 남보다 과하게 겸손하고 공손한 사람이라 벌떡 일어나 훈장 앞에 무릎을 꿇고 굽실굽실 사죄하자 훈장이 마음이 조금 풀려 "네가 책을 보고 있던데 시를 지을 줄 아느냐?"라고 물었다. 추금이 "대충 압운이나 할 줄 압니다"라고 답하자 훈장이 "시는 제 뜻을 말하는 것이니[1] 너는 네 뜻을 말해 보거라"라고 하였다. 추금이 바로 보따리에서 종이와 붓을 꺼내 다음과 같이 썼다.

시는 뜻을 말한다고 선생께서 내게 말해도	先生謂我詩言志
내 뜻은 미치고 오활하여 말하지 못하겠네	我志狂迂不可言
첩첩산중 푸른 청산 영영 가서 파묻힌 채	去去萬蒼千翠裏
고기 잡고 나무하며 일 끝나면 문을 닫아야지[2]	漁樵事畢卽關門

훈장이 안색을 고치고 무릎을 여미며 "그대는 강자기(姜慈屺, 추금의 처음 호-원주)가 아닌가요?"라고 물으니 추금이 "맞습니다"라고 대꾸했다. 훈장이 크게 공경하고는 드디어 교분을 맺었다. 그 훈장은 영남 사는 송씨(宋氏)로 문식(文識)이 제법 있는 사람이었다. 추금은 그가 송씨라는 것을 듣고서 원고에서 '선생(先生)'을 '여상(荔裳)'이라 고

---

1 『서경(書經)』「순전(舜典)」에 "시는 뜻을 말하고, 노래는 말을 길게 늘이며, 소리는 긴 말에 따른다[詩言志, 歌永言, 聲依永]"라는 구절이 보인다. 『시경(詩經)』「대서(大序)」, 『예기(禮記)』「악기(樂記)」 등에도 비슷한 말이 있다.

2 강위의 『고환당수초(古歡堂收艸)』 권6에 「대곡(용인 일대) 둔치에서 과거를 보러 가는 영남 유생을 만나 함께 금량에 이르렀다. 도중에 시를 지어달라고 애써 요청하여 취한 김에 벽에 써서 희롱한다[大曲屯峙, 遇嶺儒應擧者, 偕至金梁. 道中, 苦要作詩, 因醉, 書壁以戲之]」라는 시제로 2수가 실렸는데 그중 제1수이다. 61칙의 내용과는 사뭇 다르다. 첫 구의 '先生謂'가 문집에 '荔裳勸'으로 고쳐져 있어 정만조가 언급한 내용과 부합한다.

첫다가3 나중에 송씨의 자가 계장(季長)인 줄을 알고 또 '여상(荔裳)'을 '계장(季長)'이라 바꿨다.

62

윤성진과 조창영의 시재

세교(世交)가 있는 서석(瑞石) 윤성진(尹成鎭)[1] 어른은 술 마시기를 좋
아했는데 조정에서 술을 빚지 못하도록 금령을 내리자 다음 시를 지
었다.

단약이 영험하나 어찌 기운을 돋게 할까 　　　丹粒雖靈那引氣

국화가 피려 하니 마음잡기 어렵구나 　　　黃花將發苦爲情

선친께서 영남 고을을 맡아 다스릴 때 술을 살 돈을 보내자 즉시 다
음 시를 지어 사례하였다.

이렇듯 심상하게 어딜 가든 빚을 져도 　　　有此尋常行處債

29일 동안 깨어 사는 사람보다 낫지[2] 　　　勝於廿九世人醒

---

1 윤성진(1826~?)의 자는 치도(稚道), 본관은 해평(海平)이다. 1860년(철종 11) 정시에 병과로
  급제한 뒤 정언 등을 거쳐 성균관대사성·이조참판 등을 역임하였다. 광무 연간에 궁내부특
  진관 등을 지냈다.

어른은 박학하고 민첩하여 크게 취할 때마다 연이어 수십 수의 시를 짓고서 큰 소리로 시원스럽게 낭송하였으니 그 풍류를 짐작할 수 있다. 내가 스물두 살 때 어른께서는 성균관대사성으로 재직중이었는데 나를 장원으로 발탁하였다. 선친과 모여 시를 읊조릴 때마다 내가 모시고 앉았다가 운을 이어 다음과 같은 시구를 지었다.

| 대사성이 스승이라 장원에 발탁되었고 | 國子爲師偏奬拔 |
| 가친의 친우라서 자주 맞아 모신다네 | 家君與友屢陪邀 |

세교가 있는 서호(西湖) 조창영(趙昌永) 어른은 서석 어른과 나란히 명성을 떨친 분으로 서석 어른보다 먼저 대사성이 되었다. 당시 나는 열다섯 살로 처음 반시(泮試, 성균관 유생들이 보는 시험)를 보아 다행히 우등을 차지하였다. 서석과 서호 두 어른은 모두 내가 지우(知遇)를 입었다고 느끼는 분들이다.

서호 어른은 일찍이 평안도 성천부(成川府)를 맡아 다스렸다. 성천부에는 강선루(降仙樓)3가 있어 무산(巫山) 아래 자리잡고 있고, 나라 안에서 이름난 누각이다. 현판에 시가 대단히 많았는데 서호 어른의 시는 다음과 같았다.

---

2 두보(杜甫)의 「곡강 2수(曲江二首)」 제1수의 '외상 술값이야 심상하여 어딜 가든 있지만, 일흔까지 사는 사람은 예부터 드물다네〔酒債尋常行處有, 人生七十古來稀〕'라는 시구를 응용하였다.

3 강선루는 평안도 성천의 동명관(東明館)에 부속된 누각으로 고려 충혜왕(忠惠王) 때 성천 부사 오장송(吳長松)이 건립하여 중국 사신을 맞이하는 장소로 썼다. 관서팔경의 하나로 수많은 시인의 제영시가 남아 있고, 전국적인 명성을 누린 누각이다.

그리움이 엉겨 구름 여태 젖어 있고	凝想雲猶濕
연정에 얽혀 비는 걷히지 않네	縈情雨不收
혹시라도 아침저녁 만나볼까 하여	庶幾朝暮遇
열흘 중에 아흐레를 누대에 오르네	十日九登樓

이 작품이 가장 아름답다. 선친께서 경상도 창녕현(昌寧縣)을 맡아 다스릴 때 나의 아우 둘이 모두 사마시(司馬試)에 합격하니 서호 어른 이 다음 시를 지어 축하하였다.

| 벼슬아치 됐다 해서 모두 원님이 되랴마는 | 爲官人豈皆千石 |
| 그대는 자식 가르쳐 경서를 통하게 만들었네4 | 敎子君能各一經 |

---

4 한나라의 재상 위현(韋賢)은 네 아들을 잘 가르쳐 모두 현달하게 했는데 그는 "황금이 가득한 상자를 자식에게 물려주느니 차라리 경서 한 권을 잘 가르치는 것이 낫다[遺子黃金滿籯, 不如 一經]"라고 말했다(『한서』 권73, 「위현전(韋賢傳)」).

63

서상우의 시

판서 추당(秋堂) 서상우(徐相雨)는 여러 차례 청나라에 다녀와서 청나라 명사(名士)와 수창을 많이 하였기에 그의 시에는 명청(明淸)의 풍조가 꽤나 들어 있다. 다음은 수원을 지나며 읊은 시이다.

저택에서 연기 올라 수원의 나무 위로 피어오르고　　甲第烟生三輔樹
두견새는 울음 울어 두 왕릉[1]의 꽃을 다 떨구네　　子規啼盡二陵花

나와 함께 외무서(外務署)의 낭관으로 함께 근무한 적이 있어 천연정(天然亭)[2]에서 같이 연꽃을 감상하고 다음 시를 지었다.

높은 누각 짙은 녹음에 삼복철 비 내리고　　高閣陰深三伏雨
못 가득 핀 연꽃 보며 주민들은 먹고 쉬네　　居人食息一池花

---

1 수원의 화산(花山)에 있는 사도세자의 융릉(隆陵)과 정조의 건릉(健陵)을 말한다.
2 52칙의 청수관(淸水館) 주석 참조.

나는 이렇게 말했다. "옛날에 장삼영(張三影)이 있었으니 공은 서이화(徐二花)라 일컬을 만합니다."3

---

3 장삼영은 송나라 장선(張先)이다. 장선은 '구름 흩어지고 달이 뜨니 꽃이 그림자를 희롱하네〔雲破月來花弄影〕', '아리땁고 나긋한 몸을 게을리 일으키니, 주렴이 꽃 그림자 누르고 있네〔嬌柔懶起, 簾壓卷花影〕', '버들길에 인적이 없고, 바람에 날린 버들개지는 그림자가 없네〔柳徑無人, 墜風絮無影〕'라는 '영(影)'으로 끝난 시구 3수를 지어 장삼영이라 불렸다(이기(李頎), 『고금시화(古今詩話)』).

64

이상황의 시풍

정승을 지낸 동어(桐漁) 이상황(李相璜) 공은 문장을 쓰되 조리가 있고 시원스러우며, 알맞고 절실하였다. 귀를 잡고 일러주거나 얼굴을 마주하고 분부하느니 차라리 그가 문장으로 자세하고 분명하게 써준 것이 더 나았는데 시도 마찬가지였다.

맏조카인 신게(莘憩) 이돈우(李敦宇) 공[1]은 강동현감(江東縣監)이 되어 어머니를 모시고 길을 떠나면서 동어에게 작별 인사를 올렸다. 동어는 마침 병석에 누웠다가 가까스로 몸을 일으켜 앉아 작품을 꺼내고 그중에서 두 개의 연을 써서 신게에게 주었다.

지금도 너를 포대기에 싸인 아기인 듯 보건마는	視汝今猶如在襁
관리가 되고 더구나 백성 다스리는 원님이로구나	爲官況復是臨民
잔치할 때에는 누군들 부모가 없을까 유념하고	饗飧宜念誰無母
채찍질할 때는 그도 사람임을 불쌍히 여겨라	鞭撻須憐彼亦人

---

1 이돈우(1801~1884)의 자는 윤약(允若) 또는 윤공(允恭), 호는 신게(莘憩), 본관은 전주(全州)이다. 1827년 문과에 급제하고 곧 홍문관제학이 되었다. 각도 관찰사와 육조 판서를 역임하였다. 저서에 『갑고(甲藁)』 6권과 『동어연보(桐漁年譜)』가 있다.

가훈이나 관리의 경계로 삼을 만하다.

65

시의 내력과 작자 시의 속어

내가 평재(平齋) 박제순(朴齊純)과 사절단을 전송하기 위해 모화관(慕華
館) 밖으로 나갔다. 도중에 운자를 불러서 안(安)자를 얻고 나는 다음
과 같이 시를 지었다.

사신 수레에 햇살 따뜻해 나귀는 졸며 걷고	星軺日暖驢蹄困
전깃줄에 바람 잔잔해 새가 편안히 앉아 있네	電線風微鳥坐安

나귀로 수레를 끄는 것은 동방의 풍속이고, 전깃줄은 근래에 새로
생긴 문물이다. 평재가 시를 보고서 "시인은 내력이 없는 문자를 기피
하니 자네의 시는 전문 시인에게 비난을 받지 않을까?"라고 말했다.
그 말에 나는 다음과 같이 대꾸하였다.

"'끼룩끼룩 우는 물수리[關關雎鳩]'가 어찌 내력이 있단 말인가?[1] 게

---

1 『주자어류(朱子語類)』 권140, 「논문 하(論文下)」에서, 요즘 사람이 시를 지을 때 대부분 출처
있는 글자를 쓴다고 누군가 말하자 주자는 "'끼룩끼룩 우는 물수리'가 어디에 출전을 두고 있
느냐[關關雎鳩, 出在何處]"라고 반문하였다. 이 구절은 『시경』 맨 첫 번째 시구이다. 내력 있
는 시어만을 고집할 필요가 없다는 논리로 널리 이용된 말이다.

다가 토속어나 방언을 스스로 꺼려서 시에 쓰지 않지만 쓰기에 적합하다면 굳이 피할 이유가 있는가? 참봉 이광려(李匡呂) 선생의 영조대왕 만시(輓詩)에는 다음 구절이 있네.

붉은 비단 너머 천 자루 촛불은　　　　　　　　　絳紗千柄燭
새벽까지 눈물을 줄줄 흘리네[2]　　　　　　　　　風淚曙縱橫

　누군가가 '자루 병(柄)자는 옛말이 아니다'라고 하길래 내가 이렇게 해명한 적이 있네. 『설문해자(說文解字)』에 병(柄)을 자루(柯)라고 했고, 옛 시에는 연꽃 줄기를 자루라 했다. 촛불의 모양은 병(柄)자를 쓰기에 적합하다. 방언에 촛불을 헤아릴 때 자루라고 하니 정말 틀린 말이 아니다. 이광려 선생의 시는 결코 흠이 되지 않는다.'"

---

2 『이참봉집(李參奉集)』에 「영종대왕만사(英宗大王挽詞)」라는 제목으로 실린 10수 중 제9수의 미련(尾聯)이다. 이 시는 대작(代作)으로 발표되었다.

66

박제가와 신위의 시경

옛 시인의 시경(詩境)은 직접 겪어봐야 제대로 알 수 있다. 자하(紫霞) 신위(申緯)의 시에 다음 구절이 있다.

한평생의 서글픈 사연을 곰곰이 헤아려보니　　　　　細數一生怊悵事

금화문 밖에서 해가 질 무렵에 일어났네[1]　　　　　金華門外夕陽時

나는 이 시를 기이하다고 여기지 않았다. 초정(楚亭) 박제가(朴齊家) 의 시에 다음 구절이 있다.

재자가인이 고개를 돌려 쳐다보는 곳은　　　　　　才子佳人回首地

석양녘에 총총히 가무하던 잔칫자리로다　　　　　　惢惢歌舞夕陽筵

1　신위의 『경수당전고(警修堂全藁)』 15책, 「강화유수로서 조정에 하직 인사 올리던 날, 중희당 에서 인대하고 물러나온 후 시를 지어 읊다[江都留後辭朝日, 重熙堂引對退後, 口占]」의 제1수 3구, 4구이다. 문집에는 4구의 금화문(金華門, 대조전의 서문)이 중화문(重華門, 동궁의 정문)으 로 되어 있다.

이 작품은 아름답지 않다고 한층 더 비웃었다. 내가 갑신년(1884) 가을에 함흥(咸興)의 이아(貳衙, 감영 소재지의 관아로 곧 함흥부)에 근무하시던 선친을 찾아뵙고 몇 개월 동안 머무르다가 돌아왔다.[2] 고을 사람이 모두 이별을 아쉬워하며 떠나는 사람을 위로하고자 낙민루(樂民樓)에서 기녀와 풍악을 대령해 잔치를 크게 베풀고자 했으나 나는 총총히 사양하고 바로 말을 탄 채 떠났다. 만세교(萬歲橋) 부근에 이르러서 고개를 돌려 낙민루를 바라보니 해가 벌써 지고 가을바람이 선선히 부는데 빠른 관악기 소리와 구슬픈 현악기 가락이 아직도 낙민루에서 연주되고 있었다. 이때 정경을 묘사하려다 보니 비로소 초정의 시구보다 더할 말이 없었다. 그리고 임진년(1892)에 통정대부(通政大夫)로 오르고 곧 동부승지(同副承旨)를 제수받아 나날이 성상을 가까이 모시다가 한 달 남짓 되어서야 성은을 입어 궁성 밖으로 물러났다.[3] 시를 한 수 지으려다가 비로소 자하의 시가 깊은 정취를 지녔음을 깨달았다.

---

2 정기우는 계미년(1883)에 함흥에 부임하여 병술년(1886)년 금화현감으로 이직할 때까지 함흥판관으로 근무하였다. 이때 서북경략사 어윤중(魚允中)과 어울렸다.

3 『승정원일기』에 따르면, 예조참의였던 정만조가 통정대부에 가자(加資)된 때는 1892년 7월 25일이고, 동부승지로 낙점된 때는 같은 해 11월 28일이다.

67

불우한 호걸 시인 이근수

위사(韋士) 이근수(李根洙)는 포의(布衣)로 서울에 와서 노닐었다. 낙낙한 옷에 굵은 허리띠를 띤 그는 기개가 높고 훤칠했으며, 담론이 사납고 격렬하였으며, 얽매인 데 없이 꼿꼿하였다. 판서 소하(小荷) 조성하(趙成夏)가 그를 인정하여 사우(師友)로 대우했으나 오만한 태도 때문에 잘 지낼 수 없었다. 추금(秋琴) 강위(姜瑋)와는 사이가 좋아서 어느 날 둘이 함께 선친이 근무하는 예빈시(禮賓寺) 관아에 찾아왔다.[1] 선친께서 한 번 보시고 기이한 선비로 인정하여 그와 더불어 시를 읊었다. 그때 지은 시에 다음 구절이 있었다.

은혜도 원망도 씻은 듯 없애 두 눈만 형형하고	掃空恩怨餘雙眼
올라 굽어본 산천을 두루 셈하면 억만 개의 몸이라	歷數登臨是億身
구감(狗監) 같은 지기를 만나기는 매우 어려워도[2]	知己苦難逢狗監
문장은 용도각(龍圖閣)[3]에 근무하기 적합하네	文章端合置龍圖

---

1 정기우는 갑술년(1874)에 예빈시 직장이 되어 다음 해까지 근무하였다.

그는 또 전에 지은 전원시를 외워 들려주었다.

집게발이 맛 좋으니 물이 막 빠질 때요4   蟹螯政美水初落

벼와 기장 거두고서 가을에도 밭을 가네   禾黍盡收秋又耕

선친께서 극구 칭찬하셨고, 마침내 나와는 망년지교(忘年之交)를 맺
었다.

추금과 이당(二堂) 및 시사(詩社)의 여러 명사들과 해당루(海棠樓)에
모여 시를 지었을 때 위사는 사언시(四言詩)를 지었다.5 일필휘지(一筆
揮之)하여 수십 구를 썼는데 글자마다 서릿발이 서려 있었다.6 그중 몇
구는 다음과 같다.

허리의 검광은7   腰間秋水

---

2 구감은 한나라의 관직명이다. 한 무제(漢武帝)가 「자허부(子虛賦)」를 읽고 감탄하자 구감 양
  득의(楊得意)가 그 부를 지은 사마상여(司馬相如)를 추천하였다.
3 송나라 진종(眞宗) 때 건립한 관부(官府)로, 어서(御書)와 어제 문집(御製文集) 및 보록(譜錄)
  등을 보관하였다. 문학과 학문에 뛰어난 관료를 근무하게 한 관부로 조선의 규장각과 유사하다.
4 진(晉)나라 필탁(畢卓)이 "한 손엔 집게발 들고, 한 손엔 술 한 잔 잡으니, 이대로 일생을 보내
  기 충분하다[一手拿着蟹螯, 一手捧着酒杯, 便足以了一生]"라고 한 구절이 『세설신어(世說新
  語)』에 보인다.
5 39칙의 각주 참조
6 글자마다 서릿발 같은 매서운 기운이 담겨 있다는 뜻이다. 한나라 회남왕(淮南王) 유안(劉安)
  이 『회남홍렬(淮南鴻烈)』 21편을 짓고 "글자 사이에 모두 서릿발이 서려 있다[字中皆挾風霜]"
  라고 한 말이 『서경잡기(西京雜記)』에 보인다.
7 원문의 추수(秋水)는 가을 물빛처럼 서늘한 검광을 뜻한다. 원(元)나라 왕실보(王實甫)의 『서
  상기(西廂記)』에, '만금어치 보검은 서늘한 빛을 감추었고, 말 가득 봄 시름은 수놓은 안장을
  짓누르네[萬金寶劍藏秋水, 滿馬春愁壓繡鞍]'라는 구절이 있다.

書研天理
度蟋蟀聲苦生凭几先生鬖髮蒼種于鈔何
誠慳猶賢徧告山南讀書子拜別以來星河
仰止後生考德無所適久哉不聞主張是我雖

海棠樓分韻東坡集中讀書已過五千卷
此墨足支三十年得墨守
蘭以鸞族所貴同德不有良朋何擄我臆廣矣
四海渺不可卽馬求不良車非不亟盈盈一鴨
其外誰域若有相思不知不識廣桑之下局我
門闔東日滄滄其何不戾高堂白雪不復以黑

彼邁邁者何時而息我心如月實勞惆腰間
秋水照人惆幅平生一片千脊之勒維山有石
切之則泅維海有鯨揮之則殞殂所以往哲不輕
其直十年于袖徘徊路側有美絕代招我上國
飛燕玉環幷居而偪不二以三不南以此中夜
酒闌崢嶸歲色夔鼓初落千金一刻長虹燭地
示我摛埴我袖張我弁維匹疎林摵摵飛鳥
欲翼有觸于中其來職職何以銷憂惟有翰墨
有遷當守有別當憶皓首爲期此樂何極

이근수(李根洙), 『수암집(守庵集)』

목활자본, 1927년 간행, 역자 소장. 고종 시대의 독특하면서도 불우한 시인의 문집으로, 이건창의 전기와 허훈(許薰)·김택영(金澤榮)의 서문, 이건승(李建昇)의 발문을 달아 간행하였다. 사진은 『수암집』 권1에 수록된 「해당루에서 『동파집』의 '讀書已過五千卷, 此墨足支三十年'에서 운을 나누어 나는 묵자를 얻었다〔海棠樓分韻東坡集中'讀書已過五千卷, 此墨足支三十年', 得墨字〕」라는 4언 고시의 판면이다.

사람을 정성껏 비추네	照人悃愊
바다의 고래는	維海有鯨
휘저으면 죽게 되고	揮之則殲
산의 바위는	維山有石
던지면 갈라지네8	擲之則泐

　추금이 시를 읽다가 여기에 이르러 흐느끼자 위사도 추금과 함께 눈물을 흘렸으니, 한 시대의 호걸이라 이를 만하다.

　임오년(1882)에 시사(時事)가 날로 어그러지고 인륜이 무너지는 꼴을 보고는 마침내 의연히 떠나서 한양에 들어오지 않은 지 몇 년이 지났다. 결국 이 일로 모함을 받아 어사(御史) 조병로(趙秉老)에게 맞아 죽었다.9 선친께서는 당시 영남에서 고을 원으로 재직하던 중이라 힘써 구하려 했으나 성공하지 못했다.10 하나 남은 아들이 또 요절하여 뒷일이 서글프니 영재가 그를 위해 「추수자전(秋水子傳)」을 지어 전하였다.

---

8 이근수의 『수암집(守庵集)』에 「海棠樓分韻東坡集中讀書已過五千卷此墨足支三十年得墨字」라는 시제 아래에 전문이 실려 있고, 이 대목이 '(전략) 腰間秋水, 照人悃愊, 平生一片, 干脅之勒. 維山有石, 切之則泐. 維海有鯨, 揮之則殲.(후략)'으로 되어 있다. 『명미당집』 「추수자전(秋水子傳)」에도 실려 '(전략) 腰間秋水, 照人悃愊. 維山有石, 截之則泐. 維海有鯨, 揮之則殲.(후략)'으로 되어 있다.

9 이근수는 1882년에 임오군란이 일어나자 흥선대원군에게 몇 가지 대책을 올렸는데 군란이 진압된 후에는 고향에 머물며 벼슬에 나아가지 않았다. 고종의 의심을 받아 암행어사 조병로 (1816~1886)에게 국문을 당하고 죽었다. 황현의 『매천야록』 1권에 그에 얽힌 전말이 상세하게 기록되어 있다.

저자의 부친 정기우는 기묘년(1879)부터 임오년(1882)까지 영덕현감으로 재직하다 임오년
에 충청도 진산군수로 승진하여 이직하였다. 정기우가 이근수를 구하려고 노력한 경위는
「운재공 유사」(『동래정씨가록』 권14)에 상세하다. "소농 이근수는 공의 벗으로 집이 영남에
있었다. 당차고 특출한 기개가 있어 위험을 무릅쓴 말과 격렬한 담론을 많이 하였다. 이 때
문에 화를 입고 영남어사 조병로가 체포해 옥에 가두고 죽이려 들었다. 공이 소식을 듣고 즉
시 편지를 써서 사람을 조 어사에게 보내 구하려 했지만 조 어사가 윗분(고종)의 뜻이라 자
기 뜻대로 할 수 없다고 답장하였다. 공이 또 편지로 부탁하기에 내가 옆에서 '조 어사의 답
장이 이러한데 또 편지한들 무슨 소용 있겠습니까? 도리어 누가 될까 걱정입니다'라고 말씀
드렸다. 공께서는 '그의 재주가 너무 아깝고, 조 어사는 나와 도타운 사이였다. 내가 말할 수
있는 여지가 있는데 말하지 않는다면 의롭지 못한 일이고, 한번 말을 꺼냈다면 온 힘을 쓰는
게 옳다'라고 하시면서 세 번이나 사람을 보냈으나 이근수는 끝내 맞아 죽었다[李小農根洙,
公之交友也, 家在嶺南. 倜儻有奇氣, 多危言激論, 以此獲禍, 嶺南御史趙秉老拘之獄, 將殺之. 公
聞之, 卽專人馳書于趙御史, 救之, 其答以爲有承望, 不得自由. 公又書囑, 不肯在傍棄: '趙答旣
如此, 又書何益? 恐反爲累也.' 公曰: '其才可惜, 而趙嘗厚於我矣, 吾有可言之梯而不言, 是不
義. 旣言之, 盡我之力爲可.' 凡三專人, 而李竟杖死]."

68

강경문의 처량한 시어

품산(品山) 강경문(姜慶文)이 추금 강위와 주고받은 시는 다음과 같다.

석양과 가을 풀은 본디 정이 없건만	夕陽秋草本無情
유독 시인과는 평생토록 벗을 삼네	偏與詩人伴一生
술통 앞에서 춤을 끝내고 박수치니	舞罷樽前仍拍手
뜨거운 눈물이 갓끈 적시는 줄 모르네[1]	不知熱淚已沾纓

처량하고 괴로운 시어가 사람을 비분강개하게 만든다.

---

1 강위의 『고환당수초』 7권에 「품산 강경문 노인의 묘소에 풀이 난 지 1년이 되지 않아 고남우 (高南芋, 고배후(高配厚))를 데리고 가서 곡하다〔姜品山翁墓艸未宿, 拉高南芋, 過而哭之〕」 4수 가 실려 있고, 제1수의 세주(細注)에 이 시를 강경문의 작품으로 실었다.

69

남행 조철림의 배해체

배해체(俳諧體)의 작품이 불경스럽기는 해도 옛 시인이 더러 지었다. 시를 잘 짓는 이가 아니면 배해체 작품을 지을 수 없다. 진주(晋州)목 사를 지낸 조철림(趙徹林)[1] 어른은 판서 양정(養亭) 조득림(趙得林)의 동 생이자 판서 추담(秋潭) 조휘림(趙徽林)의 형이다. 형과 아우가 모두 문 과(文科)를 거쳐 높은 벼슬을 하고 있을 때, 그만 홀로 음직(蔭職)으로 나가니 늘 만족스럽지 못했다. 장난삼아 남행시(南行詩, 나라 풍속에 문관 은 동반(東班)이라 하고, 무관은 서반(西班)이라 하며, 음사(蔭仕)로 벼슬한 사람은 남행이 라 불렀으니 방언이다. - 원주)를 지었는데 다음과 같다.

이름난 조상의 나약한 자손이라 겨우 관직을 받으니　　名祖孱孫僅付銜
(국법에 이름난 조상이 있으면 음관(蔭官)이 될 수 있다. - 원주)
동으로 가든 북으로 가든 모두 남행이라 부르네　　之東之北摠稱南
왕릉에는 뒷줄에서 수행하니 수정 갓끈 부끄럽고　　陵行後陣晶纓澁
(능침에 행행할 때 특히 음관은 뒷줄에 따라가며 관례상 수정
갓끈을 착용했다. - 원주)

---

1 조철림(1803~1864)의 생애는 이건창이 「목사조공묘지명(牧使趙公墓誌銘)」에서 상세하게 밝 혔다.

종묘에는 앞에 서서 제사하니 목기 도마 청렴하네　　　　廟享前頭木俎廉

(종묘에 제사 지낼 때는 반드시 음관에게 봉조관(捧俎官)을
맡겼다.-원주)

길에서 높은 관리 만나면 번번이 몸을 숨기고　　　　　　路遇尊官身輒沒

(음관은 길에서 고관대작을 만나면 관례상 몸을 숨기고
피했다.-원주)

자리에서 낯선 객을 만나면 입을 꼭 다무네　　　　　　　座逢生客口如緘

가슴 속 만 권의 서책 끝내 어디에 쓰랴　　　　　　　　胸藏萬卷終焉用

소지(所志)에 판결문이 으레 쓰는 문장이지　　　　　　　所志題辭是例談

(백성이 관아에 호소한 글을 소지(所志)라고 한다. 군현(郡縣)의
관리 중에 음사로 벼슬한 사람이 가장 많기에 한 말이다.-원주)

일시에 널리 전송되었다.

70

이교영의 남사당패 시

나라 풍속에 사당패 놀이와 거사패 놀이가 있다. 사당은 여창(女倡)이고 거사는 남창(男倡)이니, 창부(倡夫) 중에서 가장 천한 자들이다. 머리에는 상모〔繩帽〕를 쓰고 손으로는 소고(小鼓)를 치면서 잡가(雜歌)를 부르다가 좌우에서 구경하던 구경꾼들이 돈을 던져주면 부채로 받아간다. 죽포(竹圃) 이교영(李喬榮) 어른이 능주(綾州, 전라남도 화순)에 부임하여 이 놀이를 보고 장난삼아 다음 시를 지으셨다.

상모를 요리조리 돌리고 비단 소매 펄럭이며	繩帽縱橫錦袖翩
화려한 누각 앞에서 소고를 둥둥 치네	鼕鼕小鼓畵樓前
녹양방초는 석양에 저물어가고	綠楊芳草當斜日
(이하 네 구는 타령〔演曲〕 속의 말이다.-원주)	
옥 같은 나무 매화는 한천1에 들었도다	玉樹梅花入恨天
처음엔 남쪽 관세음보살을 노래하더니	初唱南方觀世佛
문득 평양 대동강에 배를 띄우누나	忽浮平壤大同船

---

1 수미산(須彌山)의 삼십이천(三十二天) 위에 존재하는 '이한천(離恨天)'을 가리키는 듯하다. 문학 작품에서는 오랫동안 만나지 못한 남녀의 한을 비유한다.

동쪽에서 불러내고 서쪽에서 또 불러내니   東邊喚出西邊又

부채에는 분분하게 돈이 비처럼 떨어진다   扇面紛紛似雨錢

고을 사람들이 암송하여 도성까지 전해졌다.

죽포는 본디 문식(文識)이 있어 홍선대원군에게 인정을 받았다. 죽포가 능주목사로 부임했으나 연로한 나이라 수리(首吏, 이방 아전)에게 정사를 맡긴다는 소식을 홍선대원군이 듣고서 관직을 교체해주고 그 문식을 대우하여 장악원정(掌樂院正)으로 승진시키려 하였다. 죽포가 한양으로 돌아와 홍선대원군을 알현하니, 홍선대원군이 도성에 전해진 죽포의 시를 외우며 "내가 공의 시 구절을 '능주 이방의 소매(손아귀)에 들어가려 했더니, 문득 평양 대동강에 배를 띄우누나〔欲入綾州吏房袖, 忽浮平壤大同船〕'로 고쳐봤네"라고 말했다. 이방(吏房)은 수리(首吏)를 일컬은 말이다. 세상에서는 지방 수령이 이방의 말대로 움직이는 것을 이방 손아귀에 들어갔다고 말하고, 방언에 관직을 교체하는 것을 '띄우다〔浮〕'라고 한다. 이 말로 죽포를 희롱하였으니 한때 미담으로 전해졌다.

71

이상학의 신연시 희작

나라 풍속에 수령이 관아에 처음 부임할 때 소리(小吏)와 관노(官奴) 무리가 와서 영접하는 것을 신연(新延)이라 일컫는다. 이때 반드시 의복과 말을 사치스럽게 꾸미고, 음식도 반드시 풍성하게 접대하여 고을마다 다 그렇게 하였다. 해사(海槎) 이상학(李象學) 어른이 석성현감(石城縣監)으로 막 부임할 때[1] 고을이 지극히 빈곤하여 신연이 대단히 엉성하였다. 그때 해사가 장난삼아 다음 시를 지었다.

공방은 걷고 이방은 나귀 타고　　　　　　　工房徒步吏房驢

제일가는 위의(威儀)로 막 부임했네　　　　　第一威儀到任初

호피 한 장 장만하지 못해　　　　　　　　　一令虎皮藏不得

(수령이 새로 부임하면 관례상 호피를 덧댄 팔인여
(八人輿, 가마꾼 여덟 명이 메는 가마)에 태웠다.
관아의 장부에 가죽 한 장을 일령(一令)이라 했다.-원주)

삼끈과 새끼줄로 남여(藍輿)를 묶었구나　　　麻繩藁索縛藍輿

---

1 54칙의 이상학 주석 참조.

관비(官婢)를 읊은 시는 다음과 같다.

종일 모은 강가 섶은 태워도 불붙지 않아　　　　　　　　盡日浦柴燃不焰

퍼런 입술로 불을 때니 머리가 온통 재투성이네　　　　青脣炊火滿頭灰

남녀 사람들이 지금까지 외워 전한다.

72

신위의 소악부

자하(紫霞) 신위(申緯)가 동방에서 불리는 노래를 칠언절구 수십 편으로 번역하여 짓고서 '해동악부(海東樂府)'라 이름을 붙였다. 한 편 한 편이 놀랍고 빼어난데 그 가운데 다음 시가 있다.

황산곡(黃山谷) 안에 봄빛이 흐드러져	黃山谷裏蕩春光
이백화(李白花) 한 가지를 꺾어들고서	李白花枝手折將
오류촌의 도연명 댁 찾아갔더니	五柳村尋陶令宅
갈건에 술 거르느라 빗소리 찰랑대네[1]	葛巾漉酒雨浪浪

모든 이들이 가장 좋아하여 전해가며 외우는 작품이다. 내가 어느

---

1 신위의 『경수당전고』 17책, 「북선원속고(北禪院續藁)」에 실린 소악부(小樂府) 40수 중 '야춘곡(冶春曲)'이다. 『임하필기』에도 우리나라 사람들이 외워 전하는 대표적인 악부로 소개되었다. 이 시조는 많은 시조집에 수록된 유명한 시조로 원문은 "黃山谷 도라드러 李白花를 것거 쥐고 / 陶淵明 츠즈리라 五柳村의 드러가니 / 葛巾의 술 듣는 쇼리는 細雨聲인가 ㅎ노라."(『歌曲源流』 朴氏本)로 이삭대엽(二數大葉)이다. 자하의 한역시(漢譯詩)도 시조로 불려 "황산곡리 당춘절하고 이백화지 수절장을 / 오류촌심 도령댁하니 갈녹주우랑랑을 / 아마도 이 글 지은 자는 자하런가"(『남훈태평가』)라는 노래도 전하여 본문에서 말한 것처럼 널리 불린 정황을 말해준다. 당춘절은 탕춘광(蕩春光)의 오류이다.

날 밤 꿈속에서 영재(寧齋)를 마주보고 말하였다.

"자하의 악부는 모두 아름답습니다만 오직 '황산곡(黃山谷)' 한 편만은 아름답지 못합니다. 악부는 본래의 말에 근거를 두고 옮겨야지요. 이 노래의 첫 구절은 '황산곡 도라드러'인데 '도라드러'는 방언으로 '구불구불 들어간다'는 뜻입니다. 마지막 구절은 '갈건에 술 거르는 세우성인가'인데 '인가'는 방언으로 '긴가민가하다'라는 뜻입니다. '탕춘광(蕩春光)'이나 '우랑랑(雨浪浪)'은 모두 군더더기 말이지요. 그래서 제가 한번 세 구절을 고쳐서 '황산곡으로 구불구불 들어가, 이백화 가지를 손에 쥐고서, 오류촌 도연명 댁 찾아갔더니, 갈건에 술 거르는 소리는 빗소리인 듯〔黃山谷裏入透迤, 李白花枝手敢持. 五柳村尋陶令宅, 葛巾漉酒雨聲疑〕'이라 해보았습니다."

그랬더니 영재가 "맞네, 맞아"라고 했다. 다음 날 영재를 만나 꿈 이야기를 했더니 영재가 이렇게 말했다.

"악부는 전적으로 성조(聲調)를 위주로 하네. '탕춘광'이나 '우랑랑'이라 한 후에야 성조가 대단히 아름답네. 만약 그대처럼 '구불구불 들어가〔入透迤〕'나 '빗소리인 듯〔雨聲疑〕'이라 한다면 이는 곧이곧대로 엮어서 서술한 것이라 성조와는 동떨어지네."

내가 "제가 이 이야기를 할 때 선생의 대답이 틀림없이 이와 같을 줄 벌써 짐작했습니다"라 말하고 더불어 한바탕 웃었다.

73

꿈속에서 지은 시

어느 날 밤 꿈속에서 시를 한 수 지어 영재에게 부쳤으나 다음 두 개 연만 기억났다.

진씨와 주씨는 살구나무 아래 마을 이루고[1]	陳朱籬落杏花下
원진과 백거이는 버들 사이에서 풍류 즐기네[2]	元白風流楊柳間
나는 좁은 방[3]에서 병이 깊어가건만	我病深於方丈室
그대는 마니산만큼 재주가 높아가네	君才高似摩尼山

그때 영재는 강화도 마니산 아래에서 서울로 집을 옮겨 나와 이웃

---

1 당나라 서주(徐州) 고풍현(古豐縣)에 주씨(朱氏)와 진씨(陳氏)만 사는 마을이 있어 서로 혼인하며 화목하게 지냈다(『백낙천시집(白樂天詩集)』 권10, 「주진촌(朱陳村)」). 나중에는 풍속이 순박하고 인정 많은 동족 마을을 주진촌이라 일컬었다.

2 백거이는 동도(東都) 이도리(履道里)에 향산루(香山樓)를 짓고 원진을 비롯한 당시 명사들과 풍류를 즐겼다. 여기서 원진과 백거이는 이건창과 정만조를 비유한다.

3 좁은 방의 원문은 방장실(方丈室)로 보통은 주지의 거실을 가리킨다. 당(唐) 현경(顯慶) 연간에 왕현책(王玄策)이 서역(西域) 비야리성(毗耶離城)의 유마거사(維摩居士) 석실(石室)을 홀(笏)로 쟀더니 가로와 세로가 10홀이어서 방장실이라고 불렀다. 여기서는 시인이 살고 있는 좁은 방을 비유하였다.

하여 살고 있었고, 나 역시 마침 병들어 누워 있었기에 꿈속의 일은 모두 사실 그대로였다. 다만 진씨와 주씨 한 구절은 원진과 백거이에 대구를 맞추려고 절묘한 짝으로 썼을 뿐 별다른 뜻이 없었다. 그런데 십수 년 후에 내 딸이 영재의 아들 이범하(李範夏)의 아내가 되어[4] 일이 모두 미리 정한 꼴이 되었으니 꿈은 역시 황당무계하지 않은가보다! 그 뒤 내가 또 진도에 유배되었을 때 영재가 시를 부쳤는데 그 끝의 연(聯)이 다음과 같았다.

훗날에는 그대를 어디에서 기다릴까	他日期君何處是
살구꽃 향기 풍기는 주씨와 진씨의 마을이겠지	朱陳村畔杏花香

이 시도 내가 꿈에 지었던 내용을 활용하였다.

---

4 정만조의 맏딸은 기묘년(1879) 생으로 훗날 이건창의 아들 이범하와 혼인하였다.

74

영해민란 주모자의 시

지난 신미년(1871)에 영해부(寧海府)에 민란이 발생하여 부사(府使) 이정(李程)[1]을 죽이자 순찰영(巡察營)에서 즉시 토벌하고 제압했다.[2] 영해부 감옥이 죄수로 넘쳐 절반은 가장 가까운 영덕현(盈德縣) 감옥으로 옮겨 모두 법대로 처형하였다. 옥리(獄吏)가 감옥 벽면을 봤더니 다음과 같은 시 한 수가 적혀 있었다.

명성 없이 마흔 번째 봄 맞는 것도 부끄러운데[3]	自愧無聞四十春
늘그막에 포승줄이 몸을 겹겹 둘렀구나	晚來縲絏重加身
천금이면 안 죽는다는 속담은 말짱 헛말이니[4]	千金不死盡虛語

---

1 저본에는 이름이 밝혀져 있지 않으나 '영해 민중 봉기' 자료를 참조하여 보충했다.

2 시화에서 말한 민란은 영해민란 또는 이필제의 난으로 불리는 역사상 큰 사건이다. 1871년 (고종 8) 3월 10일 동학교도인 이필제가 동학 제2대 교주 최시형과 함께 500명의 동학군을 이끌고 영해에서 봉기하여 군기고의 병기를 접수한 뒤 부사 이정(李程)을 처단하였다. 갑오년 동학농민혁명의 전사(前史)로 평가될 만큼 중요한 사건이다.

3 『논어』 「자한(子罕)」에 "후생은 두려워할 만하니, 어찌 앞으로 올 사람들이 지금의 나보다 못하리라고 장담하겠는가. 그러나 40세 50세 되도록 세상에 알려지지 않으면, 역시 두려워할 필요가 없다고 하겠다(後生可畏, 焉知來者之不如今也. 四十五十而無聞焉, 斯亦不足畏也已)"라는 구절이 있다.

형구를 찬 이들 중에 몇 명이나 살아날까 　　三木能生有幾人

백성 위해 포악한 관리 제거하려 했건마는 　　欲爲生靈除虐吏

천지신명이 노여워할 줄 누가 알았으랴 　　誰知威怒觸明神

그로부터 몇 년이 지난 기묘년(1879)에 선친께서 영덕현감으로 부임하셨다. 그때 옥리가 이 시를 내게 알려줬으나 안타깝게도 그 옥리가 마지막 연(聯)을 잊어버렸고, 또 안타깝게도 어떤 죄수가 지었는지를 알지 못했다. 누군가가 "많은 죄수 가운데 박병문(朴炳文)이란 자가 있었는데, 영해 사람으로 재산이 제법 넉넉했고, 학문과 지식이 풍부하여 이웃 고을에서도 호걸로 일컬었다"라고 말한 것을 보면, 그가 지은 작품으로 보인다.5

4 월(越)나라 범려(范蠡)가 자신의 아들이 살인죄로 감옥에 갇혔을 때 "옛말에 천금을 가진 이의 자식은 저잣거리에서 죽지 않는다고 했다[諺語說, 千金之子, 不死於市]"라고 말한 일화가 『사기』 「화식전(貨殖傳)」에 나온다.

5 「영해부적변문축(寧海府賊變文軸)」(연세대 도서관 소장)에 따르면, 이 시는 남두병(南斗柄)이 지은 작품이다. 남두병은 울진 매일리에 사는 유학자로 영해민란에 적극 가담하여 「소모문(召募文)」을 작성하여 동학교도를 불러모았다. 그는 관군에 붙잡혀 혹독한 고문을 받고 죽었는데 죽기 전에 민란의 주동자인 이필제와 헤어지며 위에 실린 시를 지었다. 이 시는 「영해부적변문축」 끝에도 실려 있다. 시화에 실린 내용과는 조금 다르고 또 완전한 시이므로 다음에 인용하되 전혀 새로운 내용인 5구 이후부터 번역한다. "(문천상처럼) 연경의 옥에 갇혀 신음하는 것이 어찌 본래의 뜻이리오? 초나라 옥에 갇혀 마주 보며 눈물만 흘리다니 더욱 상심하누나! 어찌 알았으랴? 형제가 중도에 헤어질 줄을. 저승에서 이승 인연을 잇거나 바랄 뿐이네 [自媿無聞四十春, 晚來縲絏重纏身. 千金不死皆虛語, 三木能生有幾人. 燕獄哺吟寧本意, 楚囚對泣更傷神. 那知兄弟中途別, 願結他生此世因]."

75

조면호의 매화시

옥수(玉垂) 조면호(趙冕鎬)[1] 씨가 음관(蔭官)으로서 여러 차례 큰 고을을 맡다가 지위가 판서의 반열까지 이르렀다. 그러나 뼛속까지 청빈(淸貧)하여 집에 양식을 쌓아둔 항아리는 없었으나 그래도 매화 몇 그루는 키웠다. 그런 옥수가 다음 시를 지었다.

올해에도 또 매화를 얼렸으니　　　　　　　　　今年又見梅花凍
어떡하면 매화를 얼리지 않을까　　　　　　　　安得梅花不凍年

홍선대원군이 그 소식을 듣고서 명주(국산 비단의 이름이다.-원주)와 따뜻한 솜을 내려주자 즉시 휘장을 만들어 매화를 감쌌다. 그의 시 가운데 의고시(擬古詩)는 예스럽고 우아한 작품이 많았으나, 율시나 절구는 의고시에 미치지 못했다. 그가 다음 매화시를 지었다.

---

1 조면호(1803~1887)의 자는 조경(藻卿), 호는 옥수(玉垂), 본관은 임천(林川)이다. 추사 김정희의 제자이자 조카사위이다. 1837년(헌종 3) 진사시에 합격하고 순창군수·호조참판·지의금부사(知義禁府使) 등을 역임했다. 저명한 시인으로 문집에『옥수집(玉垂集)』이 전한다.

황량한 산에 해 저무니 누가 너를 예뻐할까 　　　　荒山歲暮誰憐汝

빈 골짜기에 봄 돌아오면 아껴줄 이 나타나겠지 　　　　空谷春回若有人

이 시를 암송하는 사람이 많았다.

76

송언회의 전별시

보당(葆堂) 서병수(徐丙壽)[1]가 평양서윤(庶尹)을 지내다 서울로 올라와 체직을 청하니, 조정에서 그가 떠남을 아쉬워하여 상원(祥原)으로 이직시켰다. 상원은 평양 인근 고을이다. 보당이 부임지로 떠날 때 시사(詩社) 동인들이 전별의 술을 마시며 시를 읊었는데 '관(寬)' 자를 운자로 얻었다. 북파(北坡) 송언회(宋彦會)가 지은 시구는 다음과 같다.

노인들 이제부터 두연과 시를 겨루려 했더니	父老如今爭杜衍
조정은 끝내 예관을 놓아주지 않았네[2]	朝廷終不免兒寬

옛일을 끌어다 사실을 서술하여 다른 작품이 미칠 수 없었다. 북파

---

1 서병수(?~1906)는 위당 정인보의 외삼촌이다. 1894년 평양서윤, 1896년 함열군수, 1898년 광양군수, 1899년 돌산군수 등을 역임했다. 돌산군수 재임 중 제작한 돌산군(突山郡, 전라남도 여수시 돌산읍) 지리지 『여산지(廬山志)』(일본 오사카부립 나카노시마도서관 소장본)가 전한다.

2 송언회는 시사 남사(南社)를 두연(杜衍)의 오로회(五老會)에, 서병수를 예관에 빗대어 시구를 완성했다. 송나라 두연이 말년에 남경(南京)에서 왕환(王渙)·필세장(畢世長)·주관(朱貫)·풍평(馮平)과 오로회를 결성해 술을 주고받으며 시를 지은 일이 『민수연담록(澠水燕談錄)』에 전한다. 예관은 품팔이나 밭일을 할 때에도 경서를 손에서 놓지 않았던 인물이다(『한서』 「예관전(兒寬傳)」).

는 이처럼 시를 잘 지을 뿐만 아니라 언변도 물 흐르듯 하여 풍류와 운치가 좌중을 사로잡았다. 얼마 전에 서병수의 부음을 접하고서 오랫동안 경악을 금치 못했다.[3]

---

3 서병수는 문화군수로 재직중 1906년 6월 26일에 갑자기 사망하였다. 『대한매일신보』 그 날짜에 그의 부음 기사가 났다. "서쉬영면(徐倅永眠). 안악군(安岳郡) 경내에 살옥(殺獄)이 발생한 고로 문화군수(文化郡守) 서병수 씨가 재검관(再檢官)으로 전왕(前往)하얏더니 검필후(檢畢後)에 안악군 아중(衙中)에서 경숙(經宿)하다가 일고불기고(日高不起故)로 문화 통인(通引)이 개호시지(開戶視之) 즉(則) 서군수가 여수자폐(如睡自斃)하야 안악군수 박이양(朴彛陽) 씨가 치상중(治喪中)이라더라."

77

김택영의 평양 명작

내 동년배 시인들이 시에서는 창강(滄江) 김택영(金澤榮)을 맹주(盟主)로 추대하였으나 추당(秋塘) 송영대(宋榮大)만은 인정하지 않았다. 창강의 시 가운데 평양을 읊은 여러 작품은 사람들 사이에서 가장 널리 읊어지고 전해졌으나, 추당은 시를 보고서 "거친 데만 눈에 뜨인다"라고 했다. 그러나 대가의 시에도 거친 데가 있으니 그 점은 옛 시인도 모면하기 어려웠다. 창강이 평양을 읊은 작품1 중에 다음 구절이 있다.

삼만 이랑 되는 푸른 비단 물결이   錦綠羅靑三萬頃

대동문 오르면 한꺼번에 날려오네   一時吹出大同門

갈댓잎에 서풍 불면 기러기 날아 가뭇하며2 蘆葉西風鴻鴈黑

복사꽃이 봄물에 뜨면 가마우지 붉어지리 桃花春水鷺鴛紅

---

1 첫 번째 시를 제외하고 모두 『소호당시집』 정본 1권, 「위사 이근수가 관찰사 조공을 보러 평양으로 가는 길에 내게 들러 시를 써달라고 하기에 드디어 장구 15수를 지어 색책(塞責)하였다. 아울러 영재 이건창에게도 부치니 영재가 먼저 위사를 배웅하는 시를 지었기 때문이다〔李韋史根洙將之平壤, 見觀察使趙公, 過余徵詩, 遂賦長句十五首塞之, 兼寄李寧齋學士, 學士先有送韋史之作〕」에 보인다.

대장부가 큰고니처럼 단번에 떠나3   丈夫一擧如黃鵠

대동강 중류에서 백구에게 말을 묻네   江水中流問白鷗

이런 시구는 아마도 추당의 비판을 피해 가지 못할 것이다.

벼랑에 기댄 용은 누각 그림자 속에 잠자고   側壁龍眠樓閣影

강을 건너던 꾀꼬리는 풍악 소리에 멈추네   過江鶯止管絃聲

정전(井田)의 무성한 봄풀에는 새가 내려앉고4   井田鳥下春蕪遠

패수 동굴의 기린은 슬픈 달밤에 날아오르네5   波窟麟飛夜月哀

제단에서 홍범구주 옛 자취를 더듬다가6   壇壝但捫疇範古

강산에 역사가의 인재가 없음을 한탄하리라7   江山長惜史才卑

---

2 소식의 「신식현에 들러 동향 사람 임사중에게 보이다[過新息留示鄕人任師中]」에 '험한 비탈길에 기러기 날아올라 하늘이 가뭇하네[陂陀鴈起天爲黑]'라는 시구를 활용하였다. 『소호당시집』에서 시인 스스로 그 사실을 밝혔다.

3 한 고조 유방(劉邦)이 지은 「홍곡(鴻鵠)」에 '큰고니가 높이 날아, 단번에 천리를 가도다[鴻鵠高飛, 一擧千里]'라는 구절이 나온다.

4 『소호당시집』에 "평양의 외성에는 기자(箕子)가 획정한 정전(井田)이 여전히 남아 있다[外城尙有箕子所畫井田]"라는 주석이 보인다.

5 『소호당시집』에 "속설에 고구려 동천왕이 기린을 타고 하늘로 올라갔다고 하지만 신민들이 꾼 꿈이 와전된 전설이다[俗云高句麗東川王乘麟上天, 蓋愓傳其臣民之所夢也]"라는 주석이 보인다.

6 『소호당시집』에 "기자묘에는 구주단이 있다[箕子廟有九疇壇]"라는 주석이 보인다.

7 『소호당시집』에 "고구려 이전의 역사는 모두 빠지고 누락되었다[高句麗以上, 史皆缺畧]"라는 주석이 보인다.

갑옷에 양식 꾸려 아침에 요동벌을 넘고 　　　　　　甲包糧食朝逾薊

횃불로 강산 밝혀 밤에 왜적을 격파했네. 　　　　　　火照江山夜破倭

이끼 낀 경관(京觀)8에는 창검이 묻혀 있고 　　　　　京觀土花埋劍戟

봄비 내리는 황량한 사당에는 담쟁이 뒤덮였네9 　　荒祠春雨陰藤蘿

이런 시구는 어찌 다른 시인들이 말할 수 있겠는가?

---

8 무공(武功)을 과시하기 위해 적군의 시체를 쌓고 위에 흙을 덮어 만든 큰 무덤.

9 『소호당시집』에 "평양에 사당을 두어 석성·이여송 등을 제사지낸다〔平壤有司, 享石星·李如松諸人〕"라는 주석이 보인다.

78

동몽시 명작

무릇 신동이라 일컬어지는 사람은 지은 시가 신묘하고 재치있거나 웅혼하고 장쾌하거나 하지만 모두 단숨에 토해낸 작품이라 노성하고 세련된 작품이 극히 드물다. 문효공(文孝公) 구당(久堂) 박장원(朴長遠)이 열한 살 때 산길을 가다가 지은 시구에 다음과 같은 작품이 있다.[1]

계곡길은 나무꾼을 만나 물어서 가고	溪路却憑樵客問
약초 이름은 때때로 스님들과 어울려 품평한다	藥名時與寺僧評

이는 어린아이의 구기(口氣)와는 전혀 다르다. 나와 비슷한 연배로는 영재 이건창이 다섯 살 때 그의 조부 충정공(忠貞公) 이시원(李是遠)이 전등사(傳燈寺)로 데리고 갔다가 시를 지어보라고 하자 즉시 다음과 같이 대답하였다.

아이는 부처님께 절하고 일어나고	兒童拜佛起

---

1 『구당집(久堂集)』 권1의 「삼각산 문수사를 노닐며〔遊三角山文殊寺〕」를 가리킨다.

절집에서 새들은 오락가락하네   佛家鳥徘徊

경재(經齋) 오한응(吳翰應)은 아홉 살 때 중양절(重陽節)에 다음 시를 지었다.

병든 잎사귀는 오락가락하다 떨어지고   病葉徘徊墜
이름 모를 꽃은 적막한 곳에서 향기를 뿜네   幽花寂寞香

모두 동년배들보다 크게 뛰어나다.

79

회인시의 주석

|

창작한 시가 전할 가치가 없다면 그만이지만, 전할 가치가 있다면 전 주(箋註)가 없어서는 안 된다. 예컨대 수원(隨園) 원매(袁枚)가 지은 회 인시(懷人詩) 31수[1]는 한 수도 이해할 수 없다. 그리운 벗의 사연을 쓰 면서 전주를 달지 않았으니 그 누가 알아낼 수 있겠는가? 숙부 설청 공(雪靑公)[2]께서 종산(鍾山) 홍기주(洪岐周) 어른과 주고받은 시에 다음 구절이 보인다.

오사란[3]은 금년에 만들었고   烏絲欄是今年製

양철쭉[4]은 내일이면 꼭 보리라   羊躑躅宜明日看

---

1 원매(1716~1797)는 자가 자재(子才), 호가 간재(簡齋)·수원(隨園)이다. 절강성(浙江省) 전 당(錢塘) 사람이다. 성령설(性靈說)을 주장하여 의고주의 사조에 반대했다. 그가 지은 회인시 31수는 구숙도(裘叔度)·장용가(莊容可) 등을 그리워하여 지은 시로『소창산방시집(小倉山房 詩集)』권3에 수록되었다.

2 설청은 정기춘(鄭基春, 1819~?)으로 자는 원서(元瑞), 호는 설청(雪靑)이다. 아버지는 동래 부사 정노용(鄭老容)이다. 1864년 창릉령(昌陵令)을 거쳐 1872년 사도시첨정(司䆃寺僉正)을 역임했다. 편서로『효릉지(孝陵誌)』가 있다.

3 오사란은 격자로 묵선(墨線)을 그은 종이로서 여기서는 오사란을 찍을 수 있는 판(版)을 가리 킨다.

사실을 절실하게 사용했고 대우(對耦)를 절묘하게 맞추었다고 종산 어른은 평했으나 무엇을 말하는 것인지 모르는 사람은 틀림없이 무슨 말인지 모를 것이다. 그 무렵에 시전지(詩箋紙)는 대체로 청나라 제작법을 본떠서 한지를 잘라 작은 종이를 만들고 오사란(烏絲欄) 판으로 찍었다. 설청공이 새로 판을 새겨서 시전지에 찍어보니 품질이 지극히 좋았다. 종산 어른이 보고서 "언제 어디서 이 시전지를 얻었습니까?"라고 묻자 설청공이 "근래 직접 만들었습니다"라고 대답했다.

그때 마침 설청공은 선친과 함께 회현방(會賢坊)의 화수정(花樹亭)에 머물고 있었다. 화수정의 정원에는 철쭉이 많아 꽃이 한창 활짝 피었다. 종산 어른이 숭릉(崇陵, 현종과 명성왕후의 능) 침랑(寢郎)으로 숙직하다가 "내일 숙직을 마치고 나가면 정원의 꽃을 꼭 보러 가겠습니다"라는 편지를 보내왔다. 그래서 설청공의 시어가 이렇게 쓰인 것이다. 이 시를 전주가 없다면 이해할 수 있을까?

---

4 양철쭉은 진달래과의 잎 지는 떨기나무로 『본초강목(本草綱目)』에는 "양이 그 잎을 먹으면 주춤대다 죽어버리기 때문에 양철쭉이라 한다"라는 도홍경(陶弘景)의 주석이 보인다.

80

순창의 시인 설규석

순창 사람 금호(錦湖) 설규석(薛奎錫)[1]이 내 집에 머물며 함께 공부했다. 제법 시재(詩才)가 있는 사람이었으나 서울에 막 이른 터라, 그의 이름을 아는 이가 없었다. 경오년(1870) 4월 8일에 남사(南社)의 명사들이 산중의 누각에 모여 초파일 연등 축제를 구경하며 시를 읊었을 때 금호가 다음 시를 지었다.

연등 걸린 나무는 꽃밭 옆의 시장에 천 길 높이 솟았고　千尋燈樹花邊市

풍악 소리는 버들 너머 다리에서 십 리 멀리 울리네　　十里笙歌柳外橋

이 시구로 금호는 이름이 나서 삼종형(三從兄) 규당(葵堂) 정범조(鄭範朝) 상공에게 크게 인정을 받았다. 이 해에는 마침 나라에 경사가 생겨[2] 상공이 편지로 호남관찰사에게 그 시구를 칭송하자 관찰사가 우등으로 합격시키마고 허락하였다. 그러나 금호는 시험에 응시도 하지

---

1 무명의 시인이나 정만조 부자와 친밀하게 지내 문집에 설규석과 수창한 시들이 실려 있다. 정범조 등과 시를 수창하여 「한상제금첩(漢上題襟帖)」을 만들기도 하였다.

못하고 죽었으니 나이가 겨우 30여 세였다. 재주가 있으나 단명하였으니 안타깝다.

---

2 1870년 음력 6월 25일에 흥친왕 이재면(흥선대원군의 적장자)의 장남인 영선군 이준용(李埈鎔)이 태어났다.

81

귀신의 시

사람들이 우상(虞裳) 이언진(李彦瑱)과 감산(甘山) 이황중(李黃中)[1]의 시를 귀신의 말이라고 한다. 두 시인이 기괴한 시어를 즐겨 썼기 때문에 귀신의 말로 지목한 것이다. 창강(滄江) 김택영(金澤榮)은 새벽길을 가며 지은 현포(玄圃) 윤치(尹治)의 시를 거론하고 귀신의 말이라 평한 적이 있다. 그의 시는 다음과 같다.

横한 강에 잎 지는 소리 멀리까지 들려오고　　　　木落空江響遠聞

하늘 가득 서리 머금고 누런 구름 설렁이네　　　　滿天霜意亂黃雲

갈대섬에 자는 기러기는 이야기를 나누는 듯　　　蘆洲宿鴈如相語

서쪽 산에 걸린 달은 반쪽으로 이지러졌네[2]　　　月在西峰缺半分

윤치의 시는 내가 많이 보지 못했으나 기괴한 시어를 일부러 쓰는

---

1 이황중(1803~?)의 자는 공일(公一), 호는 감산자(甘山子), 본관은 여주(驪州)이다. 김정희가 '천년의 절향(絶響)'이라 극찬했다고 전한다. 그의 시를 높이 평가한 김택영은 1919년에 남통(南通)의 한묵림서국(翰墨林書局)에서 『이감산시선(李甘山詩選)』을 간행하였고, 「감산자전(甘山子傳)」을 지었다.

寧齋詩話　李建昌　(完)

余游燕　與姜古歡　同車課吟　自此
微有所見於詩故　余嘗自謂爲一古
歡詩弟子」古歡之詩　於天趣　則
少遜　而此行　頗有自然之句　如
寒星皆在水　宿霧欲沉城　則雖唐
人　何以過之
近世詩人　惟甘山潛於仙學　古歡長
高　吾宗悟堂李黃之作　爲最
時之名家也　甘山潛於仙學　古歡長
於佛理　悟堂專平洛閩家法　終至膚
弓旌之招　乃拓至其詩　則佛理好學
大似靖節　子昂　黃太史
詞理俱勝　則又博探菁華
於佛理　悟堂專平洛閩家法　終至膚
佳　云
凡作畫爲詩　須無意於佳　乃
須以神的意思爲畫　巖溪浪論
詩云　如鏡花水月　玲瓏透徹　羚羊
掛角　無處可尋　漁洋詩　如五龍
鱗爪　東現西沒

이건창(李建昌), 『영재시화(寧齋詩話)』 연재 기사(위)와 『영재집(寧齋集)』(아래)

『영재시화』는 『용등시화』의 연재가 끝난 다음 날부터 5회에 걸쳐 『매일신보』에 연재되었다. 이건창은 마지막 회차(1938년 12월 9일자)에서 감산 이황중을 근세 시인 가운데 최고로 손꼽았다. 실학박물관에 소장 중인 『영재집』에는 5칙 뒷부분이 누락된 채 필사되어 있다.

시인은 아닌데, 이 시는 귀신의 말처럼 자연스럽다.

---

2 이덕무는 『청비록(淸脾錄)』 권2에 윤치의 이 시를 싣고서 다음과 같이 평했다. "윤치는 자가
자정(子精), 호가 현포다. 시가 매우 맑고 날카로우며, 속됨을 초월했다. 그가 가을밤에 다음
시를 지었다. '황량한 언덕 고목에서 바람소리 멀리 들려오고, 밤 깊어 서리 빛으며 누런 구름
설렁이네. 갈대섬에 기러기 떼는 이야기를 나누는 듯, 추운 산에 걸린 달은 반쪽으로 이지러
졌네.'〔尹治, 字子精, 號玄圃, 詩甚淸刻拔俗. 秋夜有詩曰, '老樹荒岡響遠聞, 夜深霜意亂黃雲. 蘆
洲羣鴈如相語, 月在寒峯缺半分.'〕"

82

심홍택의 아들 떠돌이 시인

내가 어렸을 때 호서(湖西) 지방에는 심홍택(沈弘澤)이란 사대부가 있었으나 뜻밖에 재앙을 만나 옥에서 죽었다.[1] 그의 아들 심상모(沈相某)는 시를 잘 지었으나 아버지 일에 연좌되어 폐고(廢錮, 종신토록 관리 자격을 박탈)당하고 강호를 떠돌았다. 그가 도롱이 삿갓을 읊은 시를 지었으니 다음과 같다.

강호의 본색이 원래 이와 같나니　　　　　　江湖本色原如此
비바람 부는 앞길은 알 길 없구나　　　　　　風雨前頭未可知

내가 이 시를 듣고서 불쌍히 여겼다. 그가 살아 있는지 죽었는지 여전히 모른다.

---

1 심홍택은 공주의 진사로 동학교도 이필제(李弼濟)를 돕다가 발각되어 장살당했다. 이필제가 1869년(고종 6)에 공주·천안 등지에서 동학교도와 난을 주동했을 때 심홍택이 재력가로서 김낙균(金洛均)·양주동(梁柱東)과 함께 그를 도왔다. 모의가 사전에 발각되어 심홍택과 양주동은 장살당하고, 이필제와 김낙균은 도망했다. 이필제는 영해로 도망하여 74칙에 나오는 영해민란을 주동하였다. 함께 붙잡힌 아들 심상학(沈相鷽) 역시 1870년 5월 28일 옥사하였다.

83

윤자덕의 문장과 이건창의 평가

문헌공(文獻公) 국헌(菊軒) 윤자덕(尹滋悳)¹은 경산(經山) 정원용(鄭元容) 상공의 외손자이다. 관각(館閣) 문장을 잘 지었으나 시는 전문으로 하지 않았다. 국헌이 황주(黃州) 월파루(月波樓)를 읊은 시는 다음과 같다.

넓은 들 삼킨 하늘은 나무에 내려앉고　　　　　　　　平呑野色天低樹

강 복판을 짓누른 달 아래 누각 위에 솟았네.　　　　直壓江心月湧樓

아름다운 시구라고 사람들이 칭송하였으나 단지 젊은 시절의 작품일 뿐이다. 남한산성 서장대(西將臺)²를 읊은 시는 다음과 같다.

강물은 흘러도 유유한 옛 역사는 잊지 못하고　　　　水流未忘悠悠事

1　윤자덕(1827~1890)의 자는 중수(仲樹), 호는 국헌(菊軒) 또는 현호(玄湖), 본관은 파평(坡平)이다. 1848년 문과에 급제한 이후, 1866년에 이조참판을 지냈고, 1875년에 광주부유수(廣州府留守)로 나간 뒤 뒤에 경기도관찰사가 되었다. 훗날 병조판서와 형조판서를 역임하였다.

2　남한산성 수어장대(守禦將臺)의 이칭으로 1624년(인조 2) 남한산성을 축조할 때 세웠다. 건물 안쪽에 병자호란 때 인조가 항복한 치욕과 북벌을 이루지 못한 효종의 원통함을 잊지 말자는 뜻에서 무망루(無忘樓)라 붙인 현판이 걸려 있다.

하늘은 트여도 아득한 마음은 가누기 어렵네　　　　　天闊難爲渺渺情

유장하고 원대하여 음송할 만하다. 공이 광주유수(廣州留守)로 재직하고 있을 때 61세 회갑을 맞아 영재 이건창이 다음 시를 지어 축수하였다.

내제(內制)의 문장은 구양수처럼 성대하고3　　　　內制文章歐老盛
서경(西京)의 덕업은 부필(富弼)처럼 드높네4　　　　西京德業富公尊

공이 이 시를 얻고서 조용히 내게 "봉조(鳳朝, 영재의 자-원주)가 '내제의 문장'이라 읊은 시구는 나를 한낱 관각 문장이나 잘 짓는 사람으로 취급했군"이라고 불평했다. 내가 이 말을 영재에게 살짝 귀띔해주자 영재는 깜짝 놀라며 이렇게 말했다.

"가당키나 한 말인가! 내가 처음 서울에 왔을 때 현호(玄湖, 국헌의 처음 호-원주) 어른에게는 고문을 배웠고, 추금 강위 어른에게는 시를 배웠네. 현호 어른은 일찌감치 명성을 드날려 조정의 근엄한 문장이 그 어른 손에서 많이 나왔네. 그러니 관각 문장에 뛰어난 점은 사실이네만, 그렇다고 어찌 다른 시문이 뒤처진다는 말이겠는가! 그냥 구양수

---

3 송대(宋代)에는 내제(內制)와 외제(外制)의 양제(兩制) 제도를 두고, 한림학사(翰林學士)가 담당한 내제는 황제의 조서를 쓰는 일을 맡았다. 구양수는 조서를 잘 지어 그의 문집에는 내제집과 외제집이 나뉘어 있다.

4 서경(西京)은 낙양(洛陽)으로 송대에 문언박(文彦博)이 서경유수(西京留守)로 재직할 때 부필과 사마광(司馬光) 등 13인의 학덕 높은 노인들과 낙양기영회(洛陽耆英會)를 결성하여 즐겼다. 부필은 인종(仁宗)부터 신종(神宗) 대에 활약한 송대를 대표하는 명신의 한 사람이다.

고사를 인용하다보니 우연히 그리되었을 뿐일세."

내가 또 영재의 말을 공에게 전해주자 공은 마침내 의심을 시원하
게 떨쳐냈다.

84

정현오의 실의와 득의

강재(康齋) 정헌시(鄭憲時)가 나를 오라고 하여 밤에 시를 읊은 일이 있었다. 그때 한자리에 있던 예닐곱 사람은 모두 벼슬을 하고 있었으나 강재의 종숙부 수산(壽山) 정현오(鄭顯五)[1]만 나이가 들었어도 과거에 급제하지 못하였다. 그가 시를 지었는데 그 시의 결구(結句)가 다음과 같았다.

이제 옛 친구들은 모조리 관복을 입었구나   如今舊要盡藍袍

좌중 모두가 풀이 죽어 지내는 그를 안타까워하였다. 그로부터 며칠 후에 수산이 대과(大科)에 합격하자 이당(二堂) 이중하(李重夏)가 곧바로 가서 축하했다. 신래 불림〔呼新來. 신입 관리에게 행하는 신고식〕으로 먹으로 낙서하며 그의 도포 뒷면에 '이제 옛 친구들은 모조리 관복을 입었구나'라고 쓰자 이를 본 사람들이 통쾌하게 여겼다. 수산의 시는 대우(對耦)를 잘 맞추었다.

---

1 정현오(1839~?)의 자는 경규(景奎), 호는 수산(壽山), 본관은 초계(草溪)이다. 정기화(鄭慶和)의 아들이고, 정대림(丁大林)의 사위이다. 1888년 문과에서 병과(丙科)로 급제하였다.

귀리의 가지런한 허리는 나는 나비처럼 힘차고   燕麥齊腰飛蝶健

뽕나무의 부릅뜬 눈은 물에 담근 누에처럼 살쪘네   魯桑努眼浴蠶肥

그가 지은 다른 작품도 모두 이와 비슷하다.

85

초강 김상우 부자의 시재

내가 선친을 따라 은진 관아에 머물 때 충청도와 전라도에서 초강(楚江) 김상우(金商雨)[1]가 시로 명성이 자자하다는 얘기를 이따금 들었다. 하루는 두세 시벗과 배 타고 백마강을 노닐고자 강경포에서 배에 오르는데 거칠고 파리한 백발노인이 지팡이를 짚고 뱃머리에 이르러 물었다.

"정무정(鄭茂亭)이 누군가?"

내가 응답하자 노인이 말하였다.

"난 김초강일세. 우연히 강경에 들렀다가 무정 자네가 마침 배 타고 백마강을 노닌다고 들었네. 따라가고 싶군."

나는 그때 겨우 20세였고 초강은 이미 70여 세였다. 두 손 모아 절하고 맞이하여 배에 들었다. 초강이 마침내 의관을 벗고 술을 찾더니 큰 잔으로 들이켰다. 운을 낼 때마다 번번이 먼저 지었는데 그렇게 지은 시에 다음 시구들이 있었다.

---

1 김상우는 강위의 시벗이다. 강위의 시집에 주고받은 시가 다수 실려 있고, 정만조 부자나 이근수와 주고받은 시가 그들 문집에 전한다.

부평 같은 내 신세는 집에서도 과객인 듯   萍梗此身家亦客

건곤이 온통 물이니 간들 어디로 가나   乾坤皆水去安之

이 몸이 정착할 데 없는 줄은 잘 알지만   但覺此身無住着

어느 곳이 모래톱인지는 잘 모르겠네   不知何處是汀洲

시를 짓고 나서 바로 또 술을 진탕 마셨다. 노래를 부르다가는 또 통곡하길래 실의에 빠져 제멋대로 행동하는 줄로 알았다. 낙화암에 도착하였는데 낙화암은 백제가 멸망하자 궁녀들이 떨어져 죽은 곳이다. 자리를 함께한 손님이 '계(階)', '애(涯)', '매(埋)', '재(齋)', '시(柴)'를 운자로 불렀다. 사람들이 모두 시제가 기이하고 운자가 험하다고 하여 다른 것으로 바꾸려 했으나 초강은 벌써 불쑥 다음 시를 지어냈다.

궁궐 섬돌 내려오면 그게 바로 화근이라   一下宮階卽禍階

강변 따라 어지럽게 봄꽃이 떨어졌네   春花亂落緣江涯

나비의 넋은 향기로운 바람에 흩어지지 않았는데   蝶魂不逐香風散

물고기 배 속에 옥골 묻을 줄 누가 알았으랴   魚腹誰知玉骨埋

물결 위를 사뿐사뿐 걸어와서   若有輕盈波上步

부처 앞에 원업을 씻으려는 듯   也將寃業佛前齋

(바윗가에 고란사가 있어서 그곳에서 시를 지었다.-원주)

언덕에 뿌린 벽혈2은 푸른 풀로 변해   原頭碧血爲靑草

나무꾼 지게 위의 땔감으로 흩어졌구나   散入樵夫一擔柴

온 좌중이 시를 보고서 눈을 휘둥그레 떴다. 관아로 돌아온 뒤로 선친께서는 그를 관아에 맞아들여서 때때로 시를 주고받았다. 종산(鍾山) 홍기주(洪岐周) 선생이 마침 은진 관아에 들렀다가[3] 그를 만나 다음 시를 주었다.

온 식구가 끼니 걸러도 마음은 태연하고	全家無食心猶樂
재사를 아끼는 일념은 늙도록 잊지를 않네	一念憐才老未忘

선생은 벌써 그의 사람됨을 잘 알고 있었으니 이 시는 그의 실정을 사실대로 드러내었다. 초강은 이 시를 얻고서 또 통곡하였다. 나중에 소문을 들으니 결국 객지에서 죽었다 한다. 훗날 그의 아들 석정(石貞) 김성제(金性濟)[4]가 나를 찾아와 자신이 쓴 시고(詩稿) 한 권을 보여주었는데 종종 부친보다 나은[5] 면이 있었다. 칠언절구는 뾰족하여 유별났으니, 예컨대 추풍령 시는 다음과 같다.

---

2 충신이나 열사의 피를 가리킨다. 주(周)나라 경왕(敬王)의 대부인 장홍(萇弘)은 충언이 받아들여지지 않자 촉(蜀)으로 돌아가 자결했는데 그의 피가 벽옥(碧玉)으로 변했다는 고사가 『장자(莊子)』「외물(外物)」편에 나온다.

3 홍기주가 용궁현령(龍宮縣令)에서 순창군수(淳昌郡守)로 승진하여 부임하는 길에 은진에 들러 정만조 부자와 시를 주고받았다.

4 석정은 김성제의 호로 김상우의 아들이다. 김성제(金聖濟)로 쓰기도 한다. 정만조는 『자각산관초고』의 「석정 김성제는 시를 잘한다고 호서에서 유명하다. 쇠약한 몸을 이끌고 나를 찾아와서 밤에 이야기를 나누고 율시 한 수를 지었다[金石貞聖濟, 以能詩鳴湖西, 曳衰見訪夜話一律]」에서 "김성제는 일찍부터 추금 강위를 종유하며 시문을 배웠다. 또 일찍부터 소산 이응진 판서를 사사하였다[金友早從姜秋錦瑋學詩文, 又嘗師事素山李尙書應辰]"라는 주를 달았다.

노를 치며6 조선을 맑게 하려는 초심에 　　　　　　　　　　擊楫初心左海清

육천 병마가 여기에서 남쪽을 정벌했네 　　　　　　　　　六千兵馬此南征

임진왜란 그해 오월 추풍령에서 　　　　　　　　　　　　壬辰五月秋風嶺

상산(常山)의 두 형제는 힘을 다 썼네7 　　　　　　　　力竭常山兩弟兄

다음은 숭정(崇禎) 매화8 시이다

누가 간을 맞춰 국 끓이는 손9을 잘못 써서 　　　　　　　何人誤了調羹手

---

5 '부친보다 나은'의 원문은 '跨竈'이다. 송(宋) 호계종(胡繼宗)은 아궁이를 조(竈)라 하니 아들
　이 부친보다 나을 때 '아궁이를 뛰어넘어 연통을 부순다〔跨竈撞破煙樓〕'라는 비유를 쓴다고
　했다(『서언고사(書言故事)』). 청(淸) 고사기(高士奇)는 말의 앞발 사이를 조문(竈門)이라 하
　는데 좋은 말이 달릴 때 뒷발이 조문에 닿으므로 부친보다 아들이 훌륭함을 비유한다고 했다
　(『천록지여(天祿識餘)』).

6 진(晉)나라 조적(祖逖)이 강물 중류에서 노를 두드리며 "중원(中原)을 맑게 만들지 않고는 돌
　아오지 않겠다"라고 다짐하였다(『진서』 「조적전(祖逖傳)」).

7 상산 두 형제는 본래 안녹산 난 때 상산을 지키다가 죽은 안고경(顏杲卿)과 그의 종제(從弟)
　안진경(顏眞卿)을 가리킨다(『구당서(舊唐書)』 권128, 「안진경열전(顏眞卿列傳)」; 권187下, 「충의
　열전(忠義列傳) 안고경(安杲卿)」). 여기서는 임진왜란 당시 추풍령을 지키다가 전사한 의병장
　장지현(張智賢, 1536~1593)과 그의 사촌동생 장호현(張好賢)을 가리킨다. 장지현은 의병 2
　천 명을 모아 추풍령에서 왜적을 맞아 싸우다가 1593년 5월에 전사하였다. 고종 1년(1864)에
　송환기(宋煥箕)가 비문을 지어 추풍령에 순절비를 세웠다. 정만조는 『자각산관초고』의 「석
　정 김성제가 이별을 앞두고 시를 써달라고 하여 바로 써서 증정하였다〔石貞臨別索詩, 走筆寫
　贈〕」에서 '열사가 잊혀질까 안타까워해, 오월에 전사한 추풍령 비문을 읊었네〔烈士惜湮滅, 五
　月秋嶺碑〕'라 하고, 앞 구절에 "석정은 추풍령의 충신 장지현의 비를 두고 지은 시가 있다〔石
　貞有秋風嶺張忠臣碑詩〕"라는 설명을 덧붙였다.

8 대명매(大明梅)를 가리킨다. 명나라 말엽에 중국에서 가져온 매화를 대명매라 부르고, 명나
　라의 멸망을 안타까워하는 마음을 표현하였다. 숭정은 자결한 명나라 마지막 황제의 연호이
　다. 정만조는 위 주석에서 밝힌 시에서 또 '남은 충성심 숭정제에 눈물 흘려, 매화가 새 시에
　들어갔네〔遺忠泣崇禎, 梅花入新詞〕'라고 하여 이 시를 그의 주요 작품으로 거론하였다.

끝내 명나라를 멸망으로 몰아갔던가 　　　　　　竟使神州到陸沈

그 밖에도 놀랍고 빼어난 시구가 대단히 많다. 홍문관제학을 지낸 소산(素山) 이응진(李應辰)[10]이 그의 시고에 다음과 같이 썼다.

천지간의 맑은 기운 흩어져서 만든 사물 　　　　乾坤淸氣散而爲

보옥 같은 꽃과 풀이 갖가지로 기이하다 　　　　花草瓊瑤種種奇

조물주의 치우친 재능 부여 이상히 여겼더니 　　嘗怪化工偏賦物

사람에게선 이제야 석정의 시에서 보겠구나 　　於人今見石貞詩

그를 이렇듯이 장려하고 치켜세워주었다.

9 간을 맞춰 국을 끓인다는 말은 국가의 정사를 처리하는 행위를 비유한다. 은나라 고종(高宗) 이 신하 부열(傅說)에게 "만약 간을 맞춰 국을 끓인다면, 너는 소금과 매실이 되라[若作和羹, 爾惟鹽梅]"(『서경(書經)』, 「열명(說命)」)라고 한 말에서 유래했다.

10 41칙의 각주 참조.

86

혼례날의 시짓기

나는 열네 살 때 묘재(卯齋) 박제순(朴齊恂)[1] 선생의 문중으로 장가를 갔다. 선생께서는 재능이 있다고 알려진 나를 사랑하셔서 사위 방에 머물게 하고 시를 지어보라고 권하셨다. 나는 그때 다음 시를 지었다.

사위 방의 나는 사흘 동안 객이 되고[2]	甥館我爲三日客
딸 침상의 그대는 백년의 짝이 되었네	女牀君作百年人

그 뒤에 들으니, 담원(澹園) 정일우(鄭日愚)[3]가 동번(東樊) 이만용(李晚用)[4]의 사위가 되었을 때도 똑같이 열네 살이었고, 혼례일이 7월 7

---

1 박제순(1831~?)의 자는 군익(君翼), 호는 묘재(卯齋), 본관은 반남이다. 소론으로 고종 때에 시종원부경(侍從院副卿)을 지냈다. 그의 장남은 박이양(朴彝陽, 1858~1925), 차남은 박희양(朴熙陽, 1867~1932)으로 모두 문과에 급제하여 조선 말기에 고관을 지냈고, 친일반역자로 부역하였다. 문집에 『묘재집(卯齋集)』이 남아 있다.

2 전통 혼례 절차에서는 신부집에서 혼례를 치르고 신랑이 보통 사흘을 보낸 다음 신부와 함께 본가로 들어갔다.

3 정일우(1816~?)의 자는 유중(有仲), 호는 담원(澹園)으로 이만용의 사위이다. 검서관과 전설 서 별제 등 내직을 두루 역임하고, 1882년 용안현감(龍安縣監)을 역임하였다. 절세(絶世)의 재기(才氣)를 지닌 시인으로 이름이 있었다.

일이었다. 담원이 그때 다음 시를 지었다고 한다.

인간세계 아녀자가 시절을 알 듯이　　　　　　　人間兒女知時節

천상세계 신선들은 가정을 꾸리네　　　　　　　天上神仙有室家

내가 담원에게 한참 뒤처진다.[5]

---

4 이만용(1792~1863)의 자는 여성(汝成), 호는 동번(東樊)으로 19세기 전반기의 저명한 시인
　이다. 서파(庶派) 시인으로 당대 명사들과 교유가 깊었으며, 많은 시를 지어 작품이 많이 남아
　있다. 고종 때에 『동번집(東樊集)』이 간행되었으나 더 많은 작품이 전한다.

5 '뒤처진다'의 원문은 '不及三十里'이다. 30리는 남과의 재능 차이를 나타낸다. 동한(東漢) 채
　옹(蔡邕)의 조아비(曹娥碑)에서 '황견유부외손제구(黃絹幼婦外孫齏臼)'라는 대목을 보고 주
　부(主簿) 양수(楊修)는 바로 뜻을 알아차리고 조조(曹操)는 약 30리 가서야 알아차렸다는 고
　사가 전한다(『세설신어(世說新語)』, 「첩어(捷語)」).

87

이상수 이건초 부자의 시

추금(秋琴) 강위(姜瑋)의 시에 다음과 같은 구절이 있다.

두루 노닐며 명사들 많이 겪었으나	遊歷多名士
어당(峿堂)이야말로 나의 스승일세	峿堂是我師

　경재(經齋) 오한응(吳翰應)이 어당의 수제자여서 그를 통해 나는 어당의 시를 많이 읽었다. 전아하고 드넓어 근래에 얻기 힘든 작품이었다. 어당은 산림의 선비 이상수(李象秀)[1]의 호이다. 내가 어당의 아들 단농(丹農) 이건초(李建初)[2]를 염암(念菴) 윤병수(尹秉綬)가 마련한 자리에서 만났더니 단농은 자기가 지은 시를 암송해주었다.

1　이상수(1820~1882)의 자는 여인(汝人), 호는 어당(峿堂), 본관은 전주(全州)이다. 19세기 중반의 저명한 문인으로 재야에 은거하며 창작에 힘쓰고, 제자를 길렀다. 서응순(徐應淳) 등과 동문수학했고, 임헌회(任憲晦)·윤정현(尹定鉉)·신헌(申櫶) 등과 교유했으며, 박문호(朴文鎬)·오한응(吳翰應) 등을 가르쳤다. 저서에『어당집(峿堂集)』이 있다.

2　이건초의 자는 태린(太隣), 호는 단농(丹農)으로 이상수의 아들이다. 조선 말기의 저명한 시인이나 요절하였다.『농정촬요(農政撮要)』를 교정하였다.

복사꽃이 물에 비치더니 홀연 깨달은 듯하고 　　　　桃花照水忽如悟

꾀꼬리는 구름 너머에서 때때로 우네 　　　　　　　黃鳥隔雲時一鳴

　나는 기이하고 가파른 그의 시에 탄복하였으나 나중에는 점점 순수하고 고아한 데로 들어갔다. 부친의 삼년상을 마치고 지은 시는 다음과 같다.

인간 세상 첫째 즐거움3 내가 어찌 누리랴 　　　　　人間一樂吾何及

지하에서 다시 만남이 정녕코 나으리라 　　　　　　地下重逢定不如

　전신주를 읊은 시는 다음과 같다.

이제부터 우레 번개 없는 날이 없으리니 　　　　　　從今雷電無虛日

누가 소나무 삼나무에 액운의 해 되게 했나4 　　　　誰遣松杉有厄年

　어느 시나 지극히 간절한 시어이다. 사람들은 단농의 시가 어당의 시보다 낫다고 여긴다. 그러나 어당이 영월(寧越) 장릉(莊陵, 단종의 능)

---

3 첫째 즐거움〔一樂〕은 『맹자』 「진심 상(盡心上)」의 군자삼락(君子三樂)에서 나온 말이다. "부모가 모두 살아계시고 형제가 무고한 것이 첫째 즐거움이고, 위로 하늘에 부끄럽지 않고 아래로 남에게 부끄럽지 않은 것이 둘째 즐거움이며, 천하의 영재를 얻어 교육하는 것이 셋째 즐거움이다〔父母俱存, 兄弟無故, 一樂也. 仰不愧於天, 俯不怍於人, 二樂也. 得天下英才而敎育之, 三樂也〕."

4 이기(李琦)가 편찬한 『조야시선(朝野詩選)』에 8제 12수가 뽑혀 있다. 이 작품은 「귀향한 다음날 미국 사신의 전신(電信)을 읊은 작품을 듣고서〔歸旅翌日, 聞美國使者電信之作〕」의 경련이다. 또 칠언율시 「전선을 읊다(詠電線)」 2수도 있다.

을 읊은 시를 보자.

요순 임금 전한 것은 다만 왕위선양인데 　　　　　　堯舜當之惟有禪

이런 두메산골에 두다니 무슨 마음일까5 　　　　　　江山如此作何心

이는 단농이 말할 수 있는 작품은 아닐 것이다.

---

5 요순 임금 같은 세종과 문종이 왕위를 선양했건마는 세조가 단종을 폐위하고 노산군(魯山君)
　으로 강봉하여 강원도 두메산골 영월로 내쫓은 사실을 말하였다.

88

강위 시의 풍신

시인에게서는 언제나 풍신(風神, 풍모와 정신)이 넘치면 실사(實事, 실제의 일)가 부족해질 것을 염려하게 된다. 추금(秋琴) 강위(姜瑋) 선생은 시에서 풍신을 전적으로 높이기는 하나 실사도 잘 활용하였다. 선친께서 봄버들 시를 지었을 때(관련한 사연이 위에 보인다.-원주)[1] 추금 선생은 나의 종형 용산(蓉山) 정건조(鄭健朝)를 따라 청나라에 들어갔다. 귀국한 후에 선친께서 선생을 맞아들여 화수정(花樹亭)[2]에서 시를 읊었다. 화수정은 종조부 경산(經山) 정원용(鄭元容) 공의 산장(山莊)이다. 추금 선생의 시는 다음과 같았다.

풍류는 치렁치렁 늘어진 새로운 봄버들이요[3]   風流濯濯新春柳

---

1 『용등시화』 10칙에 관련한 내용이 소개되었다. 계유년(1873) 봄에 정기우(鄭基雨)가 선공감(繕工監)에서 숙직하면서 봄버들을 읊었다.

2 화수정은 남산 아래 회현동에 있었던 정자로 경산 정원용의 소유였다. 정원용이 지은 「화수정상량문(花樹亭上樑文)」이 있다. 정원용은 이 누정을 정기우에게 거처하라고 빌려주어 1867년 이래 정기우·정만조 부자가 화수정으로 이사하여 지내면서 남사 동인의 시사가 여기에서 자주 열렸다.

3 진(晉)나라 왕공(王恭)의 용모를 "봄버들처럼 치렁치렁하다〔濯濯如春月柳〕"라고 평한 고사가 전한다(『진서(晉書)』 권84, 「왕공열전(王恭列傳)」).

사실을 활용하였으나 풍신은 정녕 어떠한가?

추금 선생은 시회에서 언제나 운자를 부르면 이내 잠들고 우렁차게 코를 골아 남을 방해하였다. 그래서 늘 가장 구석진 곳으로 가서 홀로 누웠다. 밤에 강재(康齋) 정헌시(鄭憲時)의 시회에 갔더니 이당(二堂) 이중하(李重夏)도 와 있었다. 당시에는 강재와 이당 모두 지방의 수령에 제수될 것이라는 이야기가 돌았다. 위사(韋士) 이근수(李根洙)가 "근래 듣자니 두 분께서 모두 고을 원님이 된다더군요. 만약 그렇게 된다면 부임하기 전에 꼭 먼저 자금을 내어 시회를 열어야지요. 이 시축을 약속 증서로 정합시다"라고 말을 꺼냈다. 추금 선생은 벌써 곤히 잠이 들었으나 시축에 시를 쓸 때에 일어나 다음과 같이 읊었다.

풍운이 성대한 시절에 두 분 함께 고을 맡으니　　　風雲盛際俱爲郡
산수를 떠도는 기구한 과객도 산을 사겠구나5　　　海嶽畸裝可買山

그제야 추금 선생은 코를 골며 자더라도 다 듣고 있음을 알아차렸다. 훗날 여러 차례 겪어보니 정말 그러했다

4　당나라 명재상 배도(裴度)가 벼슬에서 물러나 낙양(洛陽)에 머물며 오교에 별장을 지은 이후 은퇴한 재상의 처소를 오교장(午橋莊)이라 불렀다. 여기에서는 우의정·좌의정·영의정을 역임한 정원용(1783~1873)의 별서 화수정을 가리킨다.

5　진(晉)나라 승려 지도림(支道林)이 사람 편에 심공(深公)의 인산(印山)을 사려 하자, 심공이 '소부(巢父)와 허유(許由)가 산을 사서 은거했다는 말을 들은 적 없다'고 답했다(支道林因人就深公買印山, 深公答曰, 未聞巢由買山而隱)는 고사가 전한다(『세설신어(世說新語)』「배조(排調)」). 기구한 과객은 이근수를 가리킨다.

89

지위가 낮은 재사 친구들

조정에서 사람을 쓸 때 너무 각박하게 집안을 따져서 인재를 많이 잃을 뿐만 아니라 나라의 원기(元氣)를 손상시키는 일도 적지 않다. 종랑(鍾浪) 조희평(趙熙平)과 청은(青隱) 이인천(李寅天) 두 사람은 모두 내가 어린 시절에 함께 알고 지낸 이들이다. 종랑은 학문이 깊고 수리(數理)에 통달하였으며, 시재(詩才)도 남달랐다. 다음은 그가 지은 시구이다.

꽃은 어쩔 수 없이 피었다 또 지고	花無可奈開還落
돌은 말 못한 채[1] 취했다 다시 깬다	石不能言醉復醒

병석에서 봄을 보내자니 백발만 늘어나	病裏送春添髮白

---

1 '돌은 말하지 못한다[石不能言]'라는 표현은 다음의 고사에서 유래했다. '진(晉)나라 위유에서 돌이 말을 했다[石言于晉魏楡]'라는 소문을 듣고 진 평공(平公)이 사광(師曠)에게 진위를 물었다. 사광은 "돌은 말을 하지 못합니다. 무언가 빙의되었거나 아니면 백성들이 잘못 들은 것입니다[石不能言. 或馮焉, 不然, 民聽濫也]'라 말하고는 '토목공사가 철에 맞지 않아 백성들 사이에서 원망과 비방이 진동하면 말 못하는 사물이 말을 하기도 한다[作事不時, 怨讟動於民, 則有非言之物而言]'라는 전언으로 진 평공의 사기궁(虒祁宮) 건축을 경계했다(『춘추좌씨전』 소공(昭公) 8년).

산속에서 술을 사려고 초청2을 부르네   山中沽酒喚樵靑

남에게 부끄럽도록 후한 보살핌 많이 받았고   有愧於人多厚眷
나를 내치지 않으니 높은 풍모 보겠구나   不遐棄我見高風

모두가 아름다운 시구이다. 청은은 태도와 인품이 단아하고 기품이
있으며, 시에는 정한(情恨)이 담겨 있다. 다음은 그가 지은 시구이다.

십 년 동안 직함은 여전하게 초라해도   十載頭銜依舊冷
몇 사람의 깊은 정은 나에게로 깊어가네   幾人情曲向吾多

집에 가서 깊은 은혜 자랑하니 처자식은 기뻐하나   歸詑深眷妻孥喜
옛 맹서를 끊었다고 갈매기와 백로는 의심하네   從斷舊盟鷗鷺疑

모두가 구슬프고 은근하다. 종랑은 판서를 지낸 조만원(趙萬元)3의
가까운 친족이고, 청은은 판서를 지낸 이목연(李穆淵)4이 귀애한 아들
이지만 외가가 조금 미천하여 재주를 펼치지 못하였다. 조희평은 한
낱 낭청(郞廳) 자리를 얻는 데 그쳤고, 이인천은 한낱 학관(學官) 자리

---

2 초청은 여종을 비유한다. 당나라 문인 장지화(張志和)가 임금이 내려준 남종과 여종을 부부
　로 맺어주고 각각 어동(漁童)과 초청(樵靑)이라 불렀다(『안노공문집(顔魯公文集)』 권9, 「낭적선
　생 현진자 장지화 비(浪跡先生玄眞子張志和碑)」).
3 조만원(1762~1822)의 자는 태시(泰始)로 본관은 풍양(豐壤)이다. 형조판서를 지냈다.
4 이목연(1785~1854)의 자는 백춘(伯春), 호는 소소(笑笑), 사행헌(思杏軒), 본관은 전주이다.
　호조판서를 지냈다.

를 얻는 데 그쳤으니 모두 가함(假銜, 임시 직함)이다. 게다가 이인천은 천수도 누리지 못했으니 돌이켜 생각해보면 애석하기만 하다.

청산(晴山) 남상열(南相說)[5]도 내 어릴 적 친구이다. 청산은 갓 관례를 치렀을 때 시로 명성이 났다. 안성 집에서 지낼 때 그를 처음 만났는데 그가 중양절을 맞이해 다음 시를 지었다.

병석에서 일어나 사람 만나니 가을은 쉬이 갔어도	病起逢人秋易盡
하늘 끝에서 술잔 잡으니 국화는 여태 향기롭네	天涯把酒菊猶香

훗날 문과에 급제하였으나 그도 한낱 찰방(察訪) 자리밖에 하지 못했고, 천수도 누리지 못했다.

---

5 남상열은 1870년 친림정시(親臨庭試)에 급제하여 이후 지평·정언 등의 내직을 역임하고 1872년에 자여찰방(自如察訪)으로 임명되었다. 1902년에는 충청남도 지계위원(忠淸南道地契委員)에 임명된 것으로 관력을 끝내고 있다.

90

조선 한시의 두 가지 경향

우리나라 시를 논하는 세상의 의견은 두 가지 주장으로 갈린다. 당시 (唐詩)만 읽은 사람은 "지금이 옛날만 못하다"라 말하고, 근고(近古) 시 대의 사가(四家, 이덕무·유득공·박제가·이서구)와 자하(紫霞) 신위(申緯)의 시를 읽은 사람은 "옛날이 지금만 못하다"라고 말한다. 대체로 조선 중엽 이전에는 오로지 당시를 숭상하여 웅장하고 굳센 시가 많으나 편장(篇章)과 자구(字句) 사이에 잘잘못이 없지 않다. 다음은 석벽(石 壁) 홍춘경(洪春卿)의 낙화암(落花巖) 시[1]이다.

나라 망해 산과 물이 예전과 다르건만	國破山河異昔時
강달은 홀로 남아 몇 번이나 차고 이지러졌나	獨留江月幾盈虧
낙화암 주위에는 꽃이 여전히 피었으니	落花巖畔花猶在
그 당시 비바람도 죄다 떨구진 못했구나	風雨當年不盡吹

---

1 『송계만록(松溪漫錄)』과 『지봉유설(芝峯類說)』에서 이 시를 소개하였다. 이수광은 "시어의 뜻이 좋기는 하나 '不盡'이라는 두 글자가 오류인 듯하다[語意雖好, 而不盡二字恐誤]"라고 평 하였다.

모두 절창으로 칭송하지만 제2구는 나머지 3구에 전혀 미치지 못한다. 우리 집안 선조이신 호음(湖陰) 정사룡(鄭士龍)의 시[2]는 다음과 같다.

산에 나무가 모두 우는가 싶더니 바람이 갑자기 일어나고　　　　　山木俱鳴風乍起
강물 소리 홀연히 사납더니 달이 외로이 뜨는구나　　　　　江聲忽厲月孤懸

이 시구는 지금까지 전하여 외운다. 그러나 '산에 나무가 울어 바람이 인다[木鳴風起]'의 대구를 '강물 소리 홀연히 사납다[江聲忽厲]'로 맞추었으니 소리가 어쩌면 그리 많은가? 간이(簡易) 최립(崔岦)이 승려의 시축(詩軸)에 쓴 시는 다음과 같다. [3]

풍경 소리 잦아들자 돌틈에선 새벽 샘물 떨어지고　　　　　磬殘石竇晨泉滴
등심지 잘라내자 솔바람에 들 사슴이 우는구나　　　　　燈剪松風野鹿啼

최상의 경구(警句)이나 '잦아들다[殘]'와 '잘라내다[剪]' 두 글자로 대우(對耦)를 맞춘 것은 조금 온당하지 않다. 지금 문인 가운데 추금(秋琴) 강위(姜瑋)와 영재(寧齋) 이건창(李建昌)이 쓴 작품들은 이와 같은 놀랍고 빼어난 시구가 없기는 하지만 이와 같은 허물은 없다.

---

2 『호음잡고(湖陰雜稿)』 권3의 「밤에 후대에 앉아[後臺夜坐]」 제2수 함련이다. 『성수시화(惺叟詩話)』에서는 정사룡이 흡족하게 여긴 시구로 사람들이 "가파르면서 곱다[峭麗]"고 평가한다했고, 『제호시화(霽湖詩話)』에서는 세상에서 모두 칭찬하는 시구라 했다.

3 『간이집(簡易集)』 권6의 「문수사 승려의 시권에 차운하다[次韻文殊僧卷]」 경련이다.

91

김홍집의 작품

도원(道園) 김홍집(金弘集)[1] 상공(相公)은 학문이 정밀하고 식견이 해박하였으나 시 짓기를 즐겨하지 않았다. 상공의 맏형인 감사(監司) 김승집(金升集) 공이 영외(嶺外)의 바다 고을 수령이 되자[2] 아래처럼 송별시를 지었다.

풍진 세상에 안타깝게 관리 노릇 하지만	風塵嗟作吏
충성과 신의는 오랑캐 땅에도 잘 통하리	忠信可行蠻

이 시를 듣고서 다음과 같이 말하는 사람이 있었다.

---

1 김홍집(1842~1896)의 초명은 김굉집(金宏集), 자는 경능(景能), 호는 도원(道園), 본관은 경주이다. 1867년 문과에 급제하고 1875년 홍양현감을 지냈다. 1880년 일본이 인천 개항을 요구하자 수신사(修信使)로 임명되어 일본에 다녀왔다. 1883년 규장각 직제학을 거쳐 예조판서와 독판교섭통상사무(督辦交涉通商事務)를 겸임하고, 1894년 청·일 군대가 우리나라에 진주하자 총리교섭통상사무(總理交涉通商事務)에 임명되어 갑오개혁을 주도하였다. 1896년 아관파천으로 친러 정권이 수립되자 '왜대신(倭大臣)'으로 지목되어 광화문 앞에서 군중들에게 타살당했다.

2 김승집(1826~?)의 자는 경유(敬猷), 본관은 경주(慶州)이다. 1881년 청도군수에 임명되고 담양부사·장흥부사·능주목사·정주목사 등 외직과 공조참판·강원도관찰사 등을 역임하였다.

"도원공은 정말 시를 못 쓴다. '충성과 신의'란 경서의 구절3을 '풍진 세상〔風塵〕'이란 문구로 짝을 맞추다니. 허(虛)와 실(實)이 걸맞지 않는다."

그 말에 나는 이렇게 대꾸하였다.

"이는 근세의 공령가(功令家, 과체시(科體詩)를 잘하는 문인)의 주장이다. 만약 두 구절에 모두 경전 속 익숙한 말을 썼다면, 이것은 이른바 죽은 시법이지 살아 있는 시법이 아니다. 도원의 이 시구가 공의 작품으로는 수작(秀作)에 속하지는 않으나 그 대우(對耦)를 가지고 트집 잡는 사람은 참으로 시를 볼 줄 모르는 이다."

---

3 『논어』 「위령공(衛靈公)」의 "말을 충성스럽고 신의 있게 하며, 행동을 독실하고 공손하게 한다면, 오랑캐 나라에서도 잘 행할 수 있다〔言忠信, 行篤敬, 雖蠻貊之邦, 行矣〕"라는 구절을 말한다.

92

공령가 신좌모와 정현덕의 시

공령가(功令家)의 시는 상스럽기도 하고 질이 떨어지기도 한다. 근래의 담인(澹人) 신좌모(申佐模)[1] 참판과 우전(雨田) 정현덕(鄭顯德)[2] 승지(承旨) 같은 분은 모두 공령가로서 저명하지만 그분들의 시에는 훌륭하고 빼어난 작품이 많다. 담인이 안변부사(安邊府使)로 재직할 때[3] 정평현(定平縣) 기생 은하월(銀河月)이 가산을 털어 도로와 다리를 보수하였다. 사람들이 앞다퉈 시를 지어 찬미했고, 담인은 다음과 같은 시를 썼다.[4]

---

1 신좌모(1799~1877)의 자는 좌인(左人), 호는 담인(澹人), 본관은 평산(平山)이다. 1835년 문과에 급제했고, 1855년(철종 6) 진위진향사(進慰進香使)의 서장관으로 청나라에 다녀온 뒤 이조판서에 이르렀다. 문집에 『담인집(澹人集)』이 있다.

2 정현덕(1810~1883)의 자는 백순(伯純), 호는 우전(雨田), 본관은 초계(草溪)이다. 1850년(철종 1) 문과 급제하여 고종 초에 서장관으로 정사 서형순(徐衡淳)을 따라 청나라에 다녀왔다. 대원군과 정치적 운명을 함께하여 1882년 임오군란으로 대원군이 재집권할 때 형조참판으로 기용되었으나 대원군이 물러나자 다시 파면되어 사사(賜死)되었다.

3 신좌모는 1857년에 안변부사로 부임했다가 1858년에 물러났고, 1859년에 승지로 임명되었다.

4 『담인집』 권5의 「보도교(普渡橋)」란 작품이다. 제목에는 "보도교는 정평현에 있다. 고을의 기생인 은하월이 만금을 바쳐 다리 열네 개를 만들어 나그네에게 편의를 제공했기 때문에 나루터에 비석을 세웠다[橋在定平縣, 縣妓銀河月捐萬金, 造橋十四, 以便行旅, 渡頭竪碑]"라는 주석을 달았다. 제1구의 '중산(中山)'은 정평현의 옛 이름이라 밝혔다. 제3구는 '열네 개 다리 앞 고관 길에[十四橋頭官大路]'로 되어 있다.

중산 땅의 퇴기는 자가 은하라.	中山退妓字銀河
인간 세상에 선과를 많이도 심어놨네	種得人間善果多
열 개 마을에서 대로에 큰 비석 세우니	十社穹碑官大路
원님은 남자로서 얼마나 부끄럽던지	守令男子媿如何

함경도 사람들이 지금까지 전하여 외운다. 우전은 북쪽 변방으로 유배 가서[5] 다음 시를 지었다.

맹물 마실 수만 있다면[6] 여생이 넉넉하니	但能飲水餘生足
산을 보는 것 빼고는 할 일이 하나도 없네	除却看山一事無
하늘은 널 옥처럼 다듬을 뜻인가 보다[7]	天意知應庸玉汝
인정상 돈 많은 남자는 보기[8] 어렵겠지만	人情難得見金夫

이들 시는 모두 내가 거기에 노닐 때 들은 것이다.

---

5 『승정원일기』의 1874년 7월 4일 의금부에서 올린 계(啓)에 따르면, 정현덕은 이날 함경도 문 천군(文川郡)으로 배소가 정해졌다.

6 '물을 마신다'는 표현은 청렴한 생활을 뜻한다. 『논어』 「술이(述而)」의 "거친 밥을 먹고 맹물 을 마시며 팔을 굽혀 베더라도 즐거움이 또한 그중에 있다[飯疏食飲水, 曲肱而枕之, 樂亦在其 中矣]"라는 구절에서 유래했다.

7 송(宋)나라 장재(張載)가 「서명(西銘)」에서 "가난하고 천하며 근심스럽고 슬픈 것은 너를 옥 처럼 다듬어 완성하려는 것이다[貧賤憂戚, 庸玉汝於成也]"라고 말한 구절을 차용했다.

8 『주역』 「몽괘(蒙卦) 육삼(六三)에 "여자를 취하지 말라. 돈 많은 남자를 보고 몸을 바르게 가 지지 못하니 이로운 바가 없다[勿用取女, 見金夫, 不有躬, 无攸利]"라는 구절이 있다.

93

유길준의 천재성

하늘이 내린 재능이 뛰어나면 배우지 않아도 시를 잘 쓸 수 있다. 나의 벗 구당(榘堂) 유길준(兪吉濬)[1]은 나보다 두 살 연상이다. 함께 외서랑 (外署郎, 통리교섭통상사무아문 주사)이 되었으나 구당은 외국에 유학하느라 벼슬하지 않았다. 갑오경장(1894~1896) 초기에 내무협판(內務協辦)으로서 궁궐에서 만났을 때 구당이 "신학(新學)에 힘쓰다보니 시부(詩賦)와 같이 한가로운 작품은 지어본 적이 없네"라고 말했다. 하루는 궐내에 위급한 일[2]이 생겼다. 도원(道園) 김홍집(金弘集) 공이 그때 총리대신(總理大臣)으로 재직할 때라 근심 걱정으로 속을 태우며 밤새도록 촛

---

1 유길준(1856~1914)의 자는 성무(聖武), 호는 구당(榘堂)·천민(天民), 본관은 기계(杞溪)이다. 일찍부터 박규수(朴珪壽)의 문하에서 김옥균(金玉均)·박영효(朴泳孝)·서광범(徐光範)·김윤식(金允植) 등 개화파 인물들과 교유했다. 1881년 5월 어윤중(魚允中)의 수행원으로 신사유람단에 참가하여 최초의 일본 유학생이 되었다. 임오군란으로 1883년 1월에 귀국했다가 그해 7월에 보빙사(報聘使) 민영익(閔泳翊)의 수행원으로 미국으로 건너가 최초의 미국 유학생이 되었다. 1885년 12월 귀국 이후 갑신정변에 연루되어 연금 생활을 하면서 『서유견문(西遊見聞)』을 집필하고 1895년 4월 1일 일본 교순사(交詢社)에서 간행했다. 1894년 5월 20일에 통리교섭통상사무아문 주사에 임명되었고, 7월 28일 내무협판에 임명되었다. 1896년 2월 11일 아관파천으로 친일내각이 붕괴되자 일본으로 망명했다가 1907년 고종이 폐위된 뒤 귀국했다.

2 청일전쟁이 일어나기 직전인 1894년 7월 23일에 일본군이 경복궁을 점령하고 대원군을 앞세워 청나라와 결탁한 민씨 세력을 제거한 일을 말한다.

불을 밝힌 채 잠들지 못했다. 이윽고 위급한 사태가 잠잠해졌다. 구당이 즉시 시를 한 수 지어 도원에게 바쳤는데 시의 아래 네 구가 다음과 같았다.

큰길로 말이 돌아간다 사졸들이 외칠 때[3]	士卒傳呼班馬路
상공은 어둠을 밝히는 촛불[4]을 마주하고 계시네	相公坐對燭龍枝
밤 깊어 환한 달빛 손에 잡힐 듯 비치고	夜久清光如可掬
온 하늘에 별들은 궁궐 연못에 쏟아지네	一天星斗影宮池

시를 잘 짓는 사람의 솜씨와 다름이 없어서 도원도 경탄하였다.

---

3 기원전 555년에 진후(晉侯)가 제(齊)나라를 토벌할 때의 사건을 배경으로 하고 있다. 제후(齊侯)가 진나라의 위세를 두려워하여 군중(軍中)을 빠져나와 도망하자 진나라 대부 형백(邢伯)이 진나라 헌자(獻子)에게 고하여 "말이 돌아가는 소리가 들렸으니 제나라 군사가 도망간 듯합니다[有班馬之聲, 齊師其遁]"(『춘추좌전』 양공 18년)라고 하였다. 이 시에서는 일본군을 제나라 군사에 비유하였다.

4 촉룡(燭龍)은 불을 비추는 신(神)의 이름이다. 『초사(楚辭)』「천문(天問)」에 '태양은 어디든 비출 텐데 촉룡은 어째서 비춰줄까[日安不到, 燭龍何照]'라고 읊었는데 왕일(王逸)은 주에서 "하늘의 서북쪽에 해가 없는 암흑의 나라가 있고, 그곳에서는 용이 촛불을 입에 물고 비춰준다"라고 설명하였다.

94

내가 만난 시승

내가 산사를 많이 노닐었으나 시를 잘 짓는 승려는 만나지 못했다. 은진(恩津) 쌍계사(雙溪寺)의 승려 응월(應月)은 외모가 맑고 야위어 사대부의 풍모가 있기에 시를 지을 수 있는지 물었더니 한사코 짓지 못한다고 사양하였다. 다른 승려가 그의 시구 하나를 읊어주었다.[1]

삼월이라 꽃길 아래 사람들 노닐건만　　　　　　　三月人遊花下路
한 집만은 빗속에서 문을 닫고 시름하네　　　　　一家愁閉雨中門

잘 쓰지는 않았으나 세속 사람의 시는 아닌 듯하다. 나중에 동래(東萊)의 범어사(梵魚寺)를 여행하였을 때 시승(詩僧) 기파(箕坡)를 만나 그와 시를 지었는데 그는 다음과 같은 시를 지었다.

---

1 휴정(1520~1604)의 『선가귀감(禪家龜鑑)』에 실린 게송 '삼월이라 꽃길 아래 설렁설렁 노닐건만, 한 집만은 빗속에서 문을 닫고 시름하네[三月懶遊花下路, 一家愁閉雨中門]'와 한 글자만 빼놓고 똑같다. 이 게송은 본디 『경덕전등록(景德傳燈錄)』 권13에 나오는 연소선사(延沼禪師, 896~973)의 게송이다. 다른 승려가 정만조를 우롱한 것이나 알아차리지 못한 듯하다.

밥그릇 하나 바리때 셋 들고 세상에서 달아나   一鉢三盂逃聖世

천 개 숲 만 개 골짜기에 남은 생애 의탁하네   千林萬壑托餘生

이 시도 그다지 아름다운 작품은 아니다. 그러나 내가 만난 시승은 이 두 사람뿐이다. 둘이 시로는 높은 수준에 오르지 못했으나 모두 도의 기운을 가졌으니 평범한 승려는 아니다.

95

시승 보연의 시상

근래 시승(詩僧) 가운데 보연(普淵)이란 이가 있다.[1] 그가 지은 「만월대 (滿月臺)」 시는 다음과 같다.

궁중 개울에는 누런 잎이 우수수 떨어지고	御溝黃葉動蕭蕭
빨래한 흰 옷가지 제이교[2]에 널어놓았네	洴澼衣明第二橋
서글퍼라! 군왕이 거닐었던 풀밭에는	惆悵君王行處草
가을 되자 야인들이 몰려들어 나무하네	秋來盡入野人樵

---

1 이기(李琦)가 편찬한 『조야시선(朝野詩選)』에 보연을 다음과 같이 설명하였다. "속성은 김씨 이고, 호는 소태이다. 본디 지리산 승려로서 추금 강위에게 시를 배웠다. 강위가 더러 호를 용 태산인이라 자칭했기에 그는 자신을 소태라고 하였다. 고종황제 을해년·병자년 사이에 개성 의 천마산에 오갔다[俗姓金氏, 號小蜕. 本智異山僧, 學詩於姜秋琴瑋. 瑋或自稱號龍蜕山人, 故 稱小蜕. 太王乙亥·丙子間, 來往開城天磨山]." 『대동시선(大東詩選)』 권11에도 위에 보인 보연 의 시를 수록하고 같은 내용으로 작가를 설명하였다. 김택영(金澤榮)의 시집에도 비슷한 설 명이 보이며 「관서로 떠나는 지리산 승려 소태 보연을 배웅하며[送智異山僧小蜕普淵之關西]」 에서 여기에 인용한 두 편의 시를 대단히 아름답다고 호평하였다.

2 만월대에서 흘러나온 물은 병부교(兵部橋)와 노군교(勞軍橋)를 거쳐 성 밖으로 나가고, 노군 교가 두 번째 다리이다. 박지원이 지은 「노군교」(『연암집』 권4 「영대정잡영(映帶亭雜咏)」)의 시 에 '옛날 궁중 개울을 흐르던 물은 어디 가고, 노군교는 보리밭 속에 남아 있네[昔日御溝流水 盡, 勞軍橋在麥田中]'라고 하여 '궁중 개울[御溝]'에서 '다리[橋]'로 옮겨가는 시선의 변화가 보연의 시 1, 2구와 비슷하다.

「고려 공민왕릉」 시는 다음과 같다.

촉막군3 산천을 불러본들 무엇하나   蜀莫山川喚奈何

두 왕릉의 가을 나무에 석양빛이 쏟아지네   二陵秋樹夕陽多

간도 폐도 없는 옹중4이 정말 부럽구나   絶憐翁仲無肝肺

서녘 바람 향해 가는 물결 곡하지도 않네   不向西風哭逝波

재치와 시상이 풍부하나 아직 만나보지 못해 유감이다.

---

3 고려의 수도 개성을 『송사(宋史)』 권487 「고려전(高麗傳)」에서 개주(開州) 촉막군(蜀莫郡)이
  라 불러서 개성의 이칭으로 간주하기도 하나, 송악군(松嶽郡)을 당시 중국 발음으로 기록한
  명칭으로 추정한다.
4 옹중(翁仲)은 능묘 앞에 세우는 석상이다.

96

조선 여류시인의 조건

우리나라에는 시를 잘 짓는 여성이 극히 드물다. 사대부 집안에서는 규방 범절이 엄격하고 똑발라서 시사(詩詞)를 절대 배우지 않기 때문이다. 예컨대, 옛날의 사임당 신씨(思任堂申氏, 율곡(栗谷) 이이(李珥)의 어머니-원주)와 영수각 서씨(令壽閣徐氏, 연천(淵泉) 홍석주(洪奭周)의 어머니-원주), 오늘날의 정일당 남씨(貞一堂南氏, 나의 벗 성태영(成台永)의 어머니-원주)는 모두 문장과 학문에 능통했으나 시를 더러 짓는다 해도 반드시 염락체(濂洛體)[1]를 써서 재사(才思)나 정한이 조금이라도 시어에 표현되는 법이 없었다. 오로지 난설헌 허씨만이 염려(艶麗)한 시어를 제법 많이 썼다. 허씨는 학사(學士) 김성립(金誠立)의 아내로서 김성립도 학문과 덕행을 겸비한 선비이다. 후세 사람이 지은

이승에서 김성립과 이별하고	人間一別金誠立
저승에서 두목과 다시 만나리	地下重逢杜牧之

---

1 8칙 주석 참조.

라는 시구를 허씨의 작품이라 해놓았으니 대단한 모욕이다. 염려한 시를 지으면 반드시 이와 같은 모욕을 당하기 때문에 딸을 기르는 사람은 시를 짓지 못하도록 매우 엄하게 금지하였다.

97

기녀 금앵과 구향의 시

천한 여류 문인은 더욱 알려진 것이 없다. 따라서 창기(娼妓) 중에 더러 황진(黃眞)이나 금성홍(錦城紅)[1] 같은 이가 있기는 하나 겨우 한두 수가 전해내려오는 정도라 시인이라 일컫기가 불가능하다. 내가 만나본 창기는 단지 금앵(錦鶯)과 구향(九香) 두 기녀뿐이다. 다음은 금앵이 어떤 이에게 부친 시이다.

대낮에도 닫아걸었지, 푸른 개울 응달의 사립문을	晝掩山扉碧潤陰
그리운 임 멀리 있어 전혀 나를 찾지 않네	相思在遠絶相尋
그대의 시 빚이 산처럼 무거운 줄 내가 알 듯이	知君詩債如山重
나의 봄 시름이 바다처럼 깊단 것을 헤아려주오	量我春愁似海深
성긴 주렴에 바람 스쳐 제비 그림자 흔들리고	疎箔風過搖燕影
작은 뜨락에 비 자욱해 꽃술을 적시네	小園雨足潤花心
해 저물도록 붉은 작약 주는 사람 없으니	歲闌紅藥無人贈
빈 난간에 홀로 기대 구슬피 시를 읊네	獨倚空欄悵一吟

---

1 황진은 조선 중기의 저명한 기생이자 시인인 황진이를 가리키나 금성홍은 누구를 가리키는지 분명하지 않다.

이 시가 가장 훌륭하다. 내가 만났을 때 나이가 벌써 70여 세로 옛날 지은 작품을 읊었다. 구향은 내가 신사년(1881)에 대구를 들렀을 때 만났다. 그때 나이가 아직 30세가 되지 않았으나 시 짓는 재주가 제법 있었다. 나중에 풍전병(風癲病, 간질병의 일종)에 걸려 결국 그만두었다고 하니 정말 안타깝다. 그의 시를 들어본다.

남은 꿈은 바람에 나비 같고	殘夢如風蝶
괜한 시름은 빗속 꾀꼬리 같네	閒愁似雨鶯

그의 시 중에서 가장 뛰어나다.

98

광주 기생 향심의 인연

내가 여섯 살 때 백부 서윤공(庶尹公)[1]을 모시고 화순(和順) 관아에서 지냈다. 그때 광주(光州)에서 일곱 살 난 향심(香心)이란 어린 기생이 왔는데 그 기생은 벽과자(壁窠字)[2]를 잘 썼다. 내가 그때 압운(押韻)하여 오언시 한두 구를 짓자 향심이 은근히 배우고 싶어했다. 며칠을 묵고서 떠났는데 그 뒤로는 그가 죽었는지 살았는지 모르고 지냈다. 몇 년 전 진도(珍島)로 유배 온 지 여러 달이 지났을 때 어떤 사람이 편지 한 통을 전해주길래 보니 겉봉에 '광주 우란(友蘭) 올림'이라 적혀 있었다. 뜯어보니 우란은 바로 향심의 별호였다. 난을 한 폭 그리고, 절구를 한 수 써서 보냈으니 시는 다음과 같았다.

시단에서 따라 노닌 어린 시절 기억나니	從遊翰墨記童時
이별한 뒤 어느덧 세월 많이 흘렀구나	一別居然歲月遲
홀연히 섬 고을로 내려왔다 들었나니	忽得海鄉消息至

---

1 정기양(鄭基陽, 1818~?)을 말한다. 자는 공칠(公七)로 화순현감(和順縣監) · 장악원주부(掌樂院主簿) · 한성부서윤(漢城府庶尹) 등을 역임했다.

2 자획이 정제되고 고르게 쓴 서체로 보통 편액 따위에 쓰는 큰 글자를 가리킨다.

시를 잘 쓰지는 못했어도 이 또한 기이한 일이다.3

---

3 『무정존고(茂亭存稿)』 권2에 「우란의 시에 차운하다[次友蘭韻]」라는 제목의 시에 주를 달아
비슷한 사연을 자세하게 쓰고서 차운한 시 2수를 실었다. 사연은 다음과 같다. "우란은 광주
기생으로 이름은 향심이고, 우란은 자이다. 내가 예닐곱 살 때 세보(世父)를 따라 화순 임소에
있었을 때 향심이 화순에 놀러 왔는데 아직 열 살이 채 되지 않았고, 붓글씨를 잘 쓴다고 알려
졌다. 나는 그때 막 글씨를 배워서 벽과자를 썼는데 향심이 나를 좇아서 필묵 사이에서 어울
린 기간이 여러 달이었다. 그 뒤로는 바람과 구름처럼 흩어졌고, 나는 또 관직에 바빠서 소식
을 조금도 묻지 못했다. 근래 진도에 유배 와서 초겨울이 되었을 때 향심이 비로소 내가 왔다
는 소식을 듣고서 편지와 절구 한 수를 보내왔다. 나는 삼십 년 뒤에도 나를 잊지 않은 마음에
감동하고 향염(香奩) 속의 기생들에게서 그와 같은 재능을 쉽게 얻을 수 없음에 감탄하였다.
나는 귀양온 이래 남들과 시를 주고받기를 즐겨하지 않았으나 향심이 준 시에는 화답하지 않
을 수 없었다[友蘭, 光州妓, 名香心, 友蘭其字也. 余六七歲, 隨世父在和順任所, 時香心遊於和,
年未滿十歲, 以筆藝稱. 余始學書爲壁窠字, 香心從余襞遊硯墨間者數月. 其後風流雲散, 余又應官
悾偬, 絶不能相問也. 謫珍島之初冬, 香心始聞余行, 貽以書及一絶詩, 余感其情之不忘於三十年之
後, 而歎其才藝之不易得於香奩中也. 余謫居來, 不喜與人唱酬, 至香娘之贈, 不可以不和也]." 시
화의 내용과는 차이가 나므로 함께 읽을 필요가 있다. 두 수의 시는 인용하지 않는다. 또 우란
의 죽음을 듣고 지은 애도시 「우란을 애도하다[哀友蘭]」 3수가 권4에 실려 있다.

향염시 명가[1]

향염시(香艷詩)는 타고난 재능과 성품이 고운 사람이 아니면 잘 쓸 수
없다. 우리들 가운데 하정(荷亭) 여규형(呂圭亨)이 향염시를 가장 잘 썼
다. 진주(晉州) 기녀 금홍(錦紅)은 늘씬하며 잘 웃고 춤과 노래에 능숙
했는데 하정이 시로 읊었다.

옥다발 늘씬한 몸이 저녁 바람 앞에 서서	束玉長身立晚風
나붓대며 깔깔 웃으니 방안 가득 붉은 기가 돈다	翩躚譁笑滿堂紅
그대 위해 춤과 노래로 밤을 새워 즐기니	爲君歌舞歡專夜
촛불 빛 흐려지고 동산에 해 뜰 때까지	銀燭光殘日上東

평양의 기녀 소도(小濤)는 열다섯 살에 경성의 기적(妓籍)에 들어갔
는데 청초하고 비범하였다. 하정이 '시(時)' 자가 들어간 10수의 절구

---

1 99칙은 『매일신보』에 연재된 『용등시화』에는 수록되지 않았다. 고 이가원 교수가 편찬한 『옥
　류산장시화(玉溜山莊詩話)』 104면에 정만조의 글로 인용한 것을 수록한다. 어떤 문헌에서 수
　록했는지는 지금으로서는 확인할 수 없으나 그 내용과 문장으로 보아 『용등시화』에서 누락된
　시화로 추정한다. 틀림없는 정만조의 작품이므로 여기에 번역하여 수록한다.

를 지었으니 첫 번째 시는 다음과 같다.

선홍빛 만 송이 꽃과 푸른빛 일천 가지	嬌紅萬朶綠千枝
첫 번째 봄바람은 누구에게 불려나	第一春風屬阿誰
노래와 춤, 관현악이 일제히 멈추고	歌舞管絃齊擱住
소도란 여자아이 무대 내려온 때구나	小濤女子降場時

두 번째 시는 다음과 같다.

층층 누각에 일부러 더디 나와	複閣重樓出故遲
나풀나풀 홀로 서서 도도하게 춤을 추네	翩翩獨立太矜持
방향(芳香) 풍기는 심사를 찾아내기 어려우니	芳情香思難尋覓
어렴풋한 눈길을 한 번 주는 때로구나	約略秋波一轉時

소도가 눈병을 앓자 또 다음처럼 지었다.

대의왕(大醫王) 부처님께 자비를 비는 이는	稽首醫王大法慈
아나율타(阿那律陀)와 비구니(比丘尼)이지[2]	阿那律陀比丘尼
포도송이로 두 개의 알을 돌려놓으면	還他雙顆葡萄朶

---

2 대의왕 부처는 중생의 질병을 고쳐주는 약사여래(藥師如來)를 말한다. 아나율타(석가모니의
10대 제자)는 잠만 자기 좋아하다 부처님으로부터 꾸중을 듣고 7일 동안 잠을 자지 않고 정
진하느라 두 눈을 잃었다. 실명한 뒤에 그는 오히려 천리안(千里眼)을 얻었다. 『능엄경(楞嚴
經)』에 나온다.

『능엄경』을 강론하는 자리에 함께 머물 때구나 　　　共住楞嚴會上時

그 밖의 시도 모두 암송할 만하다. 소도가 거문고를 잘 타서 내가 일 년이 넘도록 별장에 머물게 한 적 있다. 때때로 동인들과 작은 모임을 열어 시를 짓고, 이를 모아 '완화첩(浣花帖)'이라 하였다. 하정의 시도 그 시첩 안에 나란히 실렸다. 소도가 떠나자 동인들이 장난삼아 억매시(憶梅詩, 매화 곧 여인을 추억하는 시)를 지어 놀리는 이가 많았다. 영재 이건창의 시는 다음과 같다.

매화를 추억함이 매화를 보는 기쁨보다 나으니 　　　憶梅勝似看梅好
꽃잎 날리는 근심 한 조각 덜어서지3 　　　省却花飛一段愁

이 시가 가장 오묘하다. 나도 마냥 그리워서 오언고시 몇 편을 지어 겪은 일을 쓰되 그 사연을 숨겨 '증경(曾經, 지난 일)'이란 두 글자 제목만 붙였다. 영재가 이를 보고서 또 율시 한 수를 지었다.4

세상만사 분분해도 저절로 정돈되고 　　　萬境紛紛只自齊
가는 구름 흐르는 물은 날마다 동서로 움직이지 　　　行雲流水日東西
분명히 지닌 물건이나 끝내 거두기 어려우니 　　　分明有物終難拾
제 아무리 무정해도 미혹되기 정말 쉽지 　　　極是無情最易迷

---

3 명말청초(明末淸初)의 문인 전겸익(錢謙益)이 지은 「꽃 없이[無花]」에서 '꽃 없어서 편리한 점 한 가지가 있으니, 꽃잎 날리는 근심 한 조각 덜어서지[無花亦有便宜處, 省却花飛一段愁]'라는 구절을 차용했다.

거울 속의 퀭한 몰골이 틀림없는 증거니	鏡裏容顏應密證
베갯맡의 꿈속에서 더러 다시 꺼내네	枕邊魂夢或重提
시제에는 '지난 일'이란 글자를 쓰지 말게	題詩莫寫曾經字
'지난 일'이라 쓰는 순간 이미 속이는 제목이니	寫到曾經已犯題

이런 시가 옥계(玉溪) 이상은(李商隱) 작품보다 많이 뒤처지랴?

---

4 『무정존고』 권1에 「영재에게 사죄하다〔謝寧齋〕」란 제목의 시가 실려 있고, 제목 아래에 다음
내용의 주석을 달았다. "내가 근래 「증경(曾經)」 시를 지었는데 시어가 외설스러운 것이 많아
서 수록하지 않았다. 영재가 그 소식을 듣고서 시를 지어 조롱하기에 이 시를 써서 해명한다
〔余近作「曾經」詩, 辭多褻, 故不錄. 寧齋聞之, 以詩嘲之, 書此而解〕." 시는 다음과 같다. "인간 세
상 슬프고 기뻤던 일 있어도, 지난 일은 돌이킬 수 없지. 어째서 일부러 그 일 꺼내 말하나? 그
냥 앞날을 경계하려 하였네〔人世悲歡事, 曾經不復回. 如何故提說, 聊以照將來〕." 99칙의 사연
이 있게 된 배경을 이해하는 데 도움을 주는 시와 주석이다.

용등시화

✳

원문

일러두기

1. 1938년 9월 1일부터 12월 2일까지 『매일신보(每日新報)』 문화면에 연재된 『용등시화(榕燈詩話)』를 저본으로 했다.

2. 『매일신보』에 총 62회 연재된 용등시화를 내용의 독립성에 따라 재분류하고, 『매일신보』에는 실리지 않았으나 『옥류산장시화(玉溜山莊詩話)』에 인용된 정만조의 시화 1칙(則)을 추가하여 모두 99칙으로 정리하였다.

3. 원문에는 구두점이 찍혀 있으나 현대의 표점(標點) 기준에 맞추어 수정하여 제시하였다.

4. 원문은 뭉개진 활자나 오자가 적지 않다. 원작이나 관련한 저작을 참고하여 보충하고 바로잡았고, 그 근거를 교감주에 밝혀놓았다. 명백한 오자의 경우에는 내용에 따라 바로잡았다.

5. 『매일신보』에 괄호로 처리된 휘(諱)와 명(名)은 괄호를 생략하되 활자의 크기를 작게 하여 해설의 성격을 띠는 원주와 구별하였다.

榕燈詩話

1

或言: "白沙李文忠公諱恒福, 幼時題胡獵圖曰: '陰山獵罷月蒼蒼, 鐵馬千群夜踏霜. 帳裏胡笳三兩拍, 樽前起[1]舞左賢王.' 此唐人詩罕其倫, 而公之壯而老而後作, 皆無及此者, 何也?" 余曰: "公才氣絶倫, 其幼時天籟之流出如此. 凡詩人晚來作, 多不如初年, 以智識漸進而鋒銳稍退也. 況如公者, 自釋褐而値國多難, 以身佩安危者四十年, 奚暇斷斷於爲詩哉! 然公『年譜』中, 載公八歲時作'劍有丈夫氣, 琴藏太古音'句, 而無此詩, 恐非幼時作也."

2

論人之詩, 詩性各異, 而至如膾炙千秋者, 亦無異同. 如李蓀谷名達「採蓮曲」: '蓮葉參差蓮子多, 蓮花相間女娘歌. 來時約伴橫塘口, 辛苦移舟逆上波.'[2] 李凝齋名喜之詩: '水舍鷄鳴夜向晨, 柳梢風動月橫津. 漁歌知[3]在江南北, 一色蘆花不見人.'[4] 論者無異辭稱佳. 兩人詩全稿中無與此等者, 其傳誦者, 選其尤, 可知也.

---

1 『백사집』에는 醉로 되어 있다.

2 이달(李達)의 『손곡시집(蓀谷詩集)』 권6에 「채련곡. 대동강 다락배 시에 차운하다[采蓮曲. 次大同樓船韻]」의 제목으로 실려 있고, 娘이 郎으로 되어 있다. 4구가 『매일신보』에는 '辛苦移舟逆上波'로 되어 있는데 문맥상 『손곡시집』을 따라서 수정하였다.

3 『응재집』과 『청비록』에는 只로 되어 있다.

4 이희지(李喜之)의 『응재집(凝齋集)』 권1에 「강상잡영(江上雜詠)」의 제1수로 실려 있다.

3

論東詩者, 皆曰: "中葉以前, 專事唐聲, 自健陵以後, 四家(李雅亭德懋, 朴楚亭齊家, 柳泠齋得恭, 李惕齋書九)專事宋理, 詩體一變." 此言非不然矣, 而健陵以前, 亦非無宋理也. 余先祖陽坡相公, 以首相値邦慶, 設都監, 公爲都提調, 兵判元公斗杓爲提調, 數月而役竣. 時公之妹夫無谷尹公諱絳, 自中國使還, 公設宴邀之, 率都監應役伎伶而來, 一夕盡歡而罷. 時李晚庵相國諱尙眞, 新拜諫官, 疏列時弊數十條, 有'時相與六卿携妓張樂, 有關體貌.' 公不安, 卽屛居南門外. 李公之爲正言, 卽公所薦也, 公子姪有言: "李公爲忘恩." 公卽書一詩示之曰: '公暇聊開酒一樽, 小軒新月喚梨園. 高官未必無豪興, 末路誰知有直言. 白簡摠論當世事, 黃扉偏覺此身尊. 薦賢上賞非吾望, 惟願同寅答[5]聖恩.'[6] 如此詩者, 皆宋理之不足也.

4

詩以音響情性俱到爲佳, 而此最難得. 如冠陽李公諱匡德寄咸鏡伯梧

---

5 정태화(鄭太和)의 『양파유고(陽坡遺稿)』 권1에 「장난삼아 지어서 아이들에게 보인다. 갑오년에 정언 이상진의 상소문이 나온 뒤에[戱題, 示兒輩, 甲午李正言尙眞疏後]」라는 제목으로 실려 있다. 未가 不로, 非吾가 吾非로, 答이 報로 되어 있고, 6구에 "이상진의 상소에 '대신은 체모가 무거우므로 육판서와 더불어 연회를 베풀어선 안 된다'란 말이 있었다[李疏有'大臣體重, 不當與六卿燕會'之語]"라는 주석을 붙였다.

6 유사한 내용이 유척기(兪拓基, 1691~1767)의 필기에도 나타난다. 『知守齋集』 권15, 「雜識」. "孝廟臨筵, 嘗問朝臣可用者於鄭相太和, 鄭相歷擧某某以對, 而李忠貞尙眞, 時以小官亦與焉. 未幾, 元相斗杓以兵判, 備酒看携妓樂, 饗鄭相, 李公以臺諫, 疏陳時事, 仍劾元公, 並論鄭相之不能却. 鄭相以詩寄李公, 其詩曰: '公暇聊開酒一尊, 小軒新月喚梨園. 大官未必無豪興, 末路誰知有直言. 白簡摠論當世事, 黃扉便覺此身尊. 進賢受賞吾何望, 惟願同寅報聖君.' 所謂進賢受賞吾何望, 卽指筵中薦公事也. 其視近世人少遭非斥, 終身憾恨者, 氣象果何如也? 李從叔宇夏誦傳之."

川李公諱宗城詩曰: '西箕南嶺膩堪羞, 勻軸[7]銓衡鬧更憂. 富貴官惟觀察使, 風流地最樂民樓. 戎裝侍妓[8]沈魚態, 獫騎親軍扼虎儔. 可念空江人臥病, 時時寄得[9]酒錢不.' 此可謂聲理俱到.

5

詩要氣象好者, 不工而此亦不可不念. 氣象好否, 未嘗不關其人吉凶也. 余故師蘇堂閔文忠公諱泳穆, 在海防營時, 余以軍司馬從, 頻與唱酬. 其詩如'輦路易迷花自發, 仙槎不返水空波', 又'平蕪轉向沙頭失, 孤嶼高依木末居', 句句如此, 氣象殊不佳, 未幾, 竟未考終. 三從兄葵堂相公諱範朝上元月詩有曰: '盈虛有信雙符合, 光氣無瑕一璧完.' 氣象甚好, 未幾拜相, 穩亨福祿.

6

詩以觀人窮通, 亦非全誣. 再從祖經山相公, 以使行露宿遼河詩: '枕上星辰動, 牀邊虎豹眠.' 淸人聞之, 以爲三十年將相之兆. 公使還而卽拜相, 居黃閣三十三年, 居扈衛大將者, 數十年, 俗所謂詩讖, 亦有的見者. 姜秋錦先生諱文瑋[10], 一日與余作, 末句曰: '更無一事妨高眠.' 遂爲絶筆. 李寧齋名建昌, 以御史到公州拱北樓, 有句'關山千里一翹首'[11]. 京師至公州, 不滿三百里, 而曰千里, 竟以御史事竄碧潼千里外. 呂荷亭名圭亨, 一日與諸友集寧齋騎省直所, 是日, 適人日, 末句

---

7 『관양집』에는 鈞鈾로 되어 있다.

8 『관양집』에는 伎로 되어 있다.

9 『관양집』에는 能寄로 되어 있다.

10 문위(文瑋)는 강위(姜瑋)의 초명 가운데 하나이다.

曰: '今日眞成可謂人.' 翌日, 爲人日, 應製擢第.

7

詩之見賞, 亦有幸不幸. 余宗兄蓉山閣學諱健朝, 布衣時與同伴遊南
漢. 時廣州尹趙心菴相公諱斗淳, 聞南村諸名士來遊, 要其詩軸覽之.
蓉山公詩有'酒因勝地家家好, 山爲遊人日日晴.' 大加稱賞, 遂騎驢卽
爲擢第. 李世丈啓五, 少有詩名而甚窮, 北漢觀楓詩有'紅粧曉出三千
女, 錦幕秋深七百營.' 一時傳誦, 皆以爲此非久於窮者. 有一宰往
見金貳相炳冀, 誦之, 時金公當路, 故欲其見賞也. 金公遽曰: "連營
七百里, 七百是里數, 非營數也." 誦之者, 無以解, 李丈竟不第而卒.
金楓皐太史祖淳, 以仁陵國舅當路數十年, 忽有駭機, 賓客盡散. 有
一傔, 夜侍坐, 非意, 一鼠自屋上墮死. 傔曰: "鼠墮自死, 是大不祥."
金公卽題一詩, 有曰: '自來送死輕離穴, 晏坐擒生不費毫.'[12] 未幾, 公
遂執權如初.

8

尙濂洛者, 遠艷異, 自宋已然. 而李睡山先生諱友信以經行薦, 學問醇
篤, 而其詩有山有花曲, 曰: '珠勒金鞭白鼻騧, 憶郎三日宿儂家. 儂
家四尺珊瑚樹, 苦畏春寒未作花', '洛東江水錦不如, 金烏山色眉新
掃. 妾身不化望夫石, 化作江南蘼蕪草.', 全無濂洛氣.

---

11 이건창(李建昌), 『명미당집(明美堂集)』 권2에 「중양절에 공북루에 오르다[重陽, 登拱北樓]」
  란 제목으로 실려 있다. "江南有此好樓臺, 北客初隨鴈鶩來. 粉堞丹甍迥超忽, 白沙翠壁紛縈回.
  關山千里一翹首, 風雨重陽獨擧杯. 聖主不知臣不肖, 繡衣使者何爲哉."

12 이 시는 『풍고집』에 보이지 않는다.

9

每見好古文者, 不工于詩, 而畢竟文人之詩, 乃勝於詩人之詩. 余幼時, 借覽北里老宰會吟詩卷, 金經臺太史尙鉉詩: '梅花過臘如吾老, 生榮東風又一年'爲最佳. 又聞紅葉亭有詩會, 往見其軸, 尹丈藕致冊詩: '芙渠芳潔伊人遠, 臺榭高明此屋深'爲最雅. 後爲外務署官, 値陵幸, 官規行幸還宮前, 百司官會集本署, 時外署僚員, 多詩人, 呼韻各題. 南霞山廷哲詩曰: '一路清明深所幸, 晚天風露得無多.' 藹有忠愛之意, 非他詩人所及. 一日訪金翠堂尙書晚植, 案上有詩軸, 展覽之, 沈雲稼琦澤詩曰: '名士眉將山野氣, 尙書袖有御爐香.' 諸香字皆不及. 此皆近之好古文者.

10

詩人之侮經學家, 可謂不量力. 先君子在癸酉春, 鎖直于將作監, 作御街春柳詩三疊. 一時和者爲三十餘家, 第三首初句押紅, 皆以爲硬韻. 獨寧齋詩: '動人春色不須紅.' 人所未道也. 是外絶無奇押, 最後成鉢山世丈大永詩至, 曰: '小楊正綠大楊紅.' 覽者皆叫奇, 而未詳出處, 此在枯楊生華小註, 見者皆歎服. 是詩第一首末句押愁, 愁字以易押爲難工. 岳翁朴卯齋公諱齊恂'綺陌長亭原一種, 遊人歌舞恨人愁. 知是風流同[13]性格, 詩人空自話離愁'爲最佳.

---

13 『용등시화』에는 본래 한 글자가 누락되었는데 『옥류산장시화』에 의거하여 '同'으로 채웠다.

11

詩之題名樓者, 最難工, 都元興之嶺南樓詩: '一竿漁父雨聲外, 十里行人山影邊'[14]爲佳, 而非寫盡嶺南樓景者. 金黃元之練光亭詩: '長城一面溶溶水, 大野東頭點點山.' 稍欠工. 申靑泉之矗石樓: '天地報君三壯士, 江山留客一高樓.'[15] 已俚矣. 如李月沙統軍亭詩: '山峻海深無表裏, 天高地厚此中間.'[16] 朴挹翠永保亭之'地如拍拍將飛翼, 樓似搖搖不繫蓬', 柳西坰拱北樓之'蘇仙赤壁今蒼壁, 庾亮南樓是北樓',[17] 皆不足誦傳. 右諸公以一代文章鉅公, 其題樓壁者多如此, 其難可知. 況近世之俗士, 到輒題扁, 可哀也. 有過客題矗石樓壁曰: '聞道詩人長十丈, 果然詩人長十丈. 若不詩人長十丈, 那能放糞此壁上?' 覽者絶倒.

---

14 이 유명한 시구는 다른 시화나 문집에 서로 다른 정보가 복잡하게 나타난다. 권응인의 『송계만록(松溪漫錄)』에는 인구에 회자되는 영남 지역 시의 하나로 소개되었고, 이제신(李濟臣)의 『청강시화(淸江詩話)』에는 경상도관찰사 김정국(金正國)이 시를 잘 짓는다고 소문난 송(宋) 교생(校生)을 월파정(月波亭)에 불렀을 때 들은 시로 나타난다. 이제신은 도길부(都吉敷)의 작품을 요녀(妖女)가 교생에게 전해주었다고 밝혔다. 강항(姜沆)은 이숭인(李崇仁)의 시라고 잘못 밝혀놓았다. 남용익(南龍翼)의 『기아(箕雅)』에 정희량(鄭希良)의 작품으로 잘못 수록했고, 그에 따라 『허암속집(虛庵續集)』에도 실려 있다.

15 노인(魯認, 1566~1622)의 『금계일기(錦溪日記)』 1599년 6월 26일, 27일 일기에도 똑같은 시구가 보인다. "洛東江上船舟泛, 吹笛歌聲落遠風, 客子停驂聞不樂, 蒼梧山色暮雲中. 天地報君三壯士, 江山遊客一高樓. 萬古綱常三父子, 十州風雨一男兒."

16 이정귀(李廷龜)의 『월사집(月沙集)』 권10, 「동사록(東槎錄)」 下, 「月夜, 登統軍亭口占」, 제1수의 경련이다. 글자가 많이 다르다. "樓壓層城城倚山, 樓前明月浸蒼灣. 江從靺鞨圍荒塞, 野入遼燕作古關. 北極南溟爲表裏, 高天大地此中間. 玆遊奇絶平生最, 不恨經年滯未還."

17 유근(柳根)의 『서경시집(西坰詩集)』 권2에 「拱北樓成, 招工匠咸集于庭, 饋之以酒, 酒闌爭起舞, 是日適有雨」의 제목으로 실려 있다. "高棟新開城上頭, 金湯萬古衛神州. 蘇仙赤壁今蒼壁, 庾亮南樓是北樓. 人在湖山應自得, 天敎江漢擅風流. 片雲忽送催詩雨, 相我淸樽九日遊."

12

詩人存藁, 每刪初年詩, 如紫霞申公名緯『警修堂集』三十餘卷, 皆四十
以後作, 其前稿皆焚之, 多可惜. 公亦追存之, 名曰焚餘錄. 寧齋近稿,
亦盡去初年作, 其割愛可歎. 余初見寧齋時, 余年纔十歲, 寧齋爲十六
歲, 其感懷詩曰: '每道吾生苦後時, 九原如作可從誰? 英雄豪傑陳同
父, 文采風流杜牧之.' 又: '集靈仙侶盡青春, 鞍馬平康惹路塵. 擧世
競傳金縷曲, 阿誰眞惜少年人?' 又: '長卿未必工詞賦, 延壽何曾誤畵
圖? 阿嬌歡喜王嬙泣, 只爲黃金有與無.' 此等作, 可盡棄耶? 寧齋自
二十以後, 漸入醇雅, 所以並棄前作, 而槩多必傳者.

13

寧齋之仲弟耕齋名建昇與余同庚, 年十四, 始自沁中入京城, 與之遊
戲. 初不學詩, 京居數年, 以其伯氏遊者皆詩人, 始學爲詩. 賦春柳曰:
'一時春色齊難得, 短短長長萬萬枝.' 詠劍舞曰: '看到玲瓏疑失法,
滿天風雨下氍毹.' 過江景浦曰: '夕照隨人江浦近, 春風滿地土沙香.'
其詩才如此. 寧齋嘗贈吾季弟丙朝詩曰: '大卿[18]佳弟字寬卿, 詩骨珊
珊欲過兄.'[19] 余亦謂耕齋詩才, 似過寧齋也歟!

14

詩人累名, 有關數者. 近世有人, 作悼亡詩曰: '那從月姥訴冥司, 來世
夫妻易地爲. 我死君生千里外, 敎君知我此時悲.'[20] 詩頗俚矣, 而世

---

18 卿이 저본에는 鄕으로 되어 있으나 오자이므로 수정하였다.

19 이건창, 『명미당집(明美堂集)』 권4, 「소휴수초(少休收草)」, 「題鄭寬卿詩稿後, 仍送其行于咸
關」 첫째 수의 수련.

皆傳以爲金秋史名正喜詩, 秋史豈爲此俚詩者哉? 聞者信之, 至以爲秋史不知詩, 豈非關數耶!

15

詩之押硬韻以詠物, 直戲耳, 故亦未見其工. 而野說有人得女婿, 貌太麤, 泰山心不愜. 問: "能詩乎?" 婿曰: "略知押韻." 泰山乃呼魚猪驢爲韻, 以杜鵑爲題, 婿應曰: '此身本自蜀蠶魚, 啼向乾坤誤屬猪. 邵子當年聞不樂, 天津橋上駐征驢.' 泰山大喜, 甚愛其婿云. 或傳此爲崔遲川相公諱鳴吉所作, 而集中不載, 不詳其誰作, 而其應題押韻, 可謂工矣. 李友石尙書名豐翼善詠物, 押硬韻, 以魚字詠物爲百首, 余記其二. 詠海棠花曰: '杜老不吟如諱雉, 楊妃多睡欲沈魚.' 詠牛曰: '六甲分支聯虎鼠, 五丁闢路出蠶魚.' 可謂不工乎?

16

和順縣人曹晦溪秉萬, 每於科場, 呈券爲一天. 科制試券, 次第以天地玄黃標之, 首呈者爲一天, 故衆呼以曹一天. 以工於科詩, 故律絕不雅. 而余幼時, 有客以烏爲題, 命作五律. 余困於構思, 乞借於晦溪, 卽應之, 有曰: '身如忠豫讓, 心似孝黃香.' 此亦非易得.

17

白玄雪華洙, 有詩名. 余童時從其子樂裕遊, 每與同隊作詩, 取考于

---

20 김정희의 『완당전집』 권10에 이 시가 보이는데 몇 글자가 다르다. "那將月姥訟冥司, 來世夫妻易地爲. 我死君生千里外, 使君知我此心悲."

友石尙書, 樂裕亦年少, 詩未及工. 一日詠老妓, 樂裕詩曰: '猶把舞衫歌扇出, 擬人做我舊時看.' 余見之, 已讓其魁, 心甚不快, 而無奈何, 呈考于李公. 公覽至樂裕詩, 艴然曰: "此白玄雪之詩! 誰爲竊之?" 仍寘下等, 而余爲居魁, 其時甚以爲快.

18

近俗詩人, 不知用何字. 盖何字不可單用, 蘇長公「赤壁後賦」: '如此良夜何', 此良夜三字爲一句, 如字卽何字之應也. 今人多以如此良夜四字爲一句, 可悶. 何字其上必有如奈等字, 韓文公「石鼓歌」: '才薄將奈石鼓何', 皆此類. 而四家詩中, 亦有犯此者, 曰: '大白當前不飮何.' 無識之甚也, 學詩者宜知之.

19

字音平仄, 大家亦有差誤. 李雅亭'松塽何爵頭加帽', 塽字不知其仄. 寧齋贈秋琴詩: '胸中石室書千弖', 弖字不知爲平, 弖後改爲卷.

20

古人於詩句中, 用友人姓名者多. '天末懷李白', '飯顆山前逢杜甫', '不及汪倫送我情', 此類甚多, 而今人以爲欠敬而不用, 亦短處也. 吳經齋翰應, 嘗與余出郊外, 呼韻遙朝爲首聯, 經齋詩曰: '郊行非近亦非遙, 出郭時同鄭萬朝.' 余大以爲佳. 後訪經齋於湖中其第, 出詩稿見之, 無此篇, 余詰之, 答曰: "見者多以爲駭, 故拔之." 余曰: "君詩不傳, 則吾姓名隨而晦矣, 君詩必傳, 則吾亦賴而傳之, 何駭之爲?"

21

余少時, 夜赴詩會之約於李二堂名重夏. 少頃, 寧齋至, 有一少年隨之, 貌朴野. 寧齋紹介於座中曰: "是吾同族李鶴遠號二松者." 座中以寧齋之族, 禮之而已. 及呼韻, 首呼春逢, 四座皆畏其硬. 詩出, 一無善押, 最後二松詩出, 曰: '一別湖山兩宿春, 出門牢落少遭逢.' 座中皆讓, 俄見其朴野者, 忽焉爲疎雅可敬. 自是二松之名, 闡藝林矣.

22

余兒時, 有內局小吏李秉逵者來往, 李時爲淳昌京邸吏. 一日來見先[21]君, 有愁容, 先君問之, 李曰: "小人往淳昌, 得邸價錢數千, 送家中救飢. 昨日始還家中, 依舊蕭然, 問之, 妻曰: '爲兒所取去.' 卽招兒問之, 曰: '以其錢買『佩文韻府』, 『全唐詩』, 『淵鑑類函』.' 查之果然. 小人將餓死耳." 先君以爲奇, 問: "汝子年幾何?" 曰: "十五歲矣." 數年後, 姜秋琴先生偶至, 示[22]所持扇面, 有二詩曰: '南麓秋澄紫翠堆, 斜陽半面寫樓臺. 不愁吟觸韓京兆, 側帽西風緩步來.'[23] '十字街頭屋數椽, 閉門日日抱書眠. 老梧井畔蓼花雨, 夢落江湖舊釣船.'[24] 尾署南皐[25]李鉉軾. 余叩其爲何人, 先生曰: "是秉逵之子也." 余與先生卽往訪之, 遂爲深交. 後改號曰心荃, 隨閔芸[26]楣泳翊, 遊海外諸國,

---

21 先이 저본에는 光으로 되어 있으나 명백한 오자이므로 수정하였다.

22 示가 저본에는 글자를 알아볼 수 없으나 내용상 채워넣었다.

23 『조야시선(朝野詩選)』에 「남록귀로(南麓歸路)」란 제목으로 실려 있다.

24 『조야시선』에 「서재만필(書齋漫筆)」이란 제목으로 실려 있고, 畔이 上으로 되어 있다.

25 皐가 저본에는 樂으로 되어 있으나 『무정존고(茂亭存稿)』에 이현식(李鉉軾)의 호가 南皐로 나오므로 皐로 수정하였다.

26 芸이 저본에는 藝로 되어 있으나 명백한 오자이므로 수정하였다.

名滿中外, 竟不得年, 惜哉! 其詠扶安冊巖詩曰: '有誰開卷天應秘,
如此成章鬼也工.' 其才思如此.

23

趙秋谷執信曰: "前人五七擬古詩, 轉韻必以平仄遞轉. 擬古詩中有對
耦句, 必平仄如律絶詩." 曰多平, 則可也, 曰必然者, 不可也. 李白是
詩人之祖, 襄陽歌是聲調之最善者, 而'玉山自倒非人頹[27]'之下, '李白
與爾[28]同死生'繼之, 此非以平遞平耶? 又梁園吟: '荒城虛照碧山月,
古木盡入蒼梧雲', 平仄初不均排矣, 若是者何限? 余嘗與吳經齋, 談
詩至此, 經齋曰: "擬古詩中, 對耦平仄均, 果未必皆然, 而第七字必
交平仄." 余曰: "杜洗兵馬行: '淇上健兒歸莫懶, 城南思婦愁多夢',
上六字平仄均排, 而第七字皆用仄字." 經齋不能詰. 從趙吳皆據其多
而言, 亦可取以爲法, 而又不可偏拘也.

24

詩不根抵六經, 又不讀破萬卷, 不可到極工. 觀紫霞全集, 其用典, 可
謂地負海涵. 金楓皐太史主時務, 兼握文柄, 嘗獎詡申公, 到處說獎.
申翠微太史在植, 能古文, 爲紫霞同族, 而楓皐最善. 每見楓皐之推
紫霞, 一日駁之曰: "紫霞, 是一詩人, 於詩學甚當, 而奚論於文章之
域哉?" 楓皐笑而答曰: "子與漢叟(紫霞字)同族, 而尙未深知. 知遇之
難如是! 姑俟之." 卽命僮, 折簡邀紫霞來. 仍與談經論史, 自六經箋

27 「양양가」에는 推로 되어 있다.
28 저본에는 邇로 되어 있으나 「양양가」와 문맥을 고려하여 爾로 수정하였다.

註, 至六朝五季帝王陵號諡號及中國山川郡縣方位沿革, 問無不對, 知無不詳. 翠微於是乎歎服, 以爲楓皐知人. 世以紫霞爲徒能詩, 而其疏章諸篇, 如「唐詩畵意序」, 皆不易得. 趙菊人世文耆永, 紫霞高足, 嘗有詩呈紫霞曰: '天下學公如杜甫, 人中幸我見歐陽.' 弟子之推先生, 或易夸語, 而以紫霞爲徒能詩者, 不知紫霞者也.

25

呂荷亭少孤, 居楊根墓廬, 十餘歲已有才名. 弱冠後始入都, 至余家, 作詩有曰: '人同秋水玉爲骨, 詩響丹山鳳出巢.' 座中皆聞其奇才, 而詩不滿意, 可知其鄕居獨學, 無相資也. 仍僦居于靑鶴洞, 與寧齋比隣, 日夕追隨, 不匝年而出於吟詠者, 無不淸麗可誦. 葵堂從兄, 一夕大開詩會, 集南社諸名勝. 荷亭詩: '勒住梅花春尙淺, 高張燈燭夜偏多.' 壓倒一座. 後以臺官竄盆山郡, 有詩曰: '臨水忽驚流落久, 聞鴻新覺別離多.' 自以爲平生最得意句, 而可誦者, 不止於此. 又下筆敏速, 頃刻數千言, 雖深思宿構, 未必差勝也.

26

李修堂南珪, 贍敏警楚, 最善擬古. 拜玉堂後, 還鄕第, 前夜余邀飮, 分韻賦別. 修堂以治裝恩擾, 得韻卽書曰: '欲行行不得, 千載明主遇. 欲止止不得, 親老喜而懼. 事之日短長, 古人有深悟. 我行玆馬決, 驅馬城南路.' 此下爲數十句, 不能盡記. 律絶稍不及古詩, 而其早過水原: '仙陵松栢雲初曙, 水國蒹葭露欲霜.' 風調甚高, 有唐人意. 尤於聯句多奇句, 雪中倣聚星堂禁體, 以五字并仄爲令, 拈得瑗字, 座中皆謂不可押, 而卽應聲曰: '輵啞孰識瑗?' 衆皆稱奇.

27

以隻句雙聯, 見賞於人, 亦有關數. 姜秋琴先生, 嘗隨宗兄蓉山尙書使行, 往燕京. 手抄先君及洪鍾山先生諱岐周·李二堂·李寧齋詩各百餘首而行, 遇淸國徐頌閣郵示之. 徐時以吏部尙書主文苑者, 得其圈批而歸. 先君詩: '滿逕落花春露重, 遊絲飛掛海棠枝.' 鍾山詩: '高帆抱回芳草岸, 遠江流入綠楊枝.' 二聯每字二圈, 先君與洪先生詩百餘篇, 豈此兩聯爲最佳耶? 余少寧齋六歲, 自幼視寧齋如嚴師, 寧齋亦見余詩文, 只加規勉, 未嘗妄加獎詡. 一日徐養泉周輔席上, 共吟余詩: '閉門長健疑仙術, 款客逾勤近世情.' 時養泉有畏約, 閉戶不接[29]人, 但見吾輩欣迎, 故云耳. 寧齋極讚之. 余詩雖拙, 豈無勝於此者? 抑其見賞有數也.

28

族兄眉社瓚朝氏, 少寓鎭川村舍, 罕至京城. 年至四十, 人未知其工詩. 偶入京, 適値春和, 社友約會于山榭, 隨之. 呼韻臣字, 皆以爲硬, 族兄詩曰: '草似少年常結客, 花如鄰女欲窺臣.' 自是詩名大噪.

29

鄭康齋憲時, 詩情淸麗, 如'夜色湛湛欺漏箭, 春心盈盈眷花枝.' 讀之可愛. 又善是塡對, 嘗與余同爲外務署郎寮, 時於魚一齋允中, 以西北經略使, 來署中告行. 淸人馬建常, 以商辦中東商務, 爲本署贊議在座. 康齋曰: '周行西北魚經略, 商辦中東馬贊儀.' 一座稱爲的對, 以

周商皆國名, 魚馬皆物名也.

30

重陽日, 會吟于寧齋家. 吟畢, 將席散, 約以"此座人, 輪回置酒." 余
遽應曰: "過三日後, 齊集于敝廬." 康齋卽號于座中曰: '後會, 重九佳
辰越三日; 主人, 第一才子鄭萬朝.' 一座拍手稱奇. 六甲及國名, 皆妙
對也. 余被辟于海防營, 爲軍司馬, 出駐仁川. 時金古筠玉均, 爲捕鯨
使往日本之神戶, 連日發行. 寧齋來別曰: '仁川今別鄭司馬, 神戶昨辭
金捕鯨.' 軍司馬·捕鯨使, 皆新職名, 以爲戲之也.

31

金剛山詩, 余所得讀者, 亦當以百數. 而欲摹寫者, 雕飾太過, 欲其稱
當者, 强作夸大, 才盡力疲, 竟難完好. 故如李退溪·金農巖諸先生,
皆以擬古體作, 無一聯一句之另稱者. 惟李冠陽太史: '五夜虛明常欲
曙, 四時寥落易爲秋.' 無雕飾, 無使氣, 而亦自稱當.

32

湖中一富豪, 值老親生朝, 大張宴飮, 賓客滿室. 有弊袍墊帽者, 入
座乞一卓, 主人心厭惡之, 以慶日不恝, 寘衆賓之下而飮之. 燕畢, 呼
邊連年三韻, 向衆賓請賀詩, 弊袍者亦寫一詩, 首聯曰: '登高望海邊,
十里平沙連.' 主人大罵曰: "此賀詩也. 客之詩, 何說也?" 客笑而答:
"第觀次聯." 卽書曰: '箇箇令人拾, 算君父母年.' 主人驚起, 握手坐
之上坐, 慚謝不已. 世不傳其姓名, 或曰此林白湖名悌詩, 未必然, 而
蓋落魄不遇, 侮弄一世者.

33

余游山寺, 有一筆商過之, 見諸人寫詩, 亦請寫一詩, 有曰: '酒沽村店
多和水, 薪下春山半雜花.' 衆歎其非凡人, 加酒饌善待. 以其詩誦傳
于人, 七八十老人皆曰: "吾少時已聞此詩, 而但不知作者名耳." 余之
固陋可愧, 見欺於筆商可惋, 酒饌之枉費可惜.

34

先君監恩津縣, 縣之江鏡浦爲大都會, 居民皆趨利而不知學. 其中有
方鑑塘達周者, 亦爲旅客之主, 兼業賣藥, 出入官府. 先君與語, 其識
見通敏, 談論宏暢, 大以爲奇, 曰: "此眞豪傑人也." 暇與之賦詩, 其
詩亦多奇峭, 如秋夜曰: '蟋蟀秋淸鳴不大, 星辰月白出無多.' 詠月曰:
'萬狀姸嬏無隱夜, 一生憂樂盡供時.' 皆警句也. 先君莅恩津四載, 移
嶺外之盈德縣. 將行, 聖擧(達周字)言于余曰: "詩曰: '彼美人兮, 西方
之人兮.' 西方[30]人卽文王, 文王, 聖人也, 君王也. 美人, 卽美女子之
賤稱也. 指君王聖人以賤稱之美女, 不亦褻乎? 心常疑之, 今日始知
詩固出於性情之正, 而破前日之疑也." 余曰: "何以言之?" 聖擧曰:
"今者官家之移拜也, 邑人之情, 皆如別美人, 是以知之." 其辯才如
此. 有子曰圭錫, 號一鑑. 十六歲, 從余遊白馬江詩曰: '雲擁山椒濃
抹畵, 日沈水步逈翻珠.' 其夙慧如此. 今以詩人爲江湖風月之主.

35

先君莅盈德, 余陪往. 邑小政簡, 長夏集小吏之能詩者, 日出題與韻,

---

30 方자가 원문에는 乃자로 되어 있으나 方자의 오식(誤植)으로 보여 수정하였다.

考試定甲乙賞之. 以烟具爲題, 二四[31]聯韻爲三藍, 有一詩曰: '茶薑
爭味誰居一, 銅竹通心友有三. 醫說破痰遺本草, 僧因持戒避伽藍.'
先君圈批置魁, 問其名, 曰朱孝祥而名不載吏案. 邑俗小吏之庶子,
不得爲要任, 孝祥以邑吏之庶子也, 是以初不入籍云. 先君卽命入案,
授以禮吏, 禮吏爲鄕校擧行. 一邑儒吏皆起, 訴官曰: "吏胥之庶子,
敢爲孔子廟應役乎?" 先君曉喩以義, 久乃息譁. 及先君移郡, 孝祥贈
余曰: '千古無多知己感, 此生已判報恩難.' 其情可念.

36

余早生男子, 數年而又生女, 有詩曰: '眞愧爭呼父, 旋憐克肖吾.' 後閱
李惕齋詩集, 亦早年生子, 有詩曰: '自愧能爲父, 翻思克肖誰?' 與余
詩句法頗同, 而語意尤工. 對友人道此, 自服其不及, 有咸平人牟亨煥
者, 在傍曰: "李公之詩, 詩則佳矣, 克肖誰三字, 是嫌文, 不如克肖吾
之爲正倫也." 一座大笑.

37

自古以詩見忤於時, 致憾於人者, 固多矣. 余所目擊, 亦屢矣. 寧齋有
贈李章士根洙詩, 首聯曰: '倦羽低回不忘飛, 故山叢桂夢依微.' 章士
大憾之曰: "是嘲我以旅食京師, 乞求科宦而不去也." 寧齋[32]婉辭解
之, 而終不釋然, 然寧齋之待章士, 終無倦, 故竟得解. 呂荷亭擢第
時, 聲譽雖藹蔚, 而門戶蕭條, 苦無引汲. 一朝大闡, 寧齋卽以詩賀曰:

---

31 四는 원문에 三으로 되어 있으나 내용상 四가 합당하여 수정하였다.
32 저본에는 齋로 되어 있으나 문맥상 寧齋로 바로잡았다.

‘呂子特起何隆隆? 布衣坐顧生春風.’荷亭亦受以爲喜. 後二年, 李二堂以工部郎擢第, 寧齋又有賀詩曰: ‘未第君猶已發身, 終知不得老松筠. 如今紅紙題名日, 曾是蒼生屬望人.’[33] 荷亭見此而始憾于寧齋曰: "子之賀我, 以一時得失爲欣戚者, 賀二堂, 是已第未第無輕重者. 秤量人之高下, 何若是偏也?"寧齋竟拔賀荷亭詩於本藁.

38

詩之用事, 切實固佳, 而以切實而有招謗者. 黃梅泉玹, 登司馬料, 時余沈痾未得賀問, 只馳書縫緶. 梅泉見書來訪, 見余呻吟不能起, 欲試病勢, 問曰: "尙能詩乎?"余强應曰: "第拈韻."余家僅有能識字者, 卽出韻書之. 適朴素癡基昌, 能詩而精於岐黃, 爲余病來留, 素與梅泉相知者. 梅泉詩曰: ‘情深偏是人科喜, 病劇猶能我到知.’末句曰: ‘醫師童僕摠能詩.’蓋當日用事之切實也. 素癡以醫師童僕之並擧大憤懊, 至拳踢以辱之, 梅泉大畏默逃. 素癡之館於我者月餘, 梅泉每闚其亡而來, 終不相遇.

39

以詩招謗, 亦有古今之異. 古之謗者, 可謗而謗之, 今之謗者, 不知何者爲可謗爲不可謗也. 李藕船尙迪, 詠紙鳶詩曰: ‘操縱漫誇權在手, 一絲風斷奈如何?’[34] 此嘲當時執權者. 藕船詩時宰無不聞之誦之, 而

33 이건창, 『명미당집』권3, 「聞二堂魁甲, 志喜」제2수. "未第君猶已發身, 終知不得老松筠. 卽今紅紙題名日, 正是蒼生屬望人. 前輩文章崇黼黻, 近賢才智急經綸. 匡時報主須斟酌, 莫負寒窓二十春." 終知의 知가 저본에는 如로 되어 있으나 오자가 분명하여 문집에 따라 수정하였다.

未有以此謗藕船也. 姜秋琴先生, 與余及社中諸友分韻於海棠樓, 先
生作長短句詩, 有曰:'老夫過計發寒疾, 狂言驚世如瞽眩. 北氛易惡
南風競線, 此時晏眠飽食庸非堂上燕.'[35] 時宰多聞之, 以爲嘲我輩,
謗言日興. 秋琴不得已改'晏眠飽食'句, 曰'古人炯戒悲堂燕'. 於是謗
者遂止. '古人炯戒悲堂燕'與'晏眠飽食'句, 語意何異? 但遣辭稍緩耳.
今之謗者, 誠愚矣哉! 先生詩多傷時憂國之語, 此長短句末曰:'且待
三十年後看此卷.' 今爲三十年, 而日露兩國, 戰于仁川海上云. 豈先
生盱衡揣摩, 有所預知耶?

40

以詩說窮而奏其効者, 其志已鄙矣. 且詩未必工而說窮者, 發於情之
無奈, 未必其哀乞也. 得之者, 詩或有工拙, 而不識字者, 亦不可得,
此可以原之也. 安知郡榮植詩:'老妻寒竈當陽坐, 稚子前村乞火還.'
時相聞之, 卽薦爲監役官, 仍遷廣興倉官, 俾霑豊廩, 後典三邑. 趙承
旨文夏詩:'每月初三門似市, 護軍祿米視漕船.' 當路聞之, 卽擧爲海
美縣監. 老儒金行健, 赴泮試二十二年, 不得一解, 有詩曰:'六千里蹩

---

34 이상적(李尙迪), 『은송당집속집(恩誦堂集續集)』 권2, 「紙鳶」. "紙鳶搖曳滿天多, 無數街童動似
波. 操縱謾誇權在手, 一絲風斷奈如何."

35 강위(姜瑋), 『고환당수초(古歡堂收艸)』 권10, 「同李葦士根洙 · 李二堂 · 朴小舲 · 呂荷亭 · 徐怡堂
· 葆堂鄭戀亭 · 徐養泉周輔 · 吳經齋 · 白小香之珩 · 李蘭坨琦 · 李心荃玆軾, 夜集海棠樓, 作九九
銷寒帖, 分讀書已過五千卷, 此墨足支三十年, 得卷字」. "(전략) 歲晏怪無一字來, 萬字何能道繾
綣. 但願仁天多雨露, 早放瑞羽集畿縣【時李審齋, 謫關西之碧潼郡】. 羣賢俱懷濟時才, 薰琴贊治
陽和扇. 老夫過計發寒疾, 狂言驚世如瞽眩. 北氛易惡南風競, **此時九重天上大開延英殿**. 眼前耽
樂忽遠圖, 古人炯戒悲堂燕. (중략) 昌時名豋貴自異, 且待三十年後看此卷." 굵게 표시한 구절은
『용등시화』에 소개된 구절(此時晏眠飽食庸非堂上燕)과 전혀 다르다. 본문에서 밝혔듯이 강
위가 세간의 비방을 피해 개작했기 때문이다. 이 시는 『조야시선』에도 수록되어 있다.

行行脚, 廿二年斑短短毛.' 計廿二年赴試來往, 爲六千里. 泮長聞之,
卽拔爲解元. 詩人丁大杕, 以詩見賞於興宣大院君, 嘗許以筮仕而斬
之, 呈詩曰: '東家好婦理新粧, 早晚佳期白馬郎. 白馬不來春欲暮,
碧桃花下倚空墻.' 大院君見之, 卽授寢郎.[36]

41

文憎命達, 自古有之, 或達於官, 必皆貧寠. 李素山提學^{名應辰}六旬餘,
以從二品入文苑, 官則稍達矣, 而貧甚. 閔蘇堂公掌銓, 擬鳳山郡守,
以救飢也. 赴任有詩曰: '七旬致仕還爲吏, 十口同居便是家.' 其辭婉
而其情哀.

42

爲人作詩者, 多溢美, 固自知其病而有不得不然者. 金思潁炳冀執朝
權而好詩, 邀李東樊晩用共作. 一日東樊有與人約, 不可負, 思潁招
至而未赴, 遂大怒, 自是絶不與共作. 東樊不安, 介其左右而得强許,
一赴詩席. 主人猶有慍色, 欲困東樊, 拈程字硬韻. 是日思潁大人荷
屋相國諱^{左根}重拜領相, 兄炳駿新拜經筵官, 東樊詩曰: '黃髮廟謨詢
范富, 白眉家學繼周程.' 思潁大喜, 待之如初. 先君宰恩津時, 監司趙
尙書秉式, 與先君同庚而有微憾, 外雖詡詡, 內不相能. 一日見邀設

---

36 매하산인(梅下山人)의 『시가총화(詩家叢話)』 63칙에 "近世錦袍丁大植, 蔭官十年, 不得一郡,
詠處女詩, 有曰: '白馬不來春又暮, 碧桃花落倚空墻.'之句, 石坡大院王聞之, 卽拜鎭川倅. 晴篈趙
雲植有'貧寒到骨至今生'之句, 得拜雲山. 李某忘其名, 其詩: '老妻寒竈當陽坐, 稚子前村乞火還.
風雪東城吾死後, 有誰持酒哭靑山'之句. 大院君聞之, 亦拜靑山倅. 詩之發身, 種種若是, 豈可尋常
歸之也."라는 시화가 실려 있는데 이 칙의 내용과 매우 유사하다. 아마도 매하산인이 『용등시
화』를 참고한 듯하다.

詩筵, 多集管內守令, 得秋字, 時五月也, 皆以秋字爲險. 先君詩曰:
'一路戴公心似水, 同庚憐我髮先秋.'[37] 監司大喜, 自是憾意稍解, 此
皆作詩之效也.

43

清國蜀中人吳雅懷, 來遊韓域, 至京師, 始與趙石觀宅熙交. 余因石
觀屢徵, 遂作詩, 結構未精而贍博有餘. 夜與荷亭會石觀室飮, 以古
人詩二句第一字爲花名者爲酒令, 以時鍾十分爲限. 余曰: '石上題詩
掃綠苔, 竹裏棋聲夜雨寒.' 是石竹花. 荷亭曰: '鳳凰臺上鳳皇遊, 仙
家犬吠白雲間.' 是鳳仙花. 石觀曰: '牧童遙指杏花村, 丹鳳城南秋夜
長.' 是牧丹花. 吳連書十餘句, 詩與花名, 多吾三人所未解者, 可解
者, 惟'金闕曉鍾開萬戶, 銀燭秋光冷畫屛.' 是金銀花, 而吾輩但以金
銀花爲藥名, 不及想到其花名也. 然其博不可及也.

44

尹小山榮軾, 少有才譽, 長余七年, 余赴泮試[38]時, 每就以相資. 弱冠
前遊江亭詩曰: '夜凉漁笛當蘆月, 江晚歸舟宿柳陰.' 極幽雅. 因貧窮
不能振展其才氣, 仍未得壽. 一子就食流落于東峽, 未必有遺唾之收

---

37 시 전문은 『운재유고(雲齋遺稿)』에 다음과 같이 실려 있다. 「巡相鶴坡趙公秉式邀登拱北樓」.
'暖轎初卸錦江頭, 便服仍登拱北樓. 一路戴公心似水, 同庚憐我髮先秋【巡相與余同庚】. 仙緣却羨
靑山隱【時靑山宰徐相祖在座】, 賑政全消白屋愁【時賑政纔畢】, 摠爲年豐宣上德, 士民胥校樂從
遊.' 『용등시화』 저본에는 두 글자가 지워진 상태이나 『운재유고』를 참조하여 '戴公'을 채웠
다. 이 문집은 정만조가 편집하고 정인서(鄭寅書)가 교정하여 출간하였다. 시제를 통해 공북
루에서 지은 작품임을 알 수 있다.
38 試가 저본에는 詩로 되어 있으나 내용상 수정하였다.

拾, 余恒嗟惜不已.

45

人皆謂詩出於性情, 故詩與其人之性情同, 而宋秋塘榮大, 謹飭雅靜,
言若不出口, 其詩則豪健有力. 余嘗薦朴義老於李二堂, 二堂監理德
源府, 辟爲郎署. 朴徽詩於秋塘, 卽題擬古數十句而與之, 詩曰: '茂
亭眞志士, 知人人莫及. 長鬣廣顙者, 何處引而汲.' 餘多不記. 月夜社
友, 集于弊廬分韻, 秋塘得月字, 卽書五絶十餘首, 其終曰: '勸君滿滿
斟, 聽我高歌發. 三萬六千宵, 那能長見月?' 其風韻如此. 秋塘少艱
楚孤子, 而篤學不倦, 往往出於吟詠者, 絶無酸苦語. 三十後, 釋褐稍
振.

46

詩有六經氣, 乃典重, 而用經文成語, 則陳腐不佳. 古人或有之, 而
人不爲貴. 如宋人詩: '好詩窮則變, 美酒數斯疎'之類, 不可多見. 惟
紫霞詩: '鷄鳴不已吾方夢, 月出之光雪又飛.' 稍佳, 而詩之國風句語,
異於他經典語, 可以取用. 然如用'彼其之子, 云胡不喜'等句, 則可以
國風句而稱佳哉!

47

古人成語, 亦詩家之所忌. 杜詩多引用古人而不引其成語, '今日朝廷
須[39]汲黯, 中原將帥憶廉頗', '關中旣留蕭丞相, 幕下復用張子房', 皆

---

39 저본에는 順으로 되어 있으나 『두보집(杜甫集)』을 따라 須로 수정했다.

此類. 近俗習科詩者, 以多用成語爲實才, 是可憎耳. 余素不飮, 有友人苦勸, 故以詩答之曰: ‘豈有酖人羊叔子? 無多酌我蓋寬饒.’ 俗輩無不稱善, 而漁洋亦有似此者, 曰: ‘豈有酖人羊叔子? 更無悔過竇連波.’ 吾雖取用漁洋句, 而不及漁洋者. 漁洋, 則旣用‘豈有酖人’之成語, 故‘更無’二字自撰, 而不用成語也. 余之以成語對成語, 是不及古人處.

48

富貴福祿, 人所艶慕, 而於詩有富貴氣福祿語, 則便不雅. 故古人曰: “悲苦之詩易奇, 歡愉之言難工.” 然流出天籟, 寫得實境, 亦多可稱. 如‘起居八座大夫人’, ‘三十登壇衆所尊’等詩, 是極富貴語而千秋誦之. 富貴之人, 雖爲悲苦之語, 便不能失富貴氣. 如元相悼亡詩: ‘今日俸錢三十萬, 與君營奠復營齋’, 白傳哭子詩: ‘文章千帙官三品, 身後傳誰庇蔭誰’, 皆極悲苦語而自有富貴氣, 寫實境而出天籟者, 自然如是也. 余再從叔周溪貳相公, 元輔經山公之長子, 子葵堂公亦拜相, 家世赫舃. 經山公嘗爲留守於水原府, 府爲三輔之首, 公又繼之. 赴任日作詩曰: ‘四十七年昨日如, 桐鄕符節感新除. 當時上舍今留後, 八月生兒已尙書(葵堂公生於經山公莅水原之歲, 已至八座). 父老欣迎皆舊識, 弟兄迭守似吾廬(公二弟俱爲水原通判). 偏深隆渥將何報, 秪愧衰慵吏術疎.’ 公非專門於詩文, 純是富貴福祿語, 而不患其不雅也.

49

近俗賀人六十一回甲, 例有詩, 詩必舖寫其兄弟妻子之俱存. 故常棣芝蘭琴瑟等字, 釘餖成句, 令人嘔逆. 而無此則受之者不滿意, 故不得不從俗. 姜秋琴先生, 雖爲此詩而亦自不俗, 賀人詩寫其妻子曰: '雙鸞酬佛[40]千生業, 一驥贏人十子賢.' 可謂鐵中錚錚. 內有英豪之氣者, 雖發酸苦之語, 不似酸苦. 秋琴詩: '襪底江光綠浸天, 昭陽芳草放筇眠. 浮生不及長堤柳, 過盡東風未脫綿.'[41] 此丐者語耳, 其豪放駘蕩何如?

50

近世人居喪, 多飮酒食肉, 而詩則矢心不作. 李承宣敎夏三年制畢後, 曰: '一事都無能執喪, 三年惟有不吟詩.' 余於居廬時亦不作詩, 而學童輩以詩來乞改正, 則不得已或有全句塗改, 自作與代撰, 豈一寸之間哉! 余則並不能守不作詩之戒耳.

51

余於詩對仗不精者不愛, 而對[42]仗太巧則亦淺. 如宋人詩: '楊柳昏黃晚西月, 李花明白夜東風.' 字字索對, 已不堪讀. 如王漁洋: '鶯花上日憐秋社, 絲竹中年感謝公.' 嘗偏愛之, 而秋社謝公爲對, 心常欿然. 金滄江名澤榮詩: '四面星辰雞動野, 一江風雪馬登舟.' 亦嘗許之, 而以風雪星辰, 審作一時之景爲不穩, 人以爲苛評.

---

40 佛이 저본에는 彿로 되어 있으나 오자이므로 수정하였다.
41 강위(姜瑋)의 『고환당수초』 권2에 「수춘도중(壽春道中)」이란 제목으로 실려 있다.
42 對자가 저본에는 누락되었으나 문맥상 첨가하였다.

52

干支對, 唐人已多. 余時或效顰, 而如袁隨園, 不喜爲此對. 余不敢以
此小隨園, 則隨園亦必不以‘回日樓臺非甲帳, 去時冠劒是丁年’爲不
佳也. 余少時與徐初園相勛·朴逌堂彝陽·李耕齋, 往淸水館賞蓮, 四
人皆同戊午生, 耕齋詩曰: ‘入門多是同庚友, 臨水偏思太乙舟.’ 如此
者, 安得謂之不妙乎?

53

叔季詩格漸下而拘束太嚴, 一篇用疊字, 殆若國禁. 余不甚拘, 人皆病
之, 有甚言者. 余解之曰: “杜牧之贈張祜[43]詩: ‘芳草何年恨卽休’, ‘道
非身外更何求’, ‘何人得似張公子’, 三聯連用三何字, 而千秋傳誦. 古
人一聯中疊字亦不拘, 劉蘇州之‘王濬樓船下益州, 金陵王氣黯然收’,
玉溪之‘地下若逢陳後主, 豈宜重問後庭花?’, 東坡之‘孟嘉落帽桓溫
笑, 徐邈狂言孟德疑’, 此類不甚多, 余亦拘之, 而至於一篇內疊字之
禁, 是內不足耳. 若改疊字, 可以遷善, 亦不可不改, 至如意疊, 則宜
避. 王維「大明宮」詩, 號爲千古絶調, 而‘絳幘鷄人報曉籌’之幘字, ‘尙
衣方進翠雲裘’之衣裘字, ‘萬國衣冠拜冕旒’之衣冠冕旒字, ‘香煙欲
傍袞龍浮’之袞龍字, ‘朝罷須裁五色詔’之裁字, ‘佩聲歸到鳳池頭’之
佩字, 俱係服飾類, 而以其古之用意則異, 故不爲病耳. 然學詩者, 不
可視以常法, 如王維則可, 不及王維者戒之.”

---

43 祜가 저본에는 祐로 되어 있으나 오류이므로 祜로 수정하였다.

54

余見人家壁楹之聯, 多用古人詩, 不計其相稱. 村店野壁, 書'雲裏帝城雙鳳闕, 雨中春樹萬人家.'者最多, 紅塵中宰相門閭, 或書江湖林壑之句·畸人行旅之辭, 豈非可羞之甚哉! 中國人必無是也. 中國有關王廟楹聯, 書'吳宮花草埋幽徑, 魏國山河半夕陽', 集古人二句於關王廟, 可謂天造地設. 縱不能若是襯當, 何必以不相稱者爲自家之常目·衆人之觀瞻也? 王考睡菴公, 嘗書壁聯曰: '希文計食求稱事, 閱道焚香告所爲.'集古人行事而成句, 卽公平生心工者. 李海槎世丈象學, 寧齋大人也. 嘗爲石城宰, 書壁聯曰: '天神子我, 豈曰無知; 社稷人民, 是亦爲學.'此可爲爲官者之訓辭也.

55

河梁·建安, 尙可效也, 惟陶靖節詩不可效. 近古李臨淵先生諱亮淵詩, 純是學陶, 故其詩七言絶少, 五言最多, 而亦不拘平仄對耦. 如「田家雜絶」: '農夫面膚黑, 農婦亦跣足. 老醜兩相忘, 餺飩共一掬.'人以謂絶似陶者, 而其格高, 恐不及也. 或問余曰: "古人評陶詩曰: '如絳雲在霄, 卷舒自如.'又曰: '格高似梅花.'是皆稱當否?"余曰: "邵康節詩: '玄酒味方淡, 大音聲正希.'以此爲陶詩評, 最稱當."聞者解頤.

56

南愚堂世丈周元, 酷好玉溪詩, 自以爲七分似. 以丈人行故, 余不敢駁之, 而心實不服. 玉溪豈易學哉! 然以其酷好, 故往往有近似者. '不雨不晴悶悶天, 雷聲隱隱在山巓. 往事似雲常倥傯, 來生如髮又纏綿.'若篇篇如是, 余敢不服?

57

一日呂荷亭, 來誦一聯: "'拾薪僧渡水, 銜果雀翔風.' 似誰作?" 余問:
"是古人乎, 今人乎?" 荷亭曰: "古人似誰, 今人似誰?" 余曰: "古人不
可指的, 而今人似雲卿(黃玹字)." 荷亭袖出一小卷, 乃雲卿金剛山詩卷,
而其詩存焉. 此雲卿少時作, 故易中. 後寧齋謫寶城時, 有人誦'兩[44]行
楊柳一灣沙, 拂袖亭亭野菊花'[45]一聯, 寧齋曰: "此爲雲卿詩." 是時
雲卿詩稍變入馴雅, 難以一二句得中, 而寧齋猶知之.

58

二堂·寧齋最少時, 與諸同人遊北漢歸, 以詩卷來請考評於先君. 先君
覽畢, 硏朱圈批, 二堂之'四圍巉巖峰全石, 一望紅明樹盡楓.',[46] 寧齋
之'雲飛在下天常淨, 海坼無西日正長.'[47]二聯, 加圈稱善. 余兒時, 侍
側見之, 歆艶不已. 後有俗學輩, 問二堂·寧齋之詩, 當以何句爲絶唱,
余輒以此聯對. 兩李之詩, 豈無勝於此者, 而以先入之見而記誦之熟
也.

---

44 저본에는 雨로 되어 있으나 문집 등을 교감하여 兩으로 바로잡았다.

45 이 시는 『매천집(梅泉集)』 권1, 기축고(己丑稿)의 「함벽정에서 신윤조 노인에게 주다〔涵碧
亭贈申老人允祚〕라는 제목으로 실려 있는데 첫 구의 '楊柳'가 '秋柳'로 되어 있다. 기축고는
1889년의 작품집이고, 이건창이 호서와 호남의 동학(東學)교도를 성토하는 상소를 올린 탓
에 유배 간 것은 1893년의 일이다.

46 이 시는 『한사객시선(韓四客詩選)』 「괴하잡고(塊下雜稿)」에 「용문사(龍門寺)」란 제목의 칠언
율시 함련으로 수록되어 있다. 巖이 嶮으로 되어 있다. 이중하의 고향인 양평 용문사를 등산
하고서 쓴 시라서 본문과 장소가 다르다.

47 『명미당집』 권2에 실린 「동장대에서 저물녘에 조망하다〔東將臺晚眺〕」의 함련(頷聯)이다.

59

二堂學問醇正, 故拘束太嚴. 寧齋祭其叔父四字文曰: '若成訪落, 周
公相之.'[48] 二堂以帝王家語, 不宜襲用. 滄江詩: '一種靑天無主管, 月
輪祗在禁街行.'[49] 人皆以爲新奇, 而二堂正論曰: "不可指天而戲語."
寧齋·滄江, 皆心不服, 而右二堂之論者亦多. 荷亭嘗曰: "吾黨中二堂
文章最醇, 而但膽弱耳." 余則曰: "膽弱者, 縱不得超上乘, 不害爲中
行之士. 膽壯者, 未至高明之域, 則皆狂奔橫走." 雲卿詩論寧齋文章
曰: '綿綿養就千斤力.' 寧齋亦膽弱人也. 氣與力, 可養以致之, 不可遽
張其膽也.

60

成南坡蕙永·金小棠昌舜, 皆河東人. 河東, 介江海間, 俗喜販利, 未
聞有文人詩士. 南坡·小棠, 學詩於秋琴先生, 名[50]聲藉藉, 鄉人以爲
破天荒. 南坡過素砂詩[51]: '春天欲雨野茫茫, 弘慶殘碑臥道傍. 山鳥
山花俱不識, 一千年事只斜陽.' 其才如此, 而所居僻遠, 不得一解顔.
二堂以京試官, 往嶺南考試, 有一試券首句曰: '蕙露曉滴書燈紅.' 二
堂覽其全篇, 合實魁, 而但蕙露二字, 出處不明, 心疑其爲南坡之作,
擢之果然. 不曰薇露而曰蕙露者, 特書其名一字, 以纈試官之眼也.

---

48 『명미당집』권4에 「종숙부 척사 선생 제문[祭從叔父惕士先生文]」에는 '성왕이 국사를 논의하
려 할 때, 주공이 또 돌아가셨네[若成訪落, 周公又薨]'라 되어 있다.

49 『소호당집』권1, 「삼월 십삼일 밤에 영재와 달빛 아래를 거닐다 5수[三月十三夜, 同寧齋步月
五首]」 가운데 제3수이다.

50 名이 저본에는 各으로 되어 있으나 오자이다.

51 이 시가 『조야시선』에는 「직산도중(稷山道中)」이란 제목으로 실려 있다. 慶이 저본에는 景으
로 되어 있으나 『조야시선』을 따라 慶으로 수정하였다. 거기에는 臥가 古로 되어 있다.

小棠詩, 因南坡聞'江雪漠漠征鴻去, 塞草蕭蕭老馬鳴'一聯. 後至京師, 館于宗兄蓉山尙書公, 數與吟詩. 及歸, 諸詩伴置酒爲餞, 小棠以詩謝之, 末聯曰: '酒衫殊浣落, 沽去幾人情.' 其情勝如此.

61

秋琴先生, 高顴深目, 通眉胡髯, 容貌怪奇. 寧齋初見秋琴, 有作詩曰: '煙雨只應埋六竅, 一雙如月眼看書.' 嘗過店舍投憩, 敝縕破帽, 赤脚而坐, 垂頭看書. 有一鄕學究, 率學徒數十, 有赴擧京師, 亦投其店. 學究見其容貌衣冠, 認以窮賤, 卽大罵曰: "汝何人, 長者入室, 而頓無起敬之禮?" 命其徒, 急將杖具縛具來. 秋琴素謙恭過人, 遂起跪學究前, 僕僕謝罪, 學究意少解, 乃曰: "汝看書, 能作詩乎?" 秋琴曰: "略知押韻." 學究曰: "詩言志, 汝其言志!" 秋琴卽出行囊中紙筆書之曰: '先生謂我詩言志, 我志狂迂不可言. 去去萬蒼千翠裏, 漁樵事畢卽關門.' 學究改容斂膝, 而問曰: "子非姜慈屺(秋琴初號)乎?" 曰: "然." 學究大加敬, 遂與納交. 乃嶺南宋姓人, 稍有文識者. 秋琴聞其爲宋姓, 原稿中改先生爲荔裳, 後知其字季長, 又改荔裳爲季長.

62

尹泰石世丈名成鎭喜飮, 朝令禁釀, 有詩曰: '丹粒雖靈那引氣, 黃花將發苦[52]爲情.' 先君宰嶺邑時, 以酒錢餽之, 卽以詩謝之曰: '有此尋常行處債, 勝於廿九世人醒.' 公淹博敏速, 每大醉, 連作數十首, 洪音暢詠, 風流可想. 余廿二, 公爲大司成, 擢爲解元, 每與先君會吟, 余

---

52 苦가 저본에는 若으로 되어 있으나 오식으로 보여 苦로 수정하였다.

陪席繼韻曰: '國子爲師偏獎拔, 家君與友屢陪邀.' 趙西湖世丈名昌永,
與黍石齊名, 而先黍石爲大司成. 時余年十五, 始赴泮試, 幸居優等,
尹趙兩公, 皆余所感知遇者. 趙公嘗宰成川府, 府有降仙樓, 在巫山
下, 國中名樓也. 板上詩甚多, 而趙公詩: '凝想雲猶濕, 縈情雨不收.
庶幾朝暮遇, 十日九登樓.' 爲最佳. 先君宰昌寧時, 二弟俱登司馬, 公
以詩賀之曰: '爲官人豈皆千石, 敎子君能各一經.'

63

徐秋堂尙書相雨, 屢游淸國, 多與淸之名士酬唱, 其詩頗有明淸風調.
過水原詩: '甲第烟生三輔樹, 子規啼盡二陵花.' 嘗與余爲外務郎僚,
同賞蓮于天然亭, 詩曰: '高閣陰深三伏雨, 居人食息一池花.' 余曰:
"古有張三影, 公可稱徐二花."

64

桐[53]漁李相公諱相璜爲文, 條暢剴切. 雖耳提面命, 不若文辭之詳明,
其詩亦然. 長姪莘憇公諱敦宇爲江東宰, 將奉母而行, 拜辭于公. 公適
有寢疾, 强起坐, 出一篇, 書二聯以與之曰: '視汝今猶如在褓, 爲官
況復是臨民. 饗飡宜念誰無母, 鞭撻須憐彼亦人.' 可以爲家訓官誡
也.

65

余嘗與朴平齋齊純, 爲送使行, 出慕華館, 路中呼韻, 得安字. 余詩

日: '星軺日暖驟蹄困, 電線風微鳥坐安.' 以驟載軺, 東俗也, 電線, 近日創法也. 平齋曰: "詩家忌文字之無來歷, 子之詩或不見譏於專門詩家耶?" 余對曰: "關關雎鳩, 曷嘗有來歷? 且土俗方言之不用於詩者, 是自歉也. 苟合於用, 何須避哉?" 李參奉先生諱匡呂, 元陵輓詩: '絳紗千柄燭, 風淚曙縱橫.' 或言: "柄字非古." 余嘗解之曰: "字說, '柄, 柯也.' 古詩以蓮莖爲柄. 燭之爲形, 合用柄字, 方言, 數燭爲柄, 固不誤矣. 先生之詩, 決爲非疵."

66

古人詩境, 身親履之, 乃可知也. 紫霞詩: '細數一生怊悵事, 金華門外夕陽時.' 余不爲之奇. 朴楚亭詩: '才子佳人回首地, 惢惢歌舞夕陽筵.' 尤笑其非佳. 余於甲申秋, 覲親于咸興貳衙, 留數月而發. 邑人皆惜別, 欲慰行者, 大張妓樂於樂民樓, 余忽忽辭之, 卽騎馬而出. 至萬歲橋頭, 回望樂民樓, 日已夕陽, 西風微動, 急管哀絃尙沸于樓上. 此時欲寫情景, 始謂楚亭之句, 更無以加. 又於壬辰, 陞大夫階, 卽拜承旨, 日近龍光, 月餘始蒙恩諒, 而退至脩門外, 欲賦一詩, 始知紫霞詩之深有情致也.

67

李韋士以布衣游京師, 裦衣博帶, 氣槪魁昂, 言論峻激, 骯髒不羈. 爲趙小荷尙書成夏所知, 以師待之, 而以傲兀不得諧. 與秋琴好, 一日偕至先君禮賓寺直廬, 先君一見, 許以奇士, 與之吟. 其詩有'掃空恩怨餘雙眼, 歷數登臨是億身', '知己苦難逢狗監, 文章端合置龍圖'等句. 又誦田園詩, '蟹螯政美水初落, 禾黍盡收秋又耕.' 先君極[54]加稱賞, 遂與余爲忘年交. 與秋琴·二堂及社中諸名勝會吟于海棠樓, 葦士作四言詩, 一筆屢十句, 字挾風霜. 中有數句曰: '腰間秋水, 照人悃愊. 維海有鯨, 揮之則殛. 維山有石, 擲之則泐.' 秋琴讀之, 至此嗚咽, 葦士亦與之相泣, 可謂一代之豪士也. 壬午見時事日乖, 而彝倫斁喪, 遂依然去, 不入都者數年, 竟以此被誣, 爲御史趙秉老杖殺. 先君時宰嶺邑, 力救不得. 一子又早夭, 後事悲冷, 寧齋爲作「秋水子傳」而傳之.

68

姜品山慶文, 與秋琴唱酬詩曰: '夕陽秋草本無情, 偏與詩人伴一生. 舞罷樽前仍拍手, 不知熱淚已沾纓.' 凄苦之辭, 令人感慨.

69

俳諧之作, 雖涉不經, 古人或有之, 亦非工於詩者不可. 趙晉州世丈徹林, 養亭尙書名得林之弟, 秋潭尙書名徽林之兄. 伯季俱以文科崇顯, 而獨以蔭進, 常有不愜意. 戲作南行(國俗文官爲東班, 武官爲西班, 以蔭途進者號爲南行, 方言也)詩曰: '名祖屠孫僅付銜(國法有名祖, 得爲蔭官), 之東之北摠稱南. 陵行後陣晶纓澁(陵寢幸行, 特蔭官隨後陣, 例着水晶笠纓), 廟享前頭木俎廉(宗廟祭享捧俎官, 必以蔭官爲之). 路遇尊官身輒沒(蔭官路逢大官, 則例爲沒身避), 座逢生客口如緘. 胸藏萬卷終焉用? 所志題辭是例談(民訴於官謂之所志, 郡縣官以蔭途出者最多故云).' 一時傳誦.

54 極이 저본에는 函으로 되어 있으나 極의 오자로 추정하여 수정하였다.

70

國俗有士黨·居士之戲, 寺黨女倡, 居士男倡, 倡之最賤者. 頭戴繩
帽, 手拍小鼓, 唱雜歌, 左右觀者投之以錢, 則以扇受之. 李竹圃世
丈喬榮氏, 爲綾州牧時, 見此戲, 戲作詩曰:'繩帽縱橫錦袖飜, 鼕鼕
小鼓畫樓前. 綠楊芳草當斜日(此下四句演曲中語), 玉樹梅花入恨天. 初
唱南方觀世佛, 忽浮平壤大同船. 東邊喚出西邊又, 扇面紛紛似雨
錢.' 邑人傳誦至都下. 李丈素以文識見知於興宣大院君. 大院君聞李
丈之牧綾州也, 年老委政於首吏, 欲遞其官, 而待其文識, 陞移掌樂
院正. 李丈還謁大院君, 大院君誦其詩而言:"吾爲改一句, 曰:'欲入
綾州吏房袖, 忽浮平壤大同船.'" 蓋吏房者首吏之稱也. 俗以守宰之
聽於吏者, 謂之'入吏袖', 方言以官職之遞者謂之'浮', 以是戲之也. 一
時以爲美談而誦之.

71

國俗守令之初上官也, 小吏及官隷輩之來迎者, 謂之新延. 是時, 衣
馬必侈, 供億必豊, 邑邑皆同. 李海槎世丈, 初宰石城縣, 縣至薄, 新
延甚草草. 李丈有戲作曰:'工房徒步吏房驢, 第一威儀到任初. 一令
虎皮藏不得(守令新到, 例以虎皮加八人輿乘之, 官簿以皮一張爲一令), 麻繩藁
索縛藍輿.' 詠官婢曰:'盡日浦柴燃不焰, 靑唇炊火滿頭灰.' 南中人至
今誦傳.

72

紫霞申公以東俗歌調, 繹爲七絶數十篇, 名爲海東樂府, 篇篇警絶,
而其中'黃山谷裏蕩春光, 李白花枝手折將. 五柳村尋陶令宅, 葛巾漉

酒雨浪浪.' 人皆最好傳誦者. 余一夕夢中對寧齋言: "紫霞樂府, 皆佳
矣. 獨黃山谷一篇不佳. 樂府卽因其辭而綴之, 此曲第一句曰'黃山谷
도라드러', 도라드러者, 方言逶迤而入之意也. 末句'葛巾漉酒細雨聲
인가', 인가者, 方言疑之之意也. 蕩春光·雨浪浪, 皆衍語, 吾故改其
三句曰: '黃山谷裏入逶迤, 李白花枝手堪[55]持. 五柳村尋陶令宅, 葛
巾漉酒雨聲疑.'" 寧齋曰: "良是良是." 翌日見寧齋語及, 寧齋曰: "樂
府是專爲聲調, '蕩春光'·'雨浪浪', 然後聲調甚佳. 如子之'入逶迤'·'雨
聲疑', 是直綴而敍之, 非關於聲調." 余曰: "余語此時, 已知子之答必
如是也." 相與一笑.

73

一夕夢作一詩, 寄寧齋聲[56], 只記其二聯, 曰: '陳朱籬落杏花下, 元白
風流楊柳間. 我病深於方丈室, 君才高似摩尼山.' 時寧齋自江華摩尼
山下, 移寓于京中, 與余接隣, 而余亦適病臥, 以爲夢中皆能紀實, 但
陳朱二字, 爲元白對仗之妙而用之, 殆無意義. 後十數年, 余女爲寧
齋之子範夏妻, 事皆有前定, 而夢亦非謊誕者耶! 後亦竄于珍島也,
寧齋寄詩, 末聯曰: '他日期君何處是? 朱陳村畔杏花香.' 亦用此詩也.

74

往在辛未, 寧海府有民擾, 殺其守李某[57], 自巡察營, 卽行剿誅. 寧海
獄溢, 以其半移囚於最近盈德縣獄, 盡伏[58]法. 獄吏觀獄壁, 有題一

---

55 堪이 저본에는 敢으로 되어 있으나 내용과 맞지 않아 수정하였다.
56 聲자는 오자로 보인다.

詩曰: ‘自愧無聞四十春, 晚來縲絏重加身. 千金不死盡虛語, 三木能生有幾人? 欲爲生靈除虐吏, 誰知威怒觸明神[59]?’ 己卯先君莅盈德, 其時獄吏, 對余道此, 而惜其忘末聯, 又惜其不知何囚之作, 而或言: "諸囚中有朴炳文者, 寧海人, 家産稍饒, 文識有餘, 隣邑亦稱其豪傑." 疑此人作也.

75

趙玉垂冕鎬氏以蔭屢典雄府, 位至卿列, 而淸貧到骨, 家無甌儲, 而猶養梅花幾本. 有詩曰: ‘今年又見梅花凍, 安得梅花不凍年?’[60] 興宣大院君聞之, 饋以明紬(土産帛名)煖縛, 卽作梅花幨以護之. 其詩擬古多古雅, 律絶不及擬古. 有梅花詩曰: ‘荒山歲暮誰憐汝? 空谷春回若有人.’ 人多誦之.

76

徐葆堂丙壽, 宰平壤, 上京乞遞. 朝廷惜其去, 移之祥原. 祥壤之隣郡也. 其行, 社中飮餞賦詩, 韻得寬字. 宋北坡彦會詩: ‘父老如今爭杜衍, 朝廷終不免兒寬.’ 敍實引古, 諸作之所未及. 北坡不惟工詩如此,

---

57 某는 저본에서 글자를 파악할 수 없다. 『옥류산장시화』에 실려 있는 글자로 채워넣었다. 그 밖에 읽을 수 없는 글자 愧, 莅, 道를 『옥류산장시화』에 따라 채워넣은 글자는 방점 표시 하였다.

58 저본에는 伏이 伏으로 되어 있으나 문맥과 『옥류산장시화』에 따라 수정하였다.

59 神이 저본에는 精으로 되어 있으나 각운에 맞지 않는다. 『옥류산장시화』에서 神으로 수정했고 적합하여 따른다.

60 『옥수집(玉垂集)』 권15에 실린 「작년에 매화가 얼고, 올해에 또 얼었다[去年梅凍, 今年又凍]」의 3구와 4구이다. 문집에는 3구의 見이 使로, 4구의 安이 那로 되어 있다. 한편, 권26의 「매화 보관법에 대한 탄식[詫藏梅歎]」에 ‘安得梅花不凍年’을 그대로 쓰고 ‘작년에 쓴 시구이다[是我昔年句]’라는 각주를 부기했다.

論辯如流, 風韻傾座. 日昨接其實音, 驚愕久之.

77

吾年輩中詩, 推金滄江爲夏盟, 獨宋秋塘不服. 滄江詩中平壤諸作, 最爲人誦傳, 秋塘見之曰: "徒見矗處." 蓋大家詩之有矗處, 古人亦難免. 其平壤諸作中'錦綠羅靑三萬頃, 一時吹出大同門', '蘆葉西風[61]鴻鴈黑, 桃花春水鷺鷥紅', '丈夫一擧如黃鵠, 江水中流問白鷗'等句, 恐不免秋塘之論. 如'側壁龍眠樓閣影, 過江[62]鶯止管絃聲', '井田鳥下春蕪遠, 波窟麟飛夜月哀', '壇墠[63]但捫疇範古, 江山長惜史才卑', '甲包糧食朝逾薊[64], 火照江山夜破倭[65]', '京觀土花埋劍戟, 荒祠春雨蔭藤蘿'之句, 豈他人所能道及耶?

78

凡稱神童者, 其詩或神慧, 或雄壯, 而皆一氣呵[66]成, 老鍊者絶少. 而久堂朴文孝公諱長遠十一歲, 山行作曰: '溪路却憑樵客問, 藥名時與寺僧評.' 絶不似幼穉口氣. 吾年輩中, 李寧齋五歲, 其祖忠貞公諱是遠携往傳燈寺, 命作詩, 卽應聲曰: '兒童拜佛起, 佛家鳥徘徊.' 吳經齋翰應九歲, 作重陽詩曰: '病葉徘徊墜, 幽花寂寞香.' 皆絶類離倫者.

---

61 西風이 『소호당시집』에는 夕陽으로 되어 있다.

62 過江이 『소호당시집』에는 纖梢로 되어 있다.

63 墠가 『옥류산장시화』에는 堞으로 되어 있다.

64 逾薊가 『소호당시집』에는 蹠瀋으로 되어 있다. 『옥류산장시화』에는 薊가 燕으로 되어 있다.

65 倭가 저본에는 빠져 있으나 이는 일제의 검열에 따라 누락한 것이다. 『소호당시집』에 의거하여 보충했다.

66 呵가 저본에는 嘔로 되어 있으나 문맥과 『옥류산장시화』에 따라 수정하였다.

79

作詩者, 不可傳則已, 如其可傳, 則不可無箋註. 如袁隨園懷人詩
三十一首, 無一可解, 蓋用所懷之人事, 而無箋註, 其誰能知者? 從叔
雪靑公, 與洪鍾山世丈昌酬, 有'烏絲欄是今年製, 羊躑躅宜明日看',
洪丈以爲用事切實, 對耦絕妙, 而不知其實事者, 必不知爲何語也.
是時翰紙, 多倣淸國製, 以韓紙截爲小牋, 印烏絲欄版. 雪靑公新刻
一版印之, 品極好. 洪丈見之, 問: "何時得此於何處?" 公答以"近日
自製也." 時公與先君共寓會賢坊之花樹亭, 亭園多躑躅, 方盛開, 而
洪丈以崇陵寢郎鎖直, 書來曰: "明日將卸直而當赴賞園花." 故公之
詩語如此, 此無箋注而可解耶?

80

淳昌人薛錦湖奎錫館余家, 共做工, 頗有詩才, 而始至都下, 無知名
者. 歲庚午四月八日, 南社諸名勝會于山樹, 觀燈賦詩. 錦湖詩: '千尋
燈樹花邊市, 十里笙歌柳外橋.' 以此句著名, 大爲三從兄葵堂相公所
知. 是年適有邦慶, 相公以書誦之湖南觀察使, 諾以鬼拔, 未赴試而
卒, 年纔三十餘. 有才無命, 惜哉!

81

人以李虞裳彦瑱·李甘山黃中詩爲鬼語, 而兩人好作怪奇語, 故以鬼
目之. 金滄江嘗擧尹玄圃治曉行詩曰: '木落空江響遠聞, 滿天霜意亂
黃雲. 蘆洲宿鴈如相語, 月在西峰缺半分.' 以爲鬼語. 尹詩余未多見,
而非故作怪奇者, 此詩自然如鬼語.

82

余兒時, 有湖西士夫沈弘澤, 以橫獄死. 其子相某[67]能詩, 坐父廢錮, 流落江湖, 有詠簑笠詩曰: ʻ江湖本色原如此, 風雨前頭未可知.ʼ余聞而憐之, 而未知其人尙存否也.

83

尹菊軒文獻公滋穆, 經山相公外孫也. 長於館閣, 於詩非專門, 黃州月波樓詩: ʻ平呑野色天低樹, 直壓江心月湧樓.ʼ人稱佳句, 特其少時作. 如南漢西將臺詩: ʻ水流未忘悠悠事, 天闊難爲渺渺情.ʼ悠遠可誦. 公在廣州留守時, 値六十一回甲, 寧齋以詩壽之曰: ʻ內制文章歐老盛, 西京[68]德業富公尊.ʼ公得此詩, 從容語余曰: "鳳朝(寧齋字)之內制文章句, 以余爲徒能於館閣也." 余以此私語於寧齋, 寧齋愕然曰: "豈有是也! 余初入京, 學古文於玄湖(菊軒初號)丈, 學詩於秋琴翁. 玄湖丈, 早歲蜚英, 國朝典謨, 多出其手, 長於館閣則有之, 豈以其詩文爲不足哉! 但用歐老事, 偶然耳." 余又道[69]之尹公, 公遂犁然.

84

鄭康齋憲時邀余夜賦詩, 時在座六七人, 皆釋褐, 而獨康齋從叔壽山顯五, 老而未科. 其詩結句曰: ʻ如今舊要盡藍袍.ʼ一座惜其潦倒. 後

---

67 원본에는 이름이 ʻ상(相)ʼ이라 했으나 심홍택의 아들 가운데 심상학(沈相鶴)이 있으므로 상(相)은 돌림자이고 그 뒤에 한 글자가 누락된 듯하다. 잠정적으로 某자를 넣어둔다.

68 京이 원본에는 衷로 되어 있으나 오자이므로 수정하였다.

69 道가 원본에는 渡로 되어 있으나 내용상 맞지 않고. 발음이 같아 오식한 것으로 보아 수정하였다.

數日, 壽山捷大科, 李二堂重夏卽往賀, 呼新來墨戲, 書其袍背曰: '如今舊要盡藍袍.' 見者快之. 壽山詩工於對耦, '燕麥齊腰飛蝶健, 魯桑努眼浴蠶肥', 其他作皆類此.

85

余隨先君在恩津衙中, 時聞兩湖間金楚江商雨, 詩名藉藉. 一日與數三吟伴, 作白馬江船遊之行, 自江景浦乘船. 有一老人, 疎瘦皓髮, 杖策至船頭, 問: "鄭茂亭爲誰?" 余應之, 老人曰: "我金楚江也. 適過江景, 聞茂亭適舟遊白馬江, 願從之." 余時年纔二十, 楚江已七十餘, 雙手拜迎, 入船中. 楚江遂解衣冠索酒, 以大杯飲. 每出韻, 輒先題. 其詩有'萍梗此身家亦客, 乾坤皆水去安之?' '但覺此身無住着, 不知何處是汀洲.'等句. 題畢, 輒又痛飲, 或[70]歌或哭, 但認以落魄放曠. 及到落花巖, 巖是百濟亡宮女墮死處. 座客呼韻階涯埋齋柴, 人皆以題奇韻險, 欲改之. 楚江遽已題之曰: '一下宮階卽禍階, 春花亂落緣[71]江涯. 蝶魂不逐香風散, 魚腹誰知玉骨埋? 若有輕盈波上步, 也將冤業佛前齋.(巖畔有皐蘭寺, 題詩于此.) 原頭碧血爲靑草, 散入樵夫一擔柴.' 滿座爲之瞠然. 歸後, 先君迎至衙中, 時與之吟. 洪鍾山先生, 適過衙見之, 贈詩曰: '全家無食心猶樂, 一念憐才老未忘.' 蓋先生已深知其爲人, 此詩果其實錄, 楚江得此詩又哭. 追聞竟死於客中. 其後其子性濟號石貞來訪, 以詩一卷示之, 往往有跨竈處. 七絶尖勝, 如秋風嶺詩: '擊楫初心左海淸, 六千兵馬此南征. 壬辰五月秋風嶺, 力竭常

---

70 저본에는 故로 되어 있으나 문맥상 或의 오자로 보여 바로잡았다.

71 綠이 저본에는 綠으로 되어 있으나 내용상 바로잡았다.

山兩弟兄.' 如崇禎梅詩: '何人誤了調羹手, 竟使神州到陸沈?' 其他警絶甚多. 李素山提學, 題其稿曰: '乾坤清氣散而爲, 花草瓊瑤種種奇. 嘗怪化工偏賦物, 於人今見石貞詩.' 其獎詡如此.

86

余十四歲娶朴卯齋先生之門, 先生愛余有才名, 留甥館, 勸以作詩, 有'甥館我爲三日客, 女牀君作百年人'等句. 後聞鄭澹園日愚, 李東樊晚用之女壻, 亦年十四, 醮日爲七月七日. 澹園有詩曰: '人間兒女知時節, 天上神仙有室家.' 余不及三十里也.

87

秋琴詩有'遊歷多名士, 峿堂是我師.'[72] 吳經齋爲峿堂高足, 余因多讀其詩, 典雅冲瀜, 近古罕得. 峿堂卽李山林象秀號. 余邐其子丹農建初於尹念菴秉綬座上, 誦其所作曰: '桃花照水忽如悟, 黃鳥隔雲時一鳴.' 余歎其奇峭, 後漸入醇雅. 如闋制作: '人間一樂吾何及, 地下重逢定不如.' 如詠電桿詩: '從今雷電無虛日, 誰遣松杉有厄年.' 皆懇到語. 人以爲詩勝於峿堂, 而如峿堂寧越莊陵詩: '堯舜當之惟有禪, 江山如此作何心.'[73] 丹農未必能得道也.

88

詩家每患風神有餘, 則實事不足. 秋琴先生詩, 是專尙風神而善用實

---

72 강위, 『고환당수초』 권4, 「過楓江, 懷李峿堂上舍」. 遊歷多名士, 峿堂是我師. 廣霞千萬疊, 端坐讀虞詩. 記曾携手過楓溪, 袞衊粘天日欲低. 今日春江花萬點, 知從高士屋東西.

73 『어당집(峿堂集)』 권4 「장릉(莊陵)」의 함련이다.

事. 先君作春柳詩(事見上), 時先生隨蓉山宗兄往淸國. 歸後, 先君邀吟于花樹亭, 而從祖經山公山庄也. 先生詩曰: '風流濯濯新春柳, 門巷依依舊午橋.' 用事實而風神固何如也. 先生每於詩會, 韻出輒睡, 鼾雷妨人, 故每就最僻處獨臥. 夜赴鄭康齋詩會, 李二堂亦在焉. 時康齋·二堂皆有外除之說, 李韋士曰: "近聞二公皆當爲縣官云, 若得之, 赴官前, 必先出資爲詩會, 以此定約券." 先生已睡酣矣. 及題軸曰: '風雲盛際俱爲郡, 海嶽畸裝可買山.' 始知先生鼾睡中, 亦無所不聞, 後屢驗之果然.

89

朝廷用人, 視門地太刻, 不惟多失人材, 以致剝喪元氣不少. 趙鍾浪熙平·李靑隱寅天, 皆余童時從遊. 鍾浪有邃學, 明於數理, 而詩才異凡. 如'花無可奈開還落, 石不能言醉復醒', '病裏送春添髮白, 山中沽酒喚樵靑', '有愧於人多厚眷, 不遐棄我見高風', 皆佳句. 靑隱姿品端雅, 詩有情恨, 如'十載頭銜依舊冷, 幾人情曲向吾多', '歸詫深眷妻孥喜, 從斷舊盟鷗鷺疑', 皆淒婉. 鍾浪尙書萬元至親, 靑隱尙書穆淵愛子, 而以外家稍微, 不得展其才. 趙止得一郎廳, 李止得一學官, 皆假銜也. 李並不得壽, 追惟嗟惜. 南晴山相說, 亦余童時交, 而晴山纔勝冠矣, 有詩名. 始邅於安城寓居, 值重陽, 其詩曰: '病起逢人秋易盡, 天涯把酒菊猶香.' 後擢文科, 亦不過一察訪矣, 又不得壽.

90

世之論東詩者, 有二說. 只讀唐詩者曰: "今不如古." 讀近古四家及紫霞詩者曰: "古不如今." 蓋我東中葉前, 專尙唐響, 詩多雄健, 而篇章字句間, 不無得失. 洪石壁春卿落花巖詩: '國破山河異昔時, 獨留江月幾盈虧? 落花巖畔花猶在, 風雨當年不盡吹[74].' 皆稱絶調, 而第二句殊不及他三句. 吾宗湖陰公'山木俱鳴風乍起, 江聲忽厲月孤懸.' 至今傳誦, 而木鳴風起, 對以江聲忽厲, 何其聲之多也? 崔簡易岦, 題僧軸詩: '磬殘石竇晨泉滴, 燈剪松風野鹿啼.' 最其警句, 而殘剪字對耦, 稍不穩. 今人之姜秋琴·李寧齋諸作, 雖無如此警絶, 而亦無如此疵類.

91

道園金相公弘集, 學精識博, 不喜作詩. 其伯氏監司公升集, 出宰嶺外之海郡, 有送別詩曰: '風塵嗟作吏, 忠信可行蠻.' 聞者有曰: "道園公果不能詩, 以忠信經文句, 對以風塵句, 虛實不相稱." 余曰: "此近世功令家說也. 若二句皆用經典熟語, 是所謂死法, 非活法也. 公之此句, 非公之佳作, 而以其對耦病之者, 眞不知詩者!"

92

功令家之詩, 或俚或卑, 如近日申澹人侍郎佐模·鄭雨田承宣顯德, 皆以功令家著名, 而其詩多雋逸. 澹人爲安邊府使, 有定平妓銀河月, 傾家資, 修道路橋梁, 人爭以詩美之. 澹人詩曰: '中山退妓字銀河, 種得人間善果多. 十社穹碑官大路, 守令男子媿如何?' 北人至今傳誦. 雨田竄北塞詩, '但能飲水餘生足, 除却看山一事無. 天意知應庸玉汝, 人情難得見金夫.' 此皆余此遊時得聞者.

---

74 吹가 저본에는 吷로 되어 있으나 『송계만록』과 『지봉유설』에 의거하여 고쳤다. 『옥류산장시화』에는 灰로 되어 있다.

93

天才高則雖不學而能之. 余友兪棨堂吉濬, 長二歲, 同爲外署郎, 兪遊外國不仕. 甲午更張初, 以內務協辦遝闕中, 自言: "駭新學, 如詩賦之汗漫, 未嘗作也." 一日闕內有警, 道園金公時爲總理大臣, 內懷憂慮, 終夜明燭不寐, 俄而其警息. 兪卽賦一詩, 以獻金公, 下四句曰: '士卒傳呼班馬路, 相公坐對燭龍枝. 夜久淸光如可掬, 一天星斗影宮池.' 殆若工於詩者, 金公亦驚歎.

94

余遊歷山寺多矣, 而未遇衲徒之能詩者. 恩津雙溪寺僧應月, 貌淸癯, 類士夫, 叩其能詩, 固讓. 有一僧, 誦其一句曰: '三月人遊花下路, 一家愁閉雨中門.' 雖不工, 似非俗人語. 後遊東萊梵魚寺, 有詩僧箕坡, 與之作, 其詩曰: '一鉢三盂逃聖世, 千林萬壑托餘生.' 此亦非甚佳而余所見詩僧, 只此二人. 二人以詩則雖未聞道, 而皆有道氣, 非凡僧也.

95

近日詩僧有普淵, 其「滿月臺」詩曰: '御溝黃葉動蕭蕭, 汫澼衣明第二橋. 惆悵君王行處草, 秋來盡入野人樵.'[75]「麗王陵」曰: '蜀莫山川喚奈何, 二陵秋樹夕陽多. 絶憐翁仲無肝肺, 不向西風哭逝波.'[76] 其才思丰茸, 恨未相見.

---

75 이기(李琦)가 편찬한 『조야시선(朝野詩選)』에 같은 제목으로 실린 2수 중 두 번째 시이다.
76 『조야시선』에 「고려공민왕릉(高麗恭愍王陵)」이란 제목으로 실려 있다.

96

我東女流之能詩者絶罕, 士大夫家閨範嚴正, 絶不學詩詞. 如古之思任堂申氏(栗谷大夫人), 令壽閣徐氏(淵泉洪公奭周大夫人), 今之貞一堂南氏(余友成台永大夫人), 皆有文學, 或作詩而必爲濂洛體, 無一點才思情恨之見於辭者, 惟蘭雪軒許氏, 頗有艶語. 許氏, 金學士誠立妻, 金亦文行之士, 而後人作'人間一別金誠立, 地下重逢杜牧之'之語, 以爲許氏之作, 汚辱甚矣. 若作艶詞, 必受此辱, 故養女者, 禁隔太嚴.

97

賤流尤無聞見, 故娼妓中, 或有作者如黃眞·錦城紅, 一二首流傳, 而不可以詩家稱. 余所見者, 只有錦鶯·九香二妓, 而錦鶯寄人詩曰: '畫掩山扉碧潤陰, 相思在遠絶相尋. 知君詩債如山重, 量我春愁似海深. 疎箔風過搖燕影, 小園雨足潤花心. 歲闌紅藥無人贈, 獨倚空欄恨一吟.' 此爲最佳, 而余見時, 年已七十餘, 誦其舊作也. 九香, 余於辛巳過大邱見之, 時年未三十, 而頗[77]有詩才, 後得風癲病, 遂廢之云, 可惜. 其詩有'殘夢如風蝶, 閒愁似雨鶯', 最警.

98

余六歲, 陪伯父庶尹公, 在和順衙中, 有光州七歲童妓香心來, 能書壁窼字. 余時押韻作五言一二句, 香心竊欲學之, 留數日而去, 其後不知存沒. 年前配珍島數月, 有人傳一函書, 題封曰: '光州友蘭上書.' 披見, 友蘭卽香心別字, 畫一幅蘭, 作一絶詩以寄. 詩曰: '從遊翰墨記童

---

77 頗가 저본에는 頻으로 되어 있으나 오자이므로 바로잡았다.

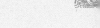

時, 一別居然歲月遲. 忽得海鄕消息至, 堂堂忠義有誰知?' 詩雖不工, 亦是奇事.

99

香艶詩, 非天生才性之艶者, 不工, 吾儕中, 惟呂荷亭最善. 晉州妓錦紅, 纖長善笑, 善歌舞. 荷亭有詩曰: '束玉長身立晩風, 翩躚謔笑滿堂紅. 爲君歌舞歡專夜, 銀燭光殘日上東.' 平壤妓小濤, 年十五, 入京籍, 楚楚不凡. 荷亭有時字十絕, 其一曰: '嬌紅萬朵綠千枝, 第一春風屬阿誰? 歌舞管絃齊攔住, 小濤女子降場時.' 其二曰: '複閣重樓出故遲, 翩翩獨立太矜持. 芳情香思難尋覓, 約略秋波一轉時.' 濤有眼病, 又曰: '稽首醫王大法慈, 阿那律陀比丘尼. 還他雙顆葡萄朶, 共住楞嚴會上時.' 其他皆可誦. 濤善琴, 余嘗貯之別莊者歲餘, 時時與同人小集賦詩, 蒐而有之曰浣花帖, 荷亭詩, 並載帖中. 濤去, 同人多戲作憶梅詩而嘲之, 寧齋詩云: '憶梅勝似看梅好, 省却花飛一段愁.' 最妙. 余亦戀戀, 有五古數篇, 記所經, 諱其事, 只題以曾經二字. 寧齋見之, 又題一律曰: '萬境紛紛只自齊, 行雲流水日東西. 分明有物終難拾, 極是無情最易迷. 鏡裏容顔應密證, 枕邊魂夢或重提. 題詩莫寫曾經字, 寫到曾經已犯題.'[78] 如此者豈多讓於玉溪耶?

---

78 이 시는 이건창의 『명미당집』 권4에 「증경(曾經)」이란 시제로 실려 있다. 정만조의 「증경」 시를 희롱하려고 일부러 시제를 똑같이 썼다.

찾아보기

* 인명과 그 외 용어들(서명·작품명·지명·주요 개념 및 키워드 등)로 구분해 정리했다.
* 인명의 경우 호(號), 자(字), 시호(諡號), 별칭 등은 〔 〕안에 적어 이름과 함께 표기했다.
* 정만조는 작품에서 종종 정태화(鄭太和)를 '선조(先祖)'로 정기우(鄭基雨)를 '선친(先親)'으로 칭했다.
  인명 항목에서 이를 함께 찾아 밝혔다. 이밖에도 재종조(再從祖) 정원용(鄭元容), 삼종형(三宗兄) 정범
  조(鄭範朝), 종형(宗兄) 정건조(鄭健朝) 등이 같은 방식으로 처리되었다.

인명

가

갑관요(蓋寬饒) 142

강경문(姜慶文)〔품산(品山)〕 191

강위(姜瑋)〔추금(秋錦), 추금(秋琴), 자기(慈
    屺)〕 18~19, 21~22, 48, 50, 77, 83~84,
    91, 96, 100, 123~125, 147, 168,
    171~173, 186, 191, 222, 226, 228,
    233, 236~237, 251, 269, 284, 289, 305

구양수(歐陽脩) 88, 95, 222

구향(九香) 255~256

금성홍(錦城紅) 255

금앵(錦鶯) 255

금홍(錦紅) 259

급암(汲黯) 141

기파(箕坡) 249

김만식(金晩植)〔취당(翠堂)〕 55

김병기(金炳冀)〔사영(思穎)〕 51, 130

김병준(金炳駿) 130

김상우(金商雨)〔초강(楚江)〕 25, 226~229

김상현(金尙鉉)〔경대(經臺)〕 54

김성립(金誠立) 253

김성제(金性濟)〔석정(石貞)〕 228~229

김승집(金升集) 243

김옥균(金玉均)〔고균(古筠)〕 22, 104~105,
    247

김정희(金正喜)〔추사(秋史)〕 18, 20, 68,
    204, 217, 274

김조순(金祖淳)〔풍고(楓皐)〕 18, 20, 51, 87

김좌근(金左根)〔하옥(荷屋)〕 130

김창순(金昌舜)〔소당(小棠)〕 25, 168~169

김창협(金昌協)〔농암(農巖)〕 106

김택영(金澤榮)〔창강(滄江)〕 15, 21~22,
    63, 84, 91, 98, 151, 166~167, 188,
    208~209, 217, 251

김행건(金行健) 217

김홍집(金弘集)〔도원(道園)〕 11, 22~23, 243, 247

김황원(金黃元) 60

나

난설헌 허씨(蘭雪軒許氏) 253

남상열(南相說)〔청산(晴山)〕 240

남정철(南廷哲)〔하산(霞山)〕 55

남주원(南周元)〔우당(愚堂)〕 162

다

대의왕(大醫王) 260

도연명(陶淵明) 18, 160~16, 198~199

도원흥(都元興) 60

두련파(竇連波) 142~143

두목(杜牧) 64, 155, 253

두보(杜甫) 70, 78, 86, 88, 90, 124, 141, 144, 161, 176, 287

두연(杜衍) 206

마

마건상(馬建常) 102~103

맹가(孟嘉) 156

모연수(毛延壽) 65

모형환(牟亨煥) 116

문왕(文王) 112

민영목(閔泳穆)〔소당(蘇堂)〕 22, 46~47, 129

민영익(閔泳翊)〔운미(芸楣)〕 84, 247

바

박기창(朴基昌)〔소치(素癡)〕 121~122

박병문(朴炳文) 203

박은(朴誾)〔읍취헌(挹翠軒)〕 61

박의로(朴義老) 137

박이양(朴彝陽)〔유당(迺堂)〕 152, 207, 231

박장원(朴長遠)〔구당(九堂)〕 211

박제가(朴齊家)〔초정(楚亭)〕 18~20, 41, 76, 184~185

박제순(朴齊恂)〔묘재(卯齋)〕 59, 92, 231

박제순(朴齊純)〔평재(平齋)〕 182

방규석(方圭錫)〔일감(一鑑)〕 112

방달주(方達周)〔감당(鑑塘), 성거(聖擧)〕 25, 111~112

백거이(白居易) 145, 200~201

백낙유(白樂裕) 74

백화수(白華洙)〔현설(玄雪)〕 74~75

범중엄(范仲淹) 130~131, 158

보연(普淵) 251

부필(富弼) 130~131, 222

사

사마상여(司馬相如) 64~65, 187
사안(謝安)[사공(謝公)] 147, 151
사임당 신씨(思任堂申氏) 253
서막(徐邈) 156
서병수(徐丙壽)[보당(葆堂)] 14, 206~207
서부(徐郙)[송각(頌閣)] 96
서상우(徐相雨)[추당(秋堂)] 178~179
서상욱(徐相勖)[초원(初園)] 152
서주보(徐周輔)[양천(養泉)] 11, 97
설규석(薛奎錫)[금호(錦湖)] 25, 215
성대영(成大永)[발산(鉢山)] 59
성태영(成台永) 253
성혜영(成蕙永)[남파(南坡)] 25, 168~169
소도(小濤) 259~261
소식(蘇軾) 61, 76, 156, 209
소옹(邵雍)[소강절(邵康節)] 69~70, 161
송씨(宋氏)[여상(荔裳), 계장(季長)] 173~174
송언회(宋彦會)[북파(北坡)] 206~207
송영대(宋榮大)[추당(秋塘)] 137, 208
순조(純祖) 20, 51
신위(申緯)[자하(紫霞), 한수(漢叟)] 18~20, 63,
　74, 87~89, 139, 184~185, 198~199, 241
신유한(申維翰)[청천(靑泉)] 60
신재식(申在植)[취미(翠微)] 87~88
신좌모(申佐模)[담인(澹人)] 102, 245
심기택(沈琦澤)[운가(雲稼)] 55
심상모(沈相某) 25, 220
심홍택(沈弘澤) 220, 303

아

아나율타(阿那律陀) 260
안영식(安榮植) 126~127
양숙자(羊叔子) 142
어부(漁叟) 69, 71, 136
어윤중(魚允中)[일재(一齋)] 22, 102~103,
　185, 247
여규형(呂圭亨)[하정(荷亭)] 22, 24, 49, 56,
　67, 90~93, 118, 120, 133, 163, 167, 259
염파(廉頗) 141
영수각 서씨(令壽閣徐氏) 253
영조(英祖) 20~21, 183
예양(豫讓) 72
오아회(吳雅懷) 133~135
오한응(吳翰應)[경재(經齋)] 78, 86, 212,
　233
왕륜(汪倫) 78
왕사정(王士禎)[어양(漁洋)] 85, 142, 150
왕소군(王昭君) 65
왕유(王維) 156~157
왕준(王濬) 155
요순(堯舜) 임금
우란(友蘭) 235
원두표(元斗杓) 41~42
원매(袁枚)[수원(隨園)] 152, 213
원진(元稹) 144, 200~201
유근(柳根)[서경(西坰)] 61, 272
유길준(兪吉濬)[구당(榘堂)] 22~23, 247~248
유량(庾亮) 62, 83
유우석(劉禹錫) 155

윤강(尹絳)[무곡(無谷)] 41~42

윤병수(尹秉綬)[염암(念菴)] 233

윤성진(尹成鎭)[서석(黍石)] 175~177

윤영식(尹榮軾)[소산(小山)] 136

윤자덕(尹滋悳)[국헌(菊軒), 현호(玄湖)] 99,
221~223

윤치(尹治)[현포(玄圃)] 217, 219

윤치담(尹致冊)[장우(丈藕)] 54

은하월(銀河月) 245

응월(應月) 249

이건승(李建昇)[경재(耕齋)] 66~67, 91,
125, 152, 188

이건창(李建昌)[영재(寧齋), 봉조(鳳朝)] 16,
18~19, 21~22, 24~25, 45, 49, 58, 63,
66~67, 77, 80, 91~93, 96~97, 100,
104, 118~119, 125, 151, 159, 163~166,
171~172, 188, 192, 200~201, 208,
211, 218, 221~223, 242, 261, 270,
273, 283, 292, 310

이건초(李建初)[단농(丹農)] 233~235

이계오(李啓五) 50~51

이광덕(李匡德)[관양(冠陽)] 18, 20, 44~45,
106

이광려(李匡呂) 183

이교영(李喬榮)[죽포(竹圃)] 194~195

이교하(李敎夏) 149

이근수(李根洙)[위사(韋士)] 21, 91~92,
118, 186~190, 208, 226, 237

이남규(李南珪)[수당(修堂)] 21~22, 91,
94~95

이달(李達)[손곡(蓀谷)] 39, 267

이덕무(李德懋)[아정(雅亭)] 17~20, 41,
76~77, 219, 241

이돈우(李敦宇)[신계(莘溪)] 180

이만용(李晩用)[동번(東樊)] 18, 20, 130,
231~232

이목연(李穆淵) 239

이백(李白) 69, 78, 85, 138, 158

이병규(李秉逵) 82, 84

이상수(李象秀)[어당(峿堂)] 21~22, 78,
233~235

이상은(李商隱)[옥계(玉溪)] 155, 162, 262

이상적(李尙迪)[우선(藕船)] 18, 20, 123~15,
284

이상진(李尙眞)[만암(晩庵)] 42, 268

이상학(李象學)[해사(海槎)] 92, 159, 196~197

이상황(李相璜)[동어(桐漁)] 18, 20, 180~181

이서구(李書九)[척재(惕齋)] 19, 41, 116~117,
241

이시원(李是遠) 211

이양연(李亮淵)[임연(臨淵)] 18, 20, 160~161

이언진(李彦瑱)[우상(虞裳)] 217

이우신(李友信)[수산(睡山)] 18, 20, 52~53

이응진(李應辰)[소산(素山)] 21, 129, 228,
230

이이(李珥)[율곡(栗谷)] 253

이인천(李寅天)[청은(靑隱)] 238~240

이정(李程) 202

이정귀(李廷龜)[월사(月沙)] 61, 272

이중하(李重夏)[이당(二堂)] 22, 24,
80, 91~92, 96, 100, 119~120, 137,
165~167, 169, 224, 237, 292

이풍익(李豊翼)〔우석(友石)〕 70, 74

이하응(李昰應)〔흥선대원군(興宣大院君)〕 22,
103, 127~128, 189, 195, 204, 216, 245, 247

이학원(李鶴遠)〔이송(二松)〕 25, 80~81

이항복(李恒福)〔백사(白沙)〕 37, 54

이현식(李鉉軾)〔심전(心荃)〕 25, 82~84,
276

이황(李滉)〔퇴계(退溪)〕 106

이황중(李黃中)〔감산(甘山)〕 217~218

이희지(李喜之)〔응재(凝齋)〕 39, 267

임제(林悌)〔백호(白湖)〕 109

자

잠총(蠶叢) 69, 71

장호(張祜) 155, 229

정건조(鄭健朝)〔용산(蓉山); 종형(宗兄)〕
50, 96, 170, 236

정기년(鄭基年) 146

정기명(鄭基命) 146

정기세(鄭基世)〔주계(周溪)〕 145~146

정기양(鄭基陽)〔서윤(庶尹)〕 257

정기우(鄭基雨)〔운재(雲齋); 선친(先親)〕 10,
18, 22, 24, 33, 58~59, 82, 91~92,
96~97, 100, 111~112, 114~115,
131, 136, 165, 175~177, 185~187,
189~190, 203, 214, 226, 228, 236

정기춘(鄭基春)〔설청(雪靑)〕 213

정대식(丁大栻) 127

정만조(鄭萬朝)〔무정(茂亭), 대경(大卿)〕 9~

10, 24, 53, 55, 56, 63, 67, 74, 76, 78, 83,
102~106, 137, 143, 150, 164, 172~173,
185, 200~201, 215, 226, 228~229,
236, 249, 259, 286, 310

정범조(鄭範朝)〔규당(葵堂); 삼종형(三宗
兄)〕 47, 91, 145, 215

정병조(鄭丙朝) 11, 13, 15, 67

정사룡(鄭士龍)〔호음(湖陰)〕 242

정원용(鄭元容)〔경산(經山); 재종조(再從
祖)〕 48, 145, 221, 236~237

정윤용(鄭允容)〔수암(睡菴)〕 10, 158

정일당 남씨(貞一堂南氏) 253

정일우(鄭日愚)〔담원(澹園)〕 231

정자(程子) 130

정조(正祖) 19~21, 41, 178

정찬조(鄭瓚朝)〔미사(眉社)〕 101, 115

정태화(鄭太和)〔양파(陽坡); 선조(先祖)〕
18, 41~43, 268

정헌시(鄭憲時)〔강재(康齋)〕 56, 102~104,
224, 237

정현덕(鄭顯德)〔우전(雨田)〕 245~246

정현오(鄭顯五)〔수산(壽山)〕 224~225

조기영(趙耆永)〔국인(菊人)〕 88

조두순(趙斗淳)〔심암(心菴)〕 50

조득림(趙得林)〔양정(養亭)〕 192

조만원(趙萬元) 239

조맹덕(曹孟德) 156

조면호(趙冕鎬)〔옥수(玉垂)〕 204~205

조문하(趙文夏) 126~127

조병로(趙秉老) 189~190

조병만(曹秉萬)〔조일천(曹一天), 회계(晦溪)〕

72~73, 21~22, 91, 121, 163~164, 167, 189

조집신(趙執信)〔추곡(秋谷)〕 85~86

조창영(趙昌永)〔서호(西湖)〕 175~177

조철림(趙徹林) 133, 192~193

조택희(趙宅熙)〔석관(石觀)〕 133

조휘림(趙徽林)〔추담(秋潭)〕 192

조희평(趙熙平)〔종랑(鐘浪)〕 238~239

좌현왕(左賢王) 37

주자(朱子) 130, 182

주효상(朱孝祥) 25, 114~115

진량(陳亮) 64

차

최립(崔岦)〔간이(簡易)〕 242

최명길(崔鳴吉)〔지천(遲川)〕 70

하

한유(韓愈) 76, 83, 144, 161, 169

향심(香心) 14, 257~258

홍기주(洪岐周)〔종산(鐘山)〕 24, 91, 96~97, 100, 213, 228

홍석주(洪奭周)〔연천(淵泉)〕 253

홍춘경(洪春卿)〔석벽(石壁)〕 241

환온(桓溫) 156

황진(黃眞) 255

황향(黃香) 72~73

황현(黃玹)〔매천(梅泉), 운경(雲卿)〕 13, 15,

서명·작품명·지명·주요 개념 및 키워드

가

가함(假銜) 240

간지(干支) 152

갑오경장(甲午更張) 23, 247

강경(江景) 25, 66, 111~113, 226

강경포(江景浦, 江鏡浦) 66, 111, 226

강선루(降仙樓) 176

강화도(江華島) 66, 200

거사패 194

건안(建安) 160

경관(京觀) 210

『경수당집(警修堂集)』 63

경시관(京試官) 169

경운(硬韻) 58, 80, 101

경저리(京邸吏) 82

경학가(經學家) 58

고란사(皐蘭寺) 227

고문(古文) 54~57, 87, 222

고베[神戶] 105

고시(古詩) 85, 95, 160, 188, 261

고체(古體) 85~86, 94, 137, 204

공령가(功令家) 244~245

공북루(拱北樓) 49, 61~62

과거(科擧) 51~52, 96, 118, 169, 171, 173, 224

과시(科詩) 72, 141

관각(館閣) 221~222

관왕묘(關王廟) 157~158

광주(光州) 257~258

광흥창(廣興倉) 126~127

구감(狗監) 186~187

권비(圈批) 96

권점(圈點) 97, 114, 165

귀신(鬼神) 84, 159, 217~219

금강산(金剛山) 18, 106~107, 163

금루곡(金縷曲) 64

금슬(琴瑟) 147

금오산(金烏山) 53

금체시(禁體詩) 95

금화문(金華門) 184

기녀(妓女) 14, 25, 42, 44, 64, 74, 185, 255, 259

기상(氣象) 46~47, 148

기성(騎省) 49

길흉(吉凶) 46

나

낙동강(洛東江) 53

낙민루(樂民樓) 44, 185

낙화암(洛花巖) 227, 241

남사(南社) 21, 23~25, 91, 100, 124~125, 172, 206, 215, 236

남산골 청학동(靑鶴洞) 90

남촌(南村) 50, 54, 91

남한산성(南漢山城) 50, 221

남행시(南行詩) 192

내의원(內醫院) 82

누대(樓臺) 55, 60~61, 83, 152, 177

『능엄경(楞嚴經)』 260~261

능주(綾州) 194~195

다

담배 114

당나라 시인 12, 37, 95, 119, 152

당시(唐詩) 19, 41, 82, 241

「당시화의서(唐詩畵意序)」 88

대과(大科) 59, 118~120, 168, 224

대구(大邱) 256

대구(對句) 102~105, 151, 201, 242

대동강(大同江) 194~195, 209, 267

「대명궁(大明宮)」 156

대우(對偶) 85~86, 150~152, 160, 214,
    224, 242, 244

덕원부(德源府) 103, 137

도감(都監) 41~42

동래(東萊) 10, 249

라

러시아 14, 124

마

마니산(摩尼山) 200

만세교(萬歲橋) 185

「만월대(滿月臺)」 251

매화(梅花) 54, 91, 161, 194, 204~205,
    229, 261, 300

명나라 229~300

모화관(慕華館) 182

민란(民亂) 25, 202~203, 220

바

반시(泮試) 127, 136, 176

반장(泮長) 127

방언(方言) 183, 192, 195, 199

배해체(俳諧體) 192~193

백마강(白馬江) 112, 226

범어사(梵魚寺) 249

벽과자(壁窠字) 257~258

벽동군(碧潼郡) 49

보성(寶城) 78, 163~164

봉산(鳳山) 129

북경(北京)〔연경(燕京)〕 48, 96, 151, 203

북촌(北村) 54

북한산(北漢山) 50, 165

분여록(焚餘錄) 63

분운시(分韻詩) 123~124

사

사가(四家) 19~21, 41, 76, 96~97, 241

사당패 194~195

사마시(司馬試) 121, 177

「산유화곡(山有花曲)」 52

삼보(三輔) 145

상원(祥原) 206

상체(常棣) 147

서장대(西將臺) 221

「석고가(石鼓歌)」 76

『설문해자(說文解字)』 183

성균관(成均館) 127, 129, 136, 175~176

성률(聲律) 41, 45, 85

성어(成語) 139, 141~143

성정(性情) 18, 44~45, 112, 137

성조(聲調) 85, 199

성천부(成川府) 176

「세병마행(洗兵馬行)」 86, 141

소사(素砂) 168

소지(所志) 193

송나라 69~70, 95, 131, 139, 150, 158, 161, 179, 187, 206

송시(宋詩) 18~19, 41~43

수리(數理) 238

순창(淳昌) 25, 82, 84, 204, 215, 228

승려(僧侶) 17, 25, 114, 163, 237, 242, 249~251

시경(詩境) 184~185

『시경(詩經)』 112, 139~140, 147, 166, 173, 182

시사(詩社) 20, 24~25, 59, 91, 101, 123, 138, 187, 189, 206, 236

시승(詩僧) 249~251

시재(詩才) 66~67, 72~73, 90~95, 111~115, 175~177, 215~216, 226~229, 238

시전지(試箋紙) 214

시참(詩讖) 48~49

시체(詩體) 19, 41

시회(詩會) 24, 54, 58~59, 80, 91, 124, 131, 237

신래 불림〔呼新來〕 224

신연(新延) 196~197

신학(新學) 23, 247

실사(實事) 236

쌍계사(雙溪寺) 249

아

양근(楊根) 90

「양양가(襄陽歌)」 85, 138, 277

「양원음(梁園吟)」 85

억매시(憶梅詩) 261

『연감유함(淵鑑類函)』 82

연광정(鍊光亭) 60

연구(聯句) 95~96, 157~159

『연보』 38

염락체(濂洛體) 253

염락풍(濂洛風) 52~53

영남루(嶺南樓) 60

영덕(盈德) 25, 112, 114~115, 190, 202~203

영보정(永保亭) 61

영월(寧越) 234~235

영해부(寧海府) 202~203

예빈시(禮賓寺) 186

오사란(烏絲欄) 213~214

옹중(翁仲) 252

완화첩(浣花帖) 261

외무서(外務署) 55, 102, 178

요하(遼河) 48

용도각(龍圖閣) 186

월파루(月波樓) 221

육경(六經) 87~88, 139

은진·은진현(恩津縣) 111~112, 131, 226, 228, 249

음관(蔭官) 192~193, 204

음직(蔭職) 192

음향(音響) 44

응제시(應製試) 49

의고시(擬古詩) 85~86, 94, 137, 204

이치(理致) 41, 43, 45

인천(仁川) 14, 104~105, 124, 137, 243

일본(日本) 14, 23, 105, 124, 152, 247~248

임진왜란(壬辰倭亂) 61, 229

자

잡가(雜歌) 194

장릉(莊陵) 234, 305

장작감(將作監) 58

전깃줄 182

『전당시(全唐詩)』 82

전등사(傳燈寺) 211

전라도(全羅道) 10~11, 72, 163, 226

전신주(電信柱) 234

전주(箋註) 88, 213~214

정전(井田) 209

정평현(定平縣) 245

주령(酒令) 133

『주역(周易)』 59, 139, 246

중구일(重九日)·중양일(重陽日)·중양절 (重陽節) 49, 104, 212, 240, 270

진도(珍島) 10~14, 201, 257~258

진주(晉州) 61, 192, 259

차

창기(娼妓) 255

창녕현(昌寧縣) 177

「채련곡(採蓮曲)」 39, 267

책바위[冊巖] 84

천연정(天然亭) 152, 178

천진교(天津橋) 70

첩자(疊字) 155~156

청나라 42, 48, 50, 82, 85, 96, 102, 133, 178, 214, 236, 245, 247

청수관(淸水館) 152, 178

초청(樵靑) 239

촉막군(蜀莫郡) 252

촉석루(矗石樓) 61~62

추사(秋社) 150~151

「추수자전(秋水子傳)」 189

축수시(祝壽詩) 108, 147

충청도(忠淸道) 25, 46, 49, 108, 226

취성당(聚星堂) 95

타

통군정(統軍亭) 61

파

파천황(破天荒)의 인재 168

팔인여(八人輿) 196

『패문운부(佩文韻府)』 82

평양(平壤) 60, 194~195, 206, 208~210,
  259

평측(平仄) 18, 77, 85~86, 160

포의(布衣) 50, 119, 186

풍신(風神) 236~237

풍전병(風癲病) 256

하

하동(河東) 25, 168~169

하량(河梁) 160

함경도(咸鏡道) 44~45, 103, 246

함평(咸平) 116

함흥(咸興) 185

해당루(海棠樓) 123~124, 187

해동악부(海東樂府) 198

해미(海美) 127

해방영(海防營) 10, 46, 104~105

향염시(香艷詩) 259, 261

호렵도(胡獵圖) 37

호서(湖西) 25, 79, 220, 228, 292

홍경사(弘慶寺) 168

홍범구주(洪範九疇) 209

홍엽정(紅葉亭) 54

홍지(紅紙) 119

화수정(花樹亭) 214, 236~237

화순(和順) 72, 194, 257~258

황주(黃州) 221

회인시(懷人詩) 100, 213

회현방(會賢坊) 24, 214

「후적벽부(後赤壁賦)」 76

훈장(訓長) 171, 173

지은이

정만조(鄭萬朝, 1858-1936)

고종 시대와 일제강점기의 저명한 시인이자 관료이다. 개화파 관료로 활동하며, 1889년 12월 문과에 급제한 이후 요직을 두루 거쳤다. 1896년 을미사변에 연루되어 진도에 유배되었다가 1907년에 사면되었다. 이후 문화와 학술 분야에서 크게 활동하여 경성제대 법문학부 강사, 조선사편수회 위원, 경학원 대제학 등을 지내며 한학계의 태두로 군림하였다. 그런 행적으로 그는 법률에 의해 친일반민족행위자로 지정되었다.

1906년 어름 유배지에서 고종 시대 시단을 증언한 『용등시화(榕燈詩話)』 1권을 저술하였다. 문집에 『자각산관초고(紫閣山館初稿)』와 『무정존고(茂亭存稿)』 등이 남아 있고, 그 밖에도 많은 논문과 저작이 흩어져 있다.

옮긴이

안대회(安大會) 성균관대학교 한문학과 교수 · 대동문화연구원 원장

김보성(金甫省) 성균관대학교 대동문화연구원 선임연구원

시화총서 · 세 번째

용등시화

유배지 등불 아래서 쓰다

1판 1쇄 인쇄 2018년 8월 5일
1판 1쇄 발행 2018년 8월 15일

지 은 이 정만조
옮 긴 이 안대회 · 김보성
펴 낸 이 정규상
책임편집 현상철
편   집 신철호 · 구남희
마 케 팅 박정수 · 김지현

펴 낸 곳 성균관대학교 출판부
등   록 1975년 5월 21일 제1975-9호
주   소 03063 서울특별시 종로구 성균관로 25-2
전   화 02) 760-1252~4
팩   스 02) 762-7452
홈페이지 http://press.skku.edu

ⓒ 2018, 안대회 · 김보성
ISBN 979-11-5550-283-9 93810

값 19,000원